本书系天津市哲学社会科学规划研究项目"现代主义视野下的罗赞诺夫创作研究"(TJWW20-006)的成果。

国 | 研 | 文 | 库

罗赞诺夫文学批评研究

纪 薇 ———— 著

光明日报出版社

图书在版编目（CIP）数据

罗赞诺夫文学批评研究 / 纪薇著 . -- 北京：光明
日报出版社，2021.5

ISBN 978－7－5194－6135－5

Ⅰ.①罗… Ⅱ.①纪… Ⅲ.①罗赞诺夫—文学评论—
研究 Ⅳ.①I561.065

中国版本图书馆 CIP 数据核字（2021）第 091361 号

罗赞诺夫文学批评研究

LUOZANNUOFU WENXUE PIPING YANJIU

著　　者：纪　薇	
责任编辑：史　宁	责任校对：姚　红
封面设计：中联华文	责任印制：曹　净

出版发行：光明日报出版社

地　　址：北京市西城区永安路 106 号，100050

电　　话：010-63169890（咨询），010-63131930（邮购）

传　　真：010－63131930

网　　址：http：//book.gmw.cn

E - mail：shining@gmw.cn

法律顾问：北京德恒律师事务所龚柳方律师

印　　刷：三河市华东印刷有限公司

装　　订：三河市华东印刷有限公司

本书如有破损、缺页、装订错误，请与本社联系调换，电话：010-63131930

开　　本：170mm×240mm

字　　数：230 千字　　　　印　　张：15

版　　次：2021 年 5 月第 1 版　　印　　次：2021 年 5 月第 1 次印刷

书　　号：ISBN 978－7－5194－6135－5

定　　价：95.00 元

摘 要

　　罗赞诺夫（В. В. Розанов，1856—1919）是 19 世纪末 20 世纪初俄国文化的关键人物之一，在俄国思想文化史上占有重要地位。他的文学批评敏锐独到、广博深邃，且数量宏富，在俄国文学批评史上占有一席之地，遗憾的是，至今未得到应有的客观评价。本书以罗赞诺夫的文学批评遗产为研究对象，运用分析、综合、比较与述评相结合的方法，从整体上认识罗赞诺夫的文学批评文章，立足当下，对罗赞诺夫文学批评的个性价值做出自己的价值判断，并不拘囿于罗赞诺夫对某个作家的评价观点，只有以这种立场我们才能够理解罗赞诺夫的文学批评这一稀有现象。

　　罗赞诺夫是个谜，在他的宗教哲学观之外几乎无法解开这个谜。因此，本书第一章阐述罗赞诺夫文学批评的思想内涵，涉及新宗教意识、性与家庭、个性因素、自然力、罗赞诺夫的二律背反共五方面内容；第二章考察罗赞诺夫对普希金、果戈理、莱蒙托夫、屠格涅夫、赫尔岑令人耳目一新的个性解读；第三章提炼出罗赞诺夫文学批评遗产的体裁分为问题型体裁、评论体裁、文学肖像体裁、文学述评体裁、书信体裁；第四章追溯罗赞诺夫文学批评方法形成的时代背景及理论来源，将罗赞诺夫的文学批评方法划分为宗教哲学批评和印象主义批评两个演进阶段。

　　在对罗赞诺夫文学批评的思想内涵、实践、体裁和方法进行系统研究的基础上，突出罗赞诺夫文学批评富有"破坏力"和"创造性"的反传统与反体系的个性价值所在。他的文学批评创作不符合任何一种规则和规范，是一种与众不同的文学批评艺术。实质上，这说明了罗赞诺夫对文学批评的消解趋向。本书还试图表明：其一，文学批评论著在罗赞诺夫丰富多样的创作遗产中占有重要地位；其二，罗赞诺夫是一位杰出的、独一无二的批评家；其三，我们对罗赞诺夫文学批评的综合研究有助于了解罗赞诺夫的个性特征：罗赞诺夫是一个怪人、奇人，其天性中蕴藏着反传统的种子，而正是这种反传统的解构倾向，使其在后现代语境中依然具有无穷的生命力，使其能以一种独特的先锋性和超时代性"活"在21世纪。

关键词：罗赞诺夫，文学批评，理论与实践

目 录
CONTENTS

绪　论

一　罗赞诺夫的创作生涯

罗赞诺夫（1856—1919年）① 是白银时代极富天赋、充满矛盾、让人着迷的一位个性人物。作为作家，他从未创作过一部传统意义上的文学作品；作为思想家，他常常打破自己独具一格的哲学体系；作为文学批评家，他的深入分析往往与大多数读者的审美趣味相悖；作为神学家，他常常滑向边缘异教，与官方教会的关系总是很微妙；作为理论家，他偏爱用二律背反的悖论来取代一般的逻辑推理。在研究者看来，"他是一位杰出的批评家，但他却说：'我讨厌文学'；他反对社会变革，却又承认：'革命是正确的'；他信仰上帝，却又经常亵渎神灵；他是一个道德家，却又经常发表一些违背道德的言论"②。在文学史上，"他身为虚无主义者、嘲诮者且为罪人，可是想成圣贤，表示笃诚信念；他在写作与日常生活中都是一方面表示真诚，另一方面露出虚伪。他曾向反动的《新时代》报投稿多年，维护专制政体，可是又在自由主义派报纸上以'伐伐林'的笔名抨击专制政体；他开展排犹运动，

---

① 在中国 В. В. Розанов 的名字有多种翻译形式：罗赞诺夫、洛扎诺夫、罗扎诺夫、罗札诺夫、罗萨诺夫、罗森诺夫、梁赞诺夫等，在引用时保留上述译名，本书通篇采用罗赞诺夫这一译名。

② 邓理明．瓦·罗赞诺夫简论［J］．俄罗斯文艺，1998（1）：60.

可是却在作品中扬言爱好犹太主义"①。罗赞诺夫既让人迷恋，又让人害怕，其影响的双重性成如别尔嘉耶夫所言："一方面是有益的和创造性的，一方面又是有害的和压抑性的。"②

人们对罗赞诺夫的评价也是莫衷一是、毁誉参半，而且两者都达到了极致。俄国著名文艺理论家巴赫金多次提倡："读读罗赞诺夫吧。"③高尔基称赞罗赞诺夫是"俄罗斯当代最有意思的人"④。吉皮乌斯说道："他是那么与众不同，那么遗世独立，不是站在他们中间，而是站在他们旁边，以至与其说他是一个人，不如说他是一个'现象'。"⑤哲学家别尔嘉耶夫曾经说过："瓦·罗赞诺夫是我一生中遇见的最不寻常、最独特的人之一，这是一个真正罕见的人物。他身上有着典型的俄罗斯特征，同时他又与任何人都毫不相似。"⑥舍斯托夫认为："罗赞诺夫是俄国当时最杰出的哲人。"⑦ 相反，索洛维约夫称其为"俄国思想界的犹杜什卡⑧"。托洛茨基则谩骂："罗赞诺夫是一个明摆着的败类、懦夫、寄食者、马屁精。这些构成了他的本质。他的才能超不出这一本质的表现。"⑨罗赞诺夫"身上最实在的一点就是：在权势面前他一辈子都像一条蛆一样蠕动。谈起罗扎诺夫的'天才'，人们主要是指他在性领域的新发现"⑩。弗洛罗夫斯基认为："罗扎诺夫是心理学上的一个谜，一个诱人的、危险的谜。他是一个被肉体诱惑的人，在人类的体验和欲

---

① ［美］马克·斯洛宁. 现代俄国文学史［M］. 汤新楣，译. 北京：人民文学出版社，2001：111.

② 耿海英. 别尔嘉耶夫与俄罗斯文学［M］. 上海：上海书店出版社，2009：61.

③ 金亚娜，周启超. 白银时代·文化随笔［G］. 北京：中国文联出版公司，1998：102.

④ Николюкин А. Н. Мысли о литературе［M］. М.：Современник，1989. C. 5-6.

⑤ ［俄］吉皮乌斯. 往事如昨：吉皮乌斯回忆录［M］. 郑体武，岳永红，译. 上海：学林出版社，1998：128.

⑥ 耿海英. 别尔嘉耶夫与俄罗斯文学［M］. 上海：上海书店出版社，2009：52.

⑦ 耿海英. 别尔嘉耶夫与俄罗斯文学［M］. 上海：上海书店出版社，2009：20.

⑧ 犹杜什卡，小犹大的意思，19世纪俄国作家萨尔蒂科夫-谢德林代表作《戈洛夫廖夫老爷们》中的一个虚假伪善、口蜜腹剑的精彩艺术形象——波尔菲里的绰号.

⑨ ［苏］托洛茨基. 文学与革命［M］. 刘文飞，等译. 北京：外国文学出版社，1992：27.

⑩ ［苏］托洛茨基. 文学与革命［M］. 刘文飞，等译. 北京：外国文学出版社，1992：29.

望中失去了自我。……罗扎诺夫影响人，吸引人，迷惑人，但是，他没有积极的思想。"①梅列日科夫斯基甚至直言道，罗赞诺夫的无耻丑陋行为比任何人都多。当时的宗教界人士因其主张"性的宗教"，而称其为"异教徒""淫棍"②。

正是这些相悖的评价使人们更想了解罗赞诺夫的个性、创作及思想。

瓦西里·瓦西里耶维奇·罗赞诺夫（В. В. Розанов，1856—1919）——俄国白银时代的思想家、宗教哲学家、文学批评家、作家。1856 年 5 月 2 日生于伏尔加河流域的科斯特罗马省维特鲁加市一个小市民家庭，在科斯特罗马省度过了整个青年时期。因父母早逝，其长兄将其抚养长大，正如中国的俗话所说"长兄如父"，罗赞诺夫回忆道："毫无疑问，要是没有哥哥尼古拉的收养，我早没命了，他为我提供了全部教育经费，一句话，他就像是我的父亲。"③罗赞诺夫曾在辛比尔斯克中学学习，在这里他度过了疯狂的求知期，这段时间读的书比一生中任何时期读的书都要多。罗赞诺夫有三个故乡：科斯特罗马是其身体上的故乡，辛比尔斯克当之无愧是其精神上的故乡，叶列茨则是其在道德上进行孜孜求索的故乡。罗赞诺夫在《隐居》中说过："在我们的屋子里不曾有过微笑、不曾有过爱。"在《落叶》中又自问自答道："为什么我会如此热爱自己的童年呢？我的童年饱受痛苦和屈辱。"④他曾用"我从一片荒漠中走来"描述自己的童年。总体来看，罗赞诺夫的童年是忧伤的、孤独的。

1878 年，罗赞诺夫初中毕业后考入莫斯科大学学习历史语文专业。大学期间，他听了谢·米·索洛维约夫（С. М. Соловьёв）、弗·奥·克柳切夫斯基（В. О. Ключевский）、费·叶·科尔什（Ф. Е. Корш）等著名学者的课，还获得了阿·斯·霍米亚科夫（А. С. Хомяков）奖学金。这期间他对黑格尔哲学产生兴趣，"大学的无神论曾经从内部磨损着他"⑤，而在 35 岁时，他

① ［俄］格奥尔基·弗洛罗夫斯基. 俄罗斯宗教哲学之路［M］. 吴安迪，徐凤林，隋淑芬，译. 上海：上海人民出版社，2006：530.
② 罗赞诺夫主张在教堂里性交，建议新婚夫妇拍下自己的性行为作为纪念。
③ 瓦西里·瓦西里耶维奇·罗赞诺夫［EB/OL］. 维基百科网，2013-5-30.
④ 张冰. 白银悲歌［M］. 北京：中国电影出版社，1998：184.
⑤ ［俄］洛斯基. 俄国哲学史［M］. 贾泽林，译. 杭州：浙江人民出版社，1999：436.

的世界观发生突变，使其成为一个"寻神者"，走向了宗教。大学毕业后，他在各外省（布良斯克、叶列茨、别雷）初中当史地课老师11年。其实，他对这个工作一点兴趣也没有，他没有教育天赋，只是为了养家糊口。

1880年大学毕业，罗赞诺夫为了进一步了解陀思妥耶夫斯基而娶了当时已经40岁的阿波莉娜丽娅·苏斯洛娃①。年轻时，她曾是陀思妥耶夫斯基的情妇，陀思妥耶夫斯基对她的残忍与敏感了然于心，于是和她去国外旅行之后写下了阴森可怖的《地下室手记》。这次婚姻极其不幸，阿波莉娜丽娅性格冷漠、高傲，简直是恶魔般的女人，对年少柔弱的罗赞诺夫百般刁难。吉皮乌斯将阿波莉娜丽娅称为"令人头疼的老太婆"，并在回忆录中写道："我看到一张大照片：一个头发灰白、皮肤白净的胖老太婆穿一件华丽的、带皱的裙子，很老派地、直挺挺地坐着椅子上。她戴一顶波浪式的包发帽，嘴唇绷得紧紧，用一双恶狠狠的眼睛盯着我们。"②阿波莉娜丽娅与罗赞诺夫在一起生活了大约三年就另投他怀，与此同时却卑鄙地拒绝与罗赞诺夫离婚。1888年，罗赞诺夫与阿波莉娜丽娅分居多年后，在叶列茨邂逅了神父的遗孀瓦尔瓦拉·德米特里耶夫娜·布嘉林娜，"不很漂亮但高尚、充满了不张扬的女性温柔的布加金娜就是他最需要的一切。"③他们彼此欣赏，于1891年秘密举行婚礼，但在法律上瓦尔瓦拉依然不是罗赞诺夫的合法妻子，他们所生的六个孩子：大女儿娜佳（Надя，因患脑膜炎，出生不久就夭折了）、二女儿丹尼雅（Таня）、三女儿维拉（Вера）、四女儿瓦丽雅（Варя）、小儿子瓦夏（Вася）、五女儿娜佳（Надя），均属"非婚生子"，这正是因为罗赞诺夫的第一任妻子阿波莉娜丽娅从中作梗，她认为，"这是上帝的撮合，人无权

---

① 苏斯洛娃是位杂志撰稿人，她与陀思妥耶夫斯基在海外期间结识，陀思妥耶夫斯基曾视她为红颜知己，称她为自己的"永恒女友"，还曾向她求婚，但遭到了她的拒绝。对苏斯洛娃与陀思妥耶夫斯基的关系具体可参见［美］斯洛尼姆.陀思妥耶夫斯基的三次爱情［M］.吴兴勇，译，桂林：广西师范大学出版社，2003.

② ［俄］吉皮乌斯.往事如昨：吉皮乌斯回忆录［M］.郑体武，岳永红，译.上海：学林出版社，1998：143.

③ 金亚娜，周启超.白银时代·文化随笔［G］.北京：中国文联出版公司，1998：100.

把它拆开"①。其实"是魔鬼，而不是上帝把十八岁的少年同四十岁的半老徐娘撮合到一起的！"②。与此形成鲜明对照的是，罗赞诺夫的第二次非正式婚姻十分幸福，幸福指数与第一次婚姻的不幸指数相当，罗赞诺夫常常称瓦尔瓦拉为"我的朋友"，将瓦尔瓦拉比作纯净的水。"酒的醇香将消失，只剩下水。这就是'我的瓦莉娅'。"③罗赞诺夫"否认所谓法律婚姻，他认为只要建立在真正的感情之上，任何婚姻、任何两性关系均可视为合法"④。罗赞诺夫将自己的家庭视为"自己生命的一座圣殿"，并呼吁改善非婚生子的地位，放宽对离婚的限制。由于不能正式娶瓦尔瓦拉为妻，罗赞诺夫痛苦至极，这恰恰促使他创作出大量思考性、家庭以及婚姻问题的杰作，正所谓"成也萧何，败也萧何！"

罗赞诺夫创作的第一阶段：1886—1889 年。1886 年，罗赞诺夫的处女作《论理解：对作为一种完整知识的科学之本质、界线和内部结构的研究》出版，"这本书反映了他宗教思想体系的基本原则"⑤，但并未得到多数人的认可。"当时唯有哲学家康·列昂季耶夫独具慧眼，认识到书的价值，称这本书中的思想是一个'真正的发现'。"⑥罗赞诺夫"认为自己有义务提出一种对待科学和哲学的态度，认为必须把哲学和科学统一起来去认识整个世界"⑦。失败是成功之母，正是这次哲学尝试的挫败成为其一生成功的转折点，他的创作风格发生了巨大转向，由严谨的哲学论述转向非理性的、非体系性的随笔格调。1889 年，罗赞诺夫遇到了自己人生的伯乐——斯拉夫派著名批评家尼·尼·斯特拉霍夫（Н. Н. Страхов，1828—1896），他与斯特拉

---

① [俄] 吉皮乌斯. 往事如昨：吉皮乌斯回忆录 [M]. 郑体武，岳永红，译. 上海：学林出版社，1998：145.
② [俄] 吉皮乌斯. 往事如昨：吉皮乌斯回忆录 [M]. 郑体武，岳永红，译. 上海：学林出版社，1998：145.
③ [俄] 洛扎诺夫. 落叶集 [M]. 郑体武，译. 昆明：云南人民出版社，1998：241.
④ 邓理明. 瓦·罗赞诺夫简论 [J]. 俄罗斯文艺，1998（1）：62.
⑤ [苏] 布斯拉科娃. 罗赞诺夫的创造生涯 [J]. 冯觉华，译. 孙立成，校. 齐齐哈尔大学学报，1995（2）：73.
⑥ 邓理明. 瓦·罗赞诺夫简论 [J]. 俄罗斯文艺，1998（1）：60-61.
⑦ [苏] 布斯拉科娃. 罗赞诺夫的创造生涯 [J]. 冯觉华，译. 孙立成，校. 齐齐哈尔大学学报，1995（2）：73.

霍夫志同道合。1891 年，罗赞诺夫的成名之作《论宗教大法官的传说》①问世，这部著作在陀思妥耶夫斯基研究史上占有十分重要的分量。该书从宗教视角研究了陀思妥耶夫斯基的创作，探讨了陀氏创作的矛盾性特征以及关于人的永恒哲学命题，诸如人的存在、人的个性、人的自由、人的不朽等。罗赞诺夫成为继索洛维约夫之后，再度从宗教视角研究陀氏创作的第一人②，值得一提的是，书中第二章是论述果戈理的精彩篇章，罗赞诺夫首次指出果戈理的"非现实主义性"，俄罗斯文学不是对果戈理的继承，而是对果戈理的批判，这些论点引起了不小的争议。

罗赞诺夫创作的第二阶段：1890—1911 年。在斯特拉霍夫的帮助下，罗赞诺夫于 1893 年离开学校来到彼得堡监察机关工作。1899 年，罗赞诺夫受主编阿·谢·苏沃林（А. С. Суворин，1834—1912）之邀在《新时代》周刊担任编辑工作，直到 1917 年该刊停办。苏沃林是个爱才之人，对罗赞诺夫这样的奇才更是宠爱有加。苏沃林准许罗赞诺夫写出其所思所想，只是不能长篇大论占用一期当中过多的篇幅。这种自由与限制的结合，对罗赞诺夫的体裁风格（片段式、杂乱无章）的形成产生了重要影响。当时，每逢周日彼得堡文艺界的名流们都会聚在罗赞诺夫的新家讨论各种时髦话题，形成了热闹非凡的"罗赞诺夫家的礼拜天"。1900 年，罗赞诺夫与梅列日科夫斯基、吉皮乌斯一同创建了宗教哲学集会③，成为当时宗教界和哲学界人士自由讨论教会与文化问题的中心，拉开了神学界与知识界之间的铁幕。"宗教—哲学会议是以梅列日科夫斯基、吉皮乌斯、罗赞诺夫等为核心的新型知识分子（区别于 19 世纪 60 年代的）试图改变一直蛰居于国家的一个角落、附属于国家、为专制国家服务的教会的作用的努力，是俄国知识分子一直作为一种

---

① 本文 1891 年首次在《俄罗斯通讯》1—4 期上刊登，单行本有 1894 年、1901 年、1904 年三个版本。

② 罗赞诺夫这部著作出版之前，索洛维约夫于 1881—1883 年期间连续发表纪念陀氏的文章，他在这些文章中已经探讨了陀氏的宗教思想及其普世意义。参见索洛维约夫的《关于陀思妥耶夫斯基的三次演讲》，载《精神领袖：俄罗斯思想家论陀思妥耶夫斯基》，徐振亚、娄自良等译，第 6—33 页。

③ 宗教哲学集会（1901—1903），1907 年易名为宗教哲学协会（1909—1911），由别尔嘉耶夫任主席。

民间群体而寻找直接对社会产生影响力的努力。这种努力在俄国思想史上有着重要的意义。"①这一期间，罗赞诺夫发表了《教育的昏暗》（1893）和《箴言与观察》（1894），强烈批判学校的培养体制，倡导学校遵循教育的三个原则：个性原则、整体性原则、统一性原则，在今天仍有现实意义；《文学随笔》（1899）汇集了他早期的文学评论文章；《当首领离开的时候》（1910）一书以同情的笔触描述 1905—1907 年革命时代大众的骚动情绪；《宗教与文化》（1899）和《自然与历史》（1900）尝试通过教会的宗教性解决社会和哲学问题；《教堂大墙附近》体现了罗赞诺夫对东正教的矛盾态度；《俄罗斯的家庭问题》（1—2 卷，1903 年）和《在模糊不清与悬而未决的世界里》（1901—1903）是探索教会与家庭、婚姻与性爱、古代宗教等方面问题的著作；《阴暗的面孔：基督教的形而上学》（1911）和《月光下的人们：基督教的形而上学》（1911）批判教会禁欲主义，肯定性爱的神圣性，表明罗赞诺夫最终在性问题上与基督教分道扬镳。

罗赞诺夫创作的第三阶段：1912—1919 年。瓦·法杰耶夫（В. А. Фатеев）说："双重性和多变性，是洛扎诺夫个性和创作的一个主要特征。"②因此，要认清罗赞诺夫的庐山真面目，必须克服非此即彼的思维定式。一个鲜明的例子就是罗赞诺夫心理上是亲犹的，而政治上却是反犹的。1913 年发生贝利斯案③时，罗赞诺夫同时在立场完全不同的刊物上发表言论截然相反的文章，这一举动遭到俄国知识界的强烈谴责。罗赞诺夫被认为是一个要两面派的无原则恶棍，遂被革除会籍，开除出宗教哲学协会。罗赞诺夫的晚年生活很凄惨，沦落到火车站乞讨、捡烟头，后来又中风卧床不起，更让他痛心的是唯一的儿子瓦夏早亡。瓦夏被征到波兰当兵，在途中得伤寒死了。"捡烟头……生病……变得古怪……妻子几乎站不起来……还有

---

① 耿海英. 别尔嘉耶夫与俄罗斯文学［M］. 上海：上海书店出版社，2009：27.
② 郑体武. 危机与复兴——白银时代俄国文学论稿［M］. 成都：四川文艺出版社，1996：335.
③ 当时沙皇政府和黑帮分子诬告犹太人贝利斯为举行宗教仪式杀死了一个俄罗斯男孩尤辛斯基。

瓦夏，儿子，死了……"①罗赞诺夫本人曾在《思绪之芽》中发表"天才通常无后"的论断："天才通常无后——其高深莫测以及也许是最容易解释的特点正在于此。……拉斐尔和亚历山大·马其顿一样没有子嗣；恺撒和牛顿也无后代。天才的后裔，如果有的话，皆病弱而早亡；大部分是阴柔的后代。只需想想拿破仑一世及其我们的彼得就足矣。"②罗赞诺夫现身说法般地证明了自己关于天才的残酷论断。在穷困潦倒、饥寒交迫之时，许多好友给予了罗赞诺夫很多援助："在这可怖的、惊心动魄的一年，我从许多认识的、完全不认识的人那里得到了金钱上的援助，以及食物上的救济。而且我无法隐瞒的一个事实是，没有那些帮助我根本无法挨过这一年。……我累极了，快不行了。两三把面粉、两三撮大米、五个老烤蛋常常就能拯救我的一天。……读者们，守护自己的作者吧，守护我生命的绝唱之作吧。"③《文学流亡者》（1913）是罗赞诺夫对自我文学道路的思索；《在艺术家中间》（1914）讲述了文学艺术领域中他所倾心的人与事；《东方情调》（1916）展现了他所神往的古代埃及宗教的秘密。罗赞诺夫的晚期著作《隐居》（1912）、《死气沉沉》（1913）、《转瞬即逝》（1915）、《落叶》（1—2卷，1913—1915）、《我们当代的启示录》（1917）的体裁独具一格。苏联著名文艺理论家什克洛夫斯基称罗赞诺夫的这种体裁为"无情节小说"。英国学者兰伯特认为这是一种"非常机智的独特的文体"。我国当代著名文艺家童道明先生将罗赞诺夫的这种体裁称为"无情节随笔日记体散文"（Бессюжетная эссеитско-дневниковая проза），这种体裁"把理性与感性糅合一体，里面除了知识的积累、审美的感悟之外，还有一闪念、长相思"④。罗赞诺夫因此片段性体裁获得"叶子"作家的称号。在生命的最后时期，罗赞诺夫经历了深刻的精神危机。他曾否定基督教在历史中的地位与作用，因其对东正教和基督教的激烈批判获得"反基督者"的称号，而在生命终结之际却戏剧性地选择皈依基

---

① ［俄］吉皮乌斯. 往事如昨：吉皮乌斯回忆录［M］. 郑体武，岳永红，译. 上海：学林出版社，1998：177.

② 金亚娜，周启超. 白银时代·文化随笔［G］. 北京：中国文联出版公司，1998：31.

③ 瓦西里·瓦西里耶维奇·罗赞诺夫［EB/OL］. 维基百科网，2013-5-30.

④ 童道明. 道明随笔（1）［J］. 俄罗斯文艺，2009（2）：96.

督教。罗赞诺夫"是作为一名善良的基督徒而死去的。在他死前，他的心里充满了来自基督复活的快乐"①。罗赞诺夫"几次接受圣餐，人们给他举行了终傅圣礼。他就在这种宗教仪式中离开人世"②。1919 年 2 月 5 日，罗赞诺夫的遗体被葬在谢尔基耶夫巴萨特市（今天的扎戈尔斯克市）切尔尼戈夫斯基隐修院，与对其赞赏有加的哲学家康·列昂季耶夫的坟墓相邻。数年后，隐修院被毁，墓地被掘，变成了无人问津的垃圾场……

贫寒的出身、苦难的童年、不幸的婚姻、落魄的晚年，罗赞诺夫的一生充满着浓重的悲剧色彩，是俄国文化史上一位"优雅的悲剧式人物"③。

他的密友戈列尔巴赫（Э. В. Голлербах）为他写下了如下悼词：

死者有很多敌人，既有思想上的也有政治上的，但是所有敌人都承认他具有鲜明的、非同一般的个性。他的天才著作与耀眼天赋被众人理解与赞赏的时代一定会到来。④

伊兹迈洛夫（А. Измайлов）这样写道：

死者的地位一点也不比活着的人低，即使已经盖棺了，他依然会是争论的焦点……他生前未曾听到的责骂与颂扬会同时萦绕他的坟墓，一些人认为他是天才，另一些人则认为他是庸人。⑤

罗赞诺夫与世长辞后，他的女儿曾请高尔基为父亲写篇回忆特写，当时高尔基表示，他没有勇气为这样一个他最喜爱的、才华横溢的作家，有时候

① ［俄］洛斯基. 俄国哲学史［M］. 贾泽林，译. 杭州：浙江人民出版社，1999：439.
② ［俄］洛斯基. 俄国哲学史［M］. 贾泽林，译. 杭州：浙江人民出版社，1999：439.
③ 俄罗斯科学院高尔基世界文学研究所. 俄罗斯白银时代文学史（第 2 卷）［M］. 谷羽，王亚民，译. 兰州：敦煌文艺出版社，2006：316.
④ Дворецкая Е. И. Литературная жизнь России 1920 - х годов. События. Отзывы современников. Библиография. (Том 1. Часть1.)［M］. M. : ИМЛИ РАН, 2006. C. 348.
⑤ Дворецкая Е. И. Литературная жизнь России 1920 - х годов. События. Отзывы современников. Библиография. (Том 1. Часть1.)［M］. M. : ИМЛИ РАН, 2006. C. 348.

甚至是与自己的内心想法格格不入的思想家撰写回忆录，因为他对罗赞诺夫无法做出准确的评判。1969 年，普里什文的遗孀瓦列丽雅·德米特里耶夫娜给罗赞诺夫的女儿塔吉雅娜·瓦西里耶夫娜写下了这样有力的话语："罗赞诺夫的名字只是目前引起人们的反感，请不必担心，总有一天他会被时代接纳，甚至需要。"①现在，这样的时代到来了，我们可以完全真实地描述罗赞诺夫，尽管这很有难度，但是需要尝试。

二　中国罗赞诺夫研究现状

19 世纪末 20 世纪初的俄罗斯"白银时代"呈现出异彩纷呈的繁荣景象，涌现出一批杰出的诗人、作家、批评家、艺术家、哲学家。罗赞诺夫是白银时代独具特色的一位人物，身兼数任，创作了大量的传世之作，在几乎所有人文领域都卓有建树。罗赞诺夫一向以神秘、怪诞和才华横溢而著称，他被誉为"陀思妥耶夫斯基可敬的学生""俄罗斯的尼采""俄罗斯的弗洛伊德""俄罗斯的劳伦斯"，或许用"天才"这个词来形容他是最恰当不过的。俄国著名文艺理论家巴赫金多次提倡"读读罗赞诺夫吧。"高尔基称赞罗赞诺夫是"俄罗斯当代最有意思的人"。吉皮乌斯说道："与其说他是一个人，不如说他是一个'现象'。"舍斯托夫认为："罗赞诺夫是俄国当时最杰出的哲人。"我国学者张百春指出："无论是从哲学和宗教方面，还是从文学方面，没有罗赞诺夫，关于白银时代就不能有一个相对完整的印象。"②由此说，俄国一流的文学家、思想家和中国知名学者一致认为，罗赞诺夫属于俄国白银时代最杰出的思想家和艺术家之列，是 19 世纪至 20 世纪之交俄国文化品格的建构者之一。

杨忠闺的《罗扎诺夫在中国的译介和研究》（《文艺生活》，2009 年第 2 期）对 1981—2009 年（将近 30 年）中国的罗赞诺夫译介和研究情况做了比

---

① Николюкин А. Н. Мысли о литературе [M]. М. : Современник, 1989. С. 5.

② 张百春. 罗赞诺夫的宗教哲学 [J]. 哈尔滨师专学报，1999（6）：18.

较全面清晰的耙梳，为本书的综述工作提供了重要文献参考，但文中有小部分遗漏与描述不准确之处，而且距今已年代久远。耿海英的《中国罗赞诺夫研究》（《中州大学学报》，2015年第5期）一文侧重于介绍国内对罗赞诺夫的译介情况。作者认为中国的罗赞诺夫翻译和研究至今依然非常薄弱，中国学者基本上是在借用俄罗斯学者对罗赞诺夫的论述观点，还没有形成自己的研究视角，整体研究水平还处于初级阶段。笔者基本赞同耿海英对中国罗赞诺夫研究的整体评价，但遗憾的是，作者最后只是说中国的罗赞诺夫翻译和研究之路还很长，并未指出今后的发展趋势。

本书从译介、生平、创作、文学批评及思想研究等方面综述了罗赞诺夫在中国的接受、传播和研究过程，力求对中国罗赞诺夫研究进行全局性扫描。在此基础上反思其中不足之处，发现罗赞诺夫研究新走向，以利今后对罗赞诺夫的进一步研究。

一、译介

（一）中国对罗赞诺夫作品的译介始于20世纪80年代，总体来看，这一时期的译介主要是来自别国的零星介绍，缺乏自觉性

美籍俄侨马克·斯洛宁著、汤新梅译的《现代俄国文学史》①（1981年，台北远景出版社）第六章《神秘主义者、哲学家与马克思主义者》的第二节对罗赞诺夫进行了简单介绍，主要涉及罗赞诺夫的多变个性、体裁特色及其对犹太人、性、基督的另类思想。这是在中国能找到的关于罗赞诺夫的最早评论，不过，因为是来自台湾地区的英译本，又是一部文学史著作，所以分量仅占一小节的罗赞诺夫并未引起学界的关注。

（二）20世纪90年代后期，学界逐渐进入自觉的译介状态，形成了一次罗赞诺夫译介热潮

思想类。托洛茨基（Л. Д. Троцкий）著、刘文飞等译的《文学与革命》（1992年，北京外国文学出版社），其中用较小篇幅批判了罗赞诺夫为人和思想的多变性。不难看出，作为革命家的托洛茨基对罗赞诺夫的评论带有明显

---

① 2001年由人民文学出版社再版。

的时代色彩和政治偏见,不但有失公允,而且过于偏激,没有认识到罗赞诺夫的真正价值所在。尼·别尔嘉耶夫著、雷永生和邱守娟译的《俄罗斯思想:19世纪至20世纪初俄罗斯思想的主要问题》(1995年,生活·读书·新知三联书店)第九章、第十章谈及罗赞诺夫的哲学问题及其意义。王承新和汪剑钊主编的"外国思想者随笔经典"《灵魂的边界》(1996年,云南人民出版社)中收录了汪剑钊译的《思想的胚芽》,该文记录了罗赞诺夫的一些片段式思考。别尔嘉耶夫著、雷永生译的《自我认识——思想自传》①(1997年,上海三联书店出版)全面细致地回忆了罗赞诺夫的诸多生活细节及其奇特的思想与行为。此外,还有洛斯基著、贾泽林等译的《俄国哲学史》(1999年,浙江人民出版社)第23章第4节,对罗赞诺夫的生平、论著及其对基督教的批判进行了简要概述。叶夫多基莫夫著、杨德友译的《俄罗斯思想中的基督》(1999年,上海学林出版社)扼要论及罗赞诺夫的宗教观。赫克著、高骅和杨缤译的《俄国革命前后的宗教》(1999年,学林出版社)论及罗赞诺夫对性及教会的态度。梅列日科夫斯基著、李莉和杜文娟译的《重病的俄罗斯》(1999年,云南人民出版社)谈到罗赞诺夫与梅列日科夫斯基的关系等。

文学类。冯觉华译、孙立成校、T. Л. 布斯拉科娃著的《罗赞诺夫的创造生涯》(《齐齐哈尔大学学报》,1995年第2期)概述了罗氏的生平、创作历程和思想发展,使国内读者对罗赞诺夫的个性和创作特点有了比较全面的了解。该论文是被译介到中国的有关罗赞诺夫的首篇学术论文,对国内罗赞诺夫研究具有里程碑意义。郑体武选了罗赞诺夫《落叶》的片段(《世界文学》,1997年第3期),这是国内最早的罗赞诺夫文学作品译介。从某种意义上说,中国学者郑体武为国内罗赞诺夫文学翻译和研究拉开了序幕。后续,他还翻译了《隐居及其他:洛扎诺夫随想录》②(1997年,上海远东出版社),其中收录了罗赞诺夫的《隐居》《落叶》第一章、《落叶》第二章以

---

① 2002年,由广西师范大学出版社两次再版。1998年,汪剑钊将其译为《自我认知——哲学自传的体验》,由云南人民出版社出版。2007年,被收入汪剑钊编选的《自我认知》文集,由上海人民出版社出版。

② 2015年由中央编译出版社再版。

及《我们当代的启示录》。这虽然只是一个选译本，选译的分量平均约占各原作的三分之一，但这是罗赞诺夫文学作品的第一个中译本。时隔一年，李勤翻译的《自己的角落：洛扎诺夫文选》（1998 年，上海学林出版社）选译了罗氏的 16 篇文章，内容涉及文学评论、教育评论、宗教哲学、政论批评等，郑体武在本书序中简述了罗赞诺夫的生平、著述及其思想。同年，在郑体武和岳永红合作翻译的吉皮乌斯回忆录《往事如昨》①（1998 年，上海学林出版社）中，《耽于沉思的朝圣者——回忆洛扎诺夫》一文以其个性的视角讲述了一个吉皮乌斯眼中的罗赞诺夫。郑体武译的《落叶》②（1998 年，云南人民出版社）完整地收录了罗赞诺夫《落叶》的第一章和第二章。至此，郑体武已基本完成罗赞诺夫最著名的三部文学作品的翻译工作，这项翻译工作极大地推动了国内开展罗赞诺夫文学研究的进程。弗·索洛维约夫等著、赵永穆和蒋中鲸译的《关于厄洛斯的思索》（1998 年，辽宁教育出版社），这是一部以爱为主题的选编文集，其中选录罗赞诺夫的《作为一种信仰的家庭》《孤独》《落叶》《昙花一现》等作品片段。汪介之、葛军和周启超主编的《白银时代·名人剪影》（1998 年，中国文联出版公司，"俄罗斯白银时代精品文库"第 3 卷）收录了晓都翻译的梅列日柯夫斯基的《瓦·罗赞诺夫》。金亚娜和周启超主编的《白银时代·文化随笔》（1998 年，北京中国文联出版公司，"俄罗斯白银时代精品文库"第 4 卷）收录了赵桂莲翻译的罗赞诺夫的三篇随笔《思绪之芽》《关于文学的断想》《逝者如斯》，以及彼·帕利耶夫斯基（П. В. Палиевский）的《瓦西里·罗赞诺夫肖像》。

（三）2000 年后，中国翻译界对罗赞诺夫的关注由其文学领域逐渐转向了宗教哲学、文化领域

文学类。西尼亚夫斯基著、薛君智等译的《笑话里的笑话》（2001 年，北京中国文联出版社）收录了张有福翻译的《洛扎诺夫的自画像》和《奉"不具备形式"为神圣》，这两部分内容为西尼亚夫斯基著的《瓦·瓦·洛扎诺夫的〈落叶〉》中的第六章和第七章。这是国内首次部分翻译俄国研究罗

---

① 2012 年再版，更名为《那一张张鲜活的面孔》，由花城出版社出版。

② 2015 年由商务印书馆再版。

赞诺夫的专著，对国内罗赞诺夫研究很有借鉴意义。方珊、何卉与王利刚选编的《灵魂的手书》（2005 年，山东友谊出版社）收录了郑体武译的《落叶》《隐居》《我们当代的启示录》，以及张百春译的《论宗教大法官的传说》。这个选译本的可贵之处在于划分出主题，使得不分章节、亦无小标题、混沌一片的罗赞诺夫原作整齐有序地呈现。谷羽和王亚民等翻译的《俄罗斯白银时代文学史（1890—1920 年）》（2006 年，敦煌文艺出版社）第二章谈到罗赞诺夫创作的"文学性衰退"，及其"反爱即死亡"的观点。雷纳·韦勒克著、杨自伍译的《近代文学批评史：1750—1950》（2006 年，上海译文出版社）第七卷简述罗赞诺夫的经历，并对罗氏持强烈的批判态度。刘文飞主编的《普希金集》（2008 年，花城出版社）收录刘文飞译的《返回普希金》的片段。米尔斯基著、刘文飞译的《俄国文学史》（2013 年，人民出版社）的第四章用一节的篇幅专门介绍罗赞诺夫的生平、创作特点、文学批评观点和宗教哲学思想。俄国文学史著作对罗赞诺夫进行专节简述的也不多，可见米尔斯基非常有学术眼光，能够看到罗赞诺夫在俄国文学史上的重要性。

思想类。张百春译的《陀思妥耶夫斯基的"大法官"》①（2002 年，华夏出版社），原著出版之际就受到了学术界的好评，并被译成德文。这个中译本在我国获得了专家、学者的普遍认可，不仅在翻译方面很有纪念意义，而且为国内学者研究罗赞诺夫对陀氏、果戈理等俄国作家的评论观点提供了新材料，做出了重大贡献。德拉奇主编、王亚民等译的《世界文化百题》（2003 年，敦煌文艺出版社）在第六章中略述罗赞诺夫的文化学观点：坚持建造有生命力的天地合一的独特文化。格奥尔基·弗洛罗夫斯基著、吴安迪等翻译的《俄罗斯宗教哲学之路》（2005 年，上海人民出版社）第八章《前夜》简述了罗赞诺夫的自然主义宗教思想。别尔嘉耶夫著、于培才译的《文化的哲学》（2007 年，上海人民出版社）收录的《基督和世界：答 B. B. 罗赞诺夫》主要针对罗赞诺夫的"敌基督"宗教观；《论俄罗斯人内心"永远的婆娘气"》分析阐述了罗赞诺夫身上"永恒的村妇性"。钱中文主编的

---

① 2007 年，更名为《论宗教大法官的传说》，由华夏出版社再版。

《读俄罗斯》（2008 年，泰山出版社）收录孙蕾译的《基督教的历史地位》一文。徐振亚主编的《陀思妥耶夫斯基集（上、下）》（2008 年，花城出版社）收录了张百春译的《论宗教大法官的传说》中的一小部分片段。阿希姆巴耶娃编、徐振亚和娄自良译的《精神领袖：俄罗斯思想家论陀思妥耶夫斯基》（2009 年，上海译文出版社）选登了罗赞诺夫 19 世纪 90 年代初发表在《新时代》报的四篇文章：《弗·索洛维约夫与陀思妥耶夫斯基》《陀思妥耶夫斯基与索洛维约夫之间的龃龉》《关于陀思妥耶夫斯基的讲座》《为什么我们感到陀思妥耶夫斯基很亲切》，这些文章对于研究陀思妥耶夫斯基大有裨益。刘光耀、杨慧林主编的《神学美学（第 4 辑）》（2011 年，上海三联书店）收录徐凤林译的《基督教是消极的还是积极的》一文。田全金译的《陀思妥耶夫斯基启示录——罗扎诺夫文选》（2013 年，华东师范大学出版社）收录了罗赞诺夫 1892—1918 年有关俄罗斯文学和陀氏的 13 篇论文，附录中收录了佩尔卓夫、穆拉维约夫、苏卡奇对罗赞诺夫的回忆和评论文章。不过，译者是为研究陀氏才翻译罗赞诺夫有关陀氏的批评文章，重点不在于研究罗赞诺夫。译者为罗赞诺夫思想犀利、文采飞扬、文风奔放所吸引，但在翻译过程中苦于罗赞诺夫的不守文法、涉猎领域极其广泛、思绪飘忽不定，故而翻译时有中断，历时三载才成书。如译者所说，尽可能传达原作思想，不奢望传递原文的风格。万艺程译、阿·捷斯利亚的《罗赞诺夫视野下的瓦连京·拉斯普京》（《俄罗斯文艺》，2019 年第 1 期）一文尝试用罗赞诺夫晚期的哲学观点来解读拉斯普京的作品。

从以上方面的梳理可以看出，在中国，罗赞诺夫的作品译介仅仅是一部完整的文学作品（《落叶》），两部文学作品的节译（《隐居》《我们当代的启示录》），一部文学评论著作（《论宗教大法官的传说》），以及三十几篇单篇的思想随笔（《思想的胚芽》等），这与罗赞诺夫近 50 卷的宏厚著作相比，不过冰山一角而已。罗赞诺夫的行文恣肆广博，叙述松散，让人很难把握其所言之意，故译文质量参差不齐、良莠混杂，但这些译文依然为我们进一步研究罗赞诺夫及其思想奠定了重要基础。另外，通过对俄国宗教哲学史、思想史、文学史、回忆录、学术论文的译介，我国学术界对罗赞诺夫这位奇人，以及他的奇文、奇思已经有了初步认识。

二、生平、创作、文学批评及思想研究

（一）20世纪90年代中国对罗赞诺夫的研究刚刚起步，所以呈现出时有中断、底气不足的状态

宗教哲学思想研究。张百春的《罗赞诺夫的宗教哲学》（《哈尔滨师专学报》，1999年第6期）主要阐述了罗赞诺夫性的宗教、罗赞诺夫对基督以及基督教的批判等，这是国内最早研究罗赞诺夫宗教哲学观的学术文章。张百春是国内最早研究罗赞诺夫的宗教哲学思想，同时也是对此研究最深入的学者。

生平与创作研究。郑体武在《危机与复兴——白银时代俄国文学论稿》（1996年，四川文艺出版社）中，以《罗扎诺夫其人其文》一文分析了罗赞诺夫的思想和个性，不失为一篇有价值的研究文章。郑体武不仅首次译介了罗赞诺夫的《落叶》《隐居》《文学启示录》，而且是国内对罗赞诺夫研究最全面的学者。邓理明的《瓦·罗赞诺夫简论》（《俄罗斯文艺》，1998年第1期）概括式介绍了罗赞诺夫主要论著中的重要思想。这是国内首次发表的专论罗赞诺夫的学术评论文章。张冰的随笔性著作《白银悲歌》（1998年，中国电影出版社）中《文体的"不法之徒"罗扎诺夫》一文生动风趣地介绍了罗赞诺夫的一生。赵桂莲的《用心感知，让心说话——论罗赞诺夫的创作价值观》（《北京大学学报（外国语言文学专刊）》，1999年S1期），对罗赞诺夫矛盾感性的创作现象背后的创作价值观做了分析探讨，介绍了他的"性的宗教"、处世态度和对俄罗斯民族性的看法等。

文学批评研究。中国学者对罗赞诺夫的文学批评研究非常欠缺，只有郑体武、周启超、刘宁、赵桂莲等以少量篇幅简要论及。赵桂莲的《白银时代的陀思妥耶夫斯基研究》（《国外文学》，1996年第3期）论及罗赞诺夫对陀氏有关恶的评论。郑体武的《果戈理："在恐惧中抓紧十字架的魔鬼"》（《书城》，1998年第1期）一文指出罗赞诺夫对果戈理的颠覆性评论观点。郑体武的《洛扎诺夫的文学观》（《外国语》，1998年第5期）从文学批评和文学创作两方面介绍了罗赞诺夫的文学思想，较为深入地分析了罗赞诺夫在《论宗教大法官的传说》中对果戈理的评价。这篇文章应该说是国内最早的

罗赞诺夫文学批评思想评述，其中不乏诸多独特而令人信服的新发现，对国内的罗赞诺夫研究是一项有意义的开拓性研究。周启超的《俄国象征派文学理论建树》（1998 年，安徽教育出版社）在第一章中简评了罗赞诺夫的几篇重要理论著作，概述了罗赞诺夫的理论主张和批评见解。刘宁主编的《俄国文学批评史》（1999 年，上海译文出版社）有两小节论及罗赞诺夫，介绍了他的《俄国批评发展的三个阶段》以及他对果戈理、陀思妥耶夫斯基的基本立场。这是罗赞诺夫第一次进入中国学者所编的批评史中，这也表明罗赞诺夫的文学批评思想在中国正逐步得到承认和关注。赵桂莲的《天堂不再——"白银时代"的普希金印象》（《国外文学》，1999 年第 1 期）论及罗赞诺夫对普希金的评论观点，后续的《俄罗斯白银时代普希金研究概观》（《国外文学》，2000 年第 2 期）涉及罗赞诺夫所提倡的像普希金那样去爱。

（二）2000 年以后，虽然罗赞诺夫研究的成果数量有所增加，研究程度进一步加深，但总体研究趋势仍处于预热状态

这一研究历程以 10 年为节点可以划分为两个阶段，每个阶段都呈现出不同的特点。第一阶段的主要研究成果是罗赞诺夫首次进入国内俄罗斯文学史中，而且再次进入国内俄罗斯文学批评史中，郑体武、张杰、汪介之等中年学者为国内的罗赞诺夫研究做出了较大贡献。相比第一阶段，第二阶段的主要研究成果是由青年学者撰写的专门研究罗赞诺夫的硕博士学位论文和学术文章，这批青年学者视野开阔，思想新锐，使得国内的罗赞诺夫研究又向前迈进了一大步。

1. 第一阶段（2000—2009 年）

宗教哲学思想研究。张百春著的《当代东正教神学思想：俄罗斯东正教神学》（2000 年，上海三联书店）第二章第二节对罗赞诺夫的神学思想进行了比较全面的阐述。刘锟的博士学位论文《东正教精神与俄罗斯文学》（2004 年，黑龙江大学）谈到罗赞诺夫在《关于甜蜜的耶稣与苦涩的世界》报告中对基督的批判。耿海英的博士学位论文《别尔嘉耶夫与俄罗斯文学》①（2007 年，华东师范大学）比较深入地研究了别尔嘉耶夫与罗赞诺夫

---

① 2009 年由上海书店出版社出版。

之间的关系。作者主要是研究别尔嘉耶夫对 19 世纪经典作家的评论观点，故在此只是是及罗赞诺夫的生平和思想。

生平与创作研究。金亚娜的《B. 罗扎诺夫的哲学和文学创作中的女性崇拜主题》（《外语学刊》，2005 年第 6 期）着重考察了罗赞诺夫的独特女性崇拜观及其理论基础和民族宗教文化渊源，分析了罗氏的理想女性标准。后来，金亚娜在《期盼索菲亚：俄罗斯文学中的"永恒女性"崇拜哲学与文化探源》（2009 年，人民文学出版社）一书中继续深化这一主题，论及罗赞诺夫的"永恒村妇性"和罗赞诺夫的女性观。郑体武的《俄罗斯文学简史》（2006 年，上海外语教育出版社）第七章概述部分分析了罗赞诺夫的《隐居》及《落叶》（第一章，第二章）三部曲的特点。郑体武认为，很难界定三部曲的体裁，因为三部曲的体裁超越了一般意义上的文学，三部曲的重要特征是灵魂的手书性和笔调的谈话性。这是罗赞诺夫首次进入国内俄罗斯文学史中。张冰著的《白银时代俄国文学思潮与流派》（2006 年，人民文学出版社）略述了罗氏的哲学问题与体裁问题。黄晓敏的《洛扎诺夫的精神世界探寻》（《时代文学》，2008 年第 4 期）对罗赞诺夫的文学观、性爱观和宗教观作了扼要论述。

文学批评研究。张杰和汪介之著的《20 世纪俄罗斯文学批评史》（2000 年，译林出版社）用一节篇幅介绍了罗赞诺夫的生平和几部重要的文学批评论著，如《论宗教大法官的传说》《文学随笔》《论作家与创作》《在艺术家中间》等，除此之外，还简述了罗赞诺夫的宗教哲学思想以及对普希金、果戈理、陀思妥耶夫斯基、托尔斯泰等人的基本评价。这是罗赞诺夫再次进入国内俄罗斯文学批评史中。汪介之著的《远逝的光华——白银时代的俄罗斯文化》（2003 年，译林出版社）也同样收录了上述内容。刘洪波的《孤独的天才，僵死的世界——瓦·罗赞诺夫眼中的果戈理及其创作》（《国外文学》，2010 年第 1 期）揭示了罗赞诺夫对果戈理的独特评论视角。

2. 第二阶段（2010—2019 年）

宗教哲学思想研究。张百春著的《风随着意思吹：别尔嘉耶夫宗教哲学研究》（2011 年，黑龙江大学出版社）和石衡潭著的《自由与创造：别尔嘉耶夫宗教哲学导论》（2011 年，社会科学文献出版社）均简要阐释了罗赞诺夫在"新宗教意识运动"中的地位与影响。李天昀的硕士学位论文《罗赞诺夫〈论宗教大法官的传说〉中的人性论思想研究》（2017 年，江苏师范大学）阐述了罗赞诺夫在《论宗教大法官的传说》中提出的人性论思想的内涵及其当代价值。吴琼的《俄罗斯罗扎诺夫与列夫·托尔斯泰的"新宗教"思想研究》（《世界宗教文化》，2019 年第 1 期）一文将罗赞诺夫与托尔斯泰的宗教哲学观进行比较，从而阐释两者"新宗教"思想的异同。

生平与创作研究。张真真的硕士学位论文《普里什文与罗扎诺夫：生活和创作上的相互关系》（2012 年，上海外国语大学）用俄文写作，探讨了罗赞诺夫和普里什文在世界观上的相似性以及罗赞诺夫对普里什文的影响。吴琼的《罗赞诺夫的"手稿性"书写探析》（《俄罗斯文艺》，2013 年第 1 期）一文试图从罗赞诺夫创作的"手稿性"叙事风格和"私密性"格调为出发点，探索罗赞诺夫创作的诗学意蕴。纪薇的《罗赞诺夫与俄罗斯后现代主义文学》（《俄罗斯文艺》，2013 年第 1 期）和《罗赞诺夫创作中的后现代特征》（《中国俄语教学》，2014 年第 1 期）均是在后现代语境中研究罗赞诺夫的创作，视角新颖，颇具新意。纪薇的《高尔基也无法给予定评的罗赞诺夫》（《世界文化》，2014 年第 3 期）是国内为数不多研究罗赞诺夫生平、创作与个性的文章。吴琼的《罗赞诺夫对陀斯妥耶夫斯的继承与超越》（《俄罗斯文艺》，2017 年第 2 期）一文通过比较两者的异同，试图解读罗赞诺夫创作在新文体、复调、断续思想、作者形象和狂欢化等方面的特点。

文学批评研究。张杰的《走向真理的探索——白银时代俄罗斯宗教文化批评理论研究》（2012 年，北京大学出版社）以第三章论述了罗赞诺夫对"性与宗教"问题思考的生活化和对哲学等问题思考的文学化特征。张杰等著的《20 世纪俄苏文学批评理论史》（2017 年，北京大学出版社）也同样收录了上述内容。纪薇的博士学位论文《罗赞诺夫文学批评研究》（2013 年，北京师范大学）是国内首篇研究罗赞诺夫及其文学批评的博士论文，具有标志性意义。纪薇的《罗赞诺夫文学批评中的莱蒙托夫》（《俄罗斯文艺》，2014 年第 3 期）是国内最早研究罗赞诺夫对莱蒙托夫评论观点的文章。时隔一年半之后，吴琼的博士学位论文《永不磨灭的灵魂：寻觅与超越——罗扎诺夫的文学批评研究》（2014 年，黑龙江大学）问世。两年之内，在俄罗斯文学研究重地（北京师范大学和黑龙江大学）专门研究罗赞诺夫文学批评的博士学位论文相继问世，这是国内罗赞诺夫研究向纵深发展的可喜成果。吴琼的《天堂的建构者与地狱的肇端者——罗赞诺夫视域中的普希金与果戈理》（《哈尔滨工业大学学报：社会科学版》，2014 年第 5 期）一文认为罗赞诺夫倾向于通过对比突显作家的创作特色，他将普希金和果戈理置于对立的两端，前者创造了真实、鲜活和光明的世界图景，而后者却编织出幻想、僵死和阴暗的世界图景。田全金的《陀思妥耶夫斯基与白银时代俄国文化》（2014 年，华东师范大学出版社）专设一章论述了罗赞诺夫笔下的陀氏是为自由而战的哲学家。杨旭的《罗赞诺夫的陀思妥耶夫斯基批评》（《文艺评论》，2015 年第 9 期）一文力图通过对《陀思妥耶夫斯基的"大法官"》中罗赞诺夫具体批评理论的分析，揭示其卓尔不群的思想理论和文学主张。耿海英的《"奇妙的永恒"——罗赞诺夫的普希金》（《中州大学学报》，2015 年第 6 期）一文指出罗赞诺夫在对普希金的赞成和反对中，在与俄罗斯经典作家的比较中，形成了普希金的多面性：和谐性、包罗万象性、永恒性、教育性、文学的尺度和俄罗斯的尺度、民族性和人民性、既是开端也是结束。宋胤男的《白银时代宗教哲学批评视阈下的果戈理研究》（《俄罗斯文艺》，2017 年第 1 期）一文主要是梳理白银时代宗教哲学家们，其中包括罗赞诺夫对果戈理的研究观点，并对其反思和与之对话。田全金的《罗扎诺夫论陀思妥耶夫斯基：关于"瘙痒"的"神言"》（《中北大学学报：社会科学版》，2018 年第 6 期）指出，罗赞诺夫和陀氏都出于对"瘙痒"的执着追求而创作出了超越凡俗的"神言"。宋胤男的《一生爱恨纠缠：瓦·罗赞诺夫评果戈理》（《中国俄语教学》，2019 年第 2 期）一文指出罗赞诺夫阐释了果戈理创作中的非现实主义特征；剖析了果戈理病入膏肓时的精神状态，谴责教会的无能；罗赞诺夫在革命后对果戈理的态度由反对变成反思，并最终与其和解。

从我国现有的研究情况来看，主要涉及罗赞诺夫的生平、创作、文学批评及思想演变。其中尤其关注他的宗教哲学思想：性的泛神论、敌基督、反基督教、人性论等。文学方面，主要聚焦于罗赞诺夫创作体裁的独特性、创作主题、创作价值观，以及他对普希金、果戈理、莱蒙托夫、陀思妥耶夫斯基等的评论观点。这些研究成果具有较大的学术价值，但分量仅仅是两部博士学位论文和两部硕士学位论文，二十几篇学术文章，十几部专著中的一小节，或是在综合概述中一笔带过。再者，就论述内容而言，也只是蜻蜓点水，没有充分深入地扩展开。换言之，在中国罗赞诺夫还没有被读透，缺乏系统、深入和多元的综合研究，尚未出现罗赞诺夫研究专著。

三、反思与展望

译介方面。从事外国文学研究，翻译必不可少，只有在良好翻译的基础之上进行研究，中国罗赞诺夫研究才能取得长足的发展。1981—2019 年，将近 40 年间，罗赞诺夫文学作品、文学评论文章和宗教哲学、文化论著的译介在国内还不够充分，对某些学术概念的界定还有待商榷和统一。之前这项工作主要由郑体武和张百春等 20 世纪 60 年代的中年学者完成，目前亟待一批青年学者进行拓译和补充。同时，也需要出版社大力倡导，并做出长远规划。

研究方面。总体而言，1996—2019 年，将近 25 年间，中国学术界对俄国白银奇葩罗赞诺夫的研究呈现出越来越重视、越来越广泛的良好发展态势：研究队伍在不断壮大，研究范围也在不断扩大，研究成果也越来越丰富。尽管如此，但对比俄罗斯国内的罗赞诺夫研究，我国学术界的研究力度过小，研究深度和视野都很有限。中国罗赞诺夫研究还需要进一步走向纵深，朝着层层深入、多方位、多视角的方向发展，才能取得可观的成果。笔者预见，从现代主义视角对罗赞诺夫的思想、创作和文学批评进行研究，从而确立中国学者的罗赞诺夫研究立场，将是未来罗赞诺夫研究的主要突破方向。

三 俄国罗赞诺夫研究现状

在俄国，罗赞诺夫（В. В. Розанов，1856—1919）的命运际遇极富戏剧性，先是饱受冷落，后又备受青睐。罗赞诺夫生前备受争议，死后被划归为反动作家之列，作品遭禁。苏联时期，人们不但没有为他立过一块纪念碑，反而每天都在他的埋葬地走过，"天才"竟遭到了如此惨遇。罗赞诺夫死后被整整封尘了 70 年之久，直到 20 世纪 80 年代末他才真正赢得"回归"，到了 90 年代，罗赞诺夫的主要著作均再版。

1991 年，在俄罗斯创建了罗赞诺夫遗产研究与出版协会①。在研究会主要负责人的推动下，苏联时期被禁的罗赞诺夫诸多作品陆续出版，1993—2000 年共出版了 12 卷《罗赞诺夫文集》。《罗赞诺夫与弗洛连斯基创作遗产跨区域研究和保护科学中心》②的创办成为 20 世纪 90 年代的重要事件。

2001 年，罗赞诺夫 145 周年诞辰之际，俄罗斯国立博物馆举办了以"他只能诞生于俄罗斯……"为主题的大型展览。2006 年，罗赞诺夫 150 周年诞辰之际，俄罗斯举办了大型纪念庆祝活动。其中尤为重要的是，5 月 29 至 30 日在莫斯科召开了题为"瓦·瓦·罗赞诺夫的遗产与当代"国际学术研讨会，会后于 2009 年出版了同名会议论文集。2011 年，罗赞诺夫 155 周年诞辰之际，俄罗斯举办了以《书与我们在一起》为主题的展览活动。

罗赞诺夫的三个故乡（科斯特罗马、辛比尔斯克、叶列茨）均设有罗赞诺夫故居博物馆，保留了罗赞诺夫的许多珍贵遗物。从 2008 年开始，科斯特罗马市（罗赞诺夫的出生地）每年都会举办全俄罗赞诺夫解读大会。科斯特罗马国立涅克拉索夫大学学报《活力》③ 从 2000 年起刊登有关罗赞诺夫的文

---

① "Общество по изучению и изданию наследия В. В. Розанова"，后文简称罗赞诺夫协会（Розановское общество）。

② 俄文：Межрегионального научного центра по изучению и сохранению творческого наследия В. В. Розанова и П. Флоренского。

③ 俄文：Энтелехия。

章，现已达上百篇。俄罗斯科学院社会科学情报研究所主办的《文艺学报》① 也从 2000 年起定期刊载有关罗赞诺夫的文章。2019 年开辟纪念罗赞诺夫逝世 100 周年专栏，发表了近 10 篇有关罗赞诺夫的论文，这些论文的内容非常有学术价值。这不能不说是罗赞诺夫当今仍为俄罗斯学术界所钟爱的具体体现。

俄罗斯还出版了《罗赞诺夫百科全书》② （2008），该书整理出 21 世纪初以前罗赞诺夫的几乎所有研究成果，对罗赞诺夫研究具有纲领性的指南作用。另有《罗赞诺夫@ etc. ru》③ （2011），这本书收录了 19 世纪最后 25 年间有关罗赞诺夫创作的论著，还包括罗赞诺夫本人以及他的亲密朋友们所写的文章。

最近几年，通过网络可以查到越来越多的罗赞诺夫作品以及有关罗赞诺夫的研究资料。通过网络检索可以快速系统地了解罗赞诺夫研究领域的重大进展情况，非常便捷高效。例如，《罗赞诺夫作品指南》④，《罗赞诺夫人物指南》⑤，这两部指南汇编了罗赞诺夫的主要著作，以及从 20 世纪 80 年代至今俄罗斯研究罗赞诺夫的专著、学位论文和学术文章。《罗赞诺夫研究文献资料索引》⑥，这其中包括西方对罗赞诺夫的研究文献。上述网络索引资料为罗赞诺夫研究提供了极其珍贵的学术信息和参考资料。

目前，俄罗斯已经形成了罗赞诺夫研究热潮，大有方兴未艾之势。遗憾的是，至今罗赞诺夫在俄国的研究现状尚未得到全面细致的综述。本节从十月革命前后、苏联期间的侨民研究、戈尔巴乔夫改革后、21 世纪以来四个时段，阐述罗赞诺夫在俄罗斯的接受过程和研究程度，旨在厘清该领域的图景，为未来研究提供可溯的线索，并从中可窥见罗赞诺夫在俄罗斯的最新研究动态。

---

① 俄文：Литературоведческий журнал。

② Николюкин А. Н. Розановская энциклопедия ［М］. М.：РОССПЭН，2008.

③ Налепин А. Л.，Померанская Т. В. Розанов @ etc. ru ［М］. М.：Центральный издательский дом，2011.

④ 俄文：Указатель Сочинения В. В. Розанова。

⑤ 俄文：Персональный указатель 《Василий Васильевич Розанов》。

⑥ 俄文：Библиография литературы о В. В. Розанове。

一、十月革命前后的研究

（一）十月革命前的研究

罗赞诺夫的遗产在其生前就引起了研究者的广泛兴趣和褒贬不一的评价。十月革命前的许多文章并未真正理解罗赞诺夫的风格与世界观。民粹派主要批评家米哈伊洛夫斯基（Н. К. Михайловский）对《在模糊不清和悬而未决的世界里》（В мире неясного и нерешенного，1901）这部论著中的主要术语不清楚感到十分愤然，他认为罗赞诺夫思考的主要问题并不存在。斯图卢威（П. Б. Струве）称罗赞诺夫是"有天生缺陷的大作家"。同时代人梅列日科夫斯基（Д. С. Мережковский）说："实质上，罗赞诺夫的批评根本就不是文学批评，而只是在说笑。"①格里弗佐夫（Б. Грифцов）在《三个思想家：瓦·罗赞诺夫、德·梅列日科夫斯基、列·舍斯托夫》（Три мыслителя. В. Розанов，Д. Мережковский，Л. Шестов，1911）一书中称罗赞诺夫的风格是"不安的"，这种"不安的"风格由作者的主观主义产生。同时，也存在着对罗赞诺夫创作的正面解读。斯特拉霍夫（Н. И. Страхов）对罗赞诺夫的文学批评天赋给予了很高的评价。斯特拉霍夫认为罗赞诺夫的首部文学著作《论宗教大法官的传说》（Легенда о Великом инквизиторе Ф. М. Достоевского，1894）是成功的，并指出罗赞诺夫文学批评的主要特征在于追求尽可能深入洞察他所评论的作者的内心世界，用作者的眼睛看世界。至于说罗赞诺夫的观点，斯特拉霍夫认为属于斯拉夫派。此外，哲学家和政论家斯特卢威（П. Б. Струве）将罗赞诺夫视为斯拉夫传统思想和陀思妥耶夫斯基思想的继承人。

特鲁别茨科伊（С. И. Трубецкой）、梅列日科夫斯基（Д. С. Мережковский）、布列宁（В. П. Буренин）还揭示出罗赞诺夫创作的独有风貌：主观主义、超自然直觉、思维与风格的二律背反性。著名哲学家特鲁别茨科伊认为："在

---

① Мережковский. В. В. Розанов［М］// Фатеев В. А. В. В. Розанов: pro et contra.（Книга I）СПб.：РХГИ，1995. С. 409.

政论作品中，罗赞诺夫成为诗歌中的象征主义者，用许多感受代替思想与讨论。"①梅列日科夫斯基指出，在罗赞诺夫的艺术意识中存在"超自然的直觉"，借助这种直觉，需要渊博的知识，他就可以洞烛艺术作品的堂奥。布列宁称罗赞诺夫的文章为文学癫狂最鲜明和最富表现力的典范。按照布列宁的界定，罗赞诺夫之所以能够引起如此强烈的反响，因为他是一位"完全与众不同的批评家"。通常大多数人无法理解罗赞诺夫的非传统思维，对这种思维做出正面评价，正如布列宁所认为的，这类批评家所遵循的不是逻辑，也不是理性，而是癫狂。

（二）十月革命后的研究

十月革命后，罗赞诺夫主要研究者有戈列尔巴赫（Э. Ф. Голлербах）、卢托欣（Д. А. Лутохин）、伊兹迈洛夫（А. А. Измайлов）、什克洛夫斯基（В. Б. Шкловский）等。

戈列尔巴赫是罗赞诺夫的一位年轻朋友，也是为罗赞诺夫写传记的第一人。他有关罗赞诺夫个性的专著《罗赞诺夫：个性与创作》②（1918）对罗赞诺夫的生活与创作做了全面评价，学者们至今仍在研究这本书中所提出的问题。戈列尔巴赫本人就是宗教哲学家，他对罗赞诺夫的阐释具有极高的学术价值，开创了真正意义上的罗赞诺夫研究。戈列尔巴赫准确而形象地传达了罗赞诺夫的工作环境："我记得小小的、窄窄的纸条散落在书桌上，他就是在那些纸条上创作的。有时罗赞诺夫在小纸片上，在撕下的一小块书皮上，在香烟盒上创作。"③戈列尔巴赫所记录的外在环境，可以反映出罗赞诺夫思维的内在风格，有助于我们洞悉罗赞诺夫的心理特性。卢托欣在《回忆罗赞诺夫》④（1921）这篇文章中把罗赞诺夫鉴定为一位令人惊奇的思想家

① Трубецкой С. Н. Чувствительный и хладнокровный［М］// Фатеев В. А. В В. Розанов: pro et contra. （Книга I）СПб. : РХГИ, 1995. С. 279.
② Голлербах Э. Ф. В. В. Розанов. Личность и творчество. ［М］. Пг. : Журн. "Вешние воды", 1918.
③ Голлербах Э. Ф. Воспоминания о Розанове［М］// Фатеев В. А. В. В. Розанов: pro et contra. （Книга I）СПб. : РХГИ, 1995. С. 230.
④ Лутохин Д. А. Воспоминания о Розанове［J］. Вестник литературы, 1921 （4/5）: 5-7.

和一位出色的交谈者。批评家伊兹迈洛夫则经常分析罗赞诺夫作品的注释，他认为罗赞诺夫是一位"文艺批评哲学家"，罗赞诺夫发表在报刊上的文章，被他称作"散文诗"。什克洛夫斯基在《作为一种风格的情节》① （1921） 一书中分析了罗赞诺夫的体裁。什氏在这本书中的《罗赞诺夫》② 中称罗赞诺夫为"文体的不法之徒"。按照什克洛夫斯基的说法，罗赞诺夫随意由一个主题跳向另一个主题的创新，让读者在阅读罗氏文本时获得了强烈的美学满足。

总体而言，20 世纪前 20 年为罗赞诺夫研究发展的第一阶段，有关罗赞诺夫的论著主要研究的是罗赞诺夫的思想渊源和创作特色。同时代人认为，他继承了俄罗斯由来已久的哲学与文化相结合的传统，同时传承了俄罗斯思想家对无体系性的迷恋。研究者确定了罗赞诺夫创作的来源，称罗赞诺夫是"少年陀思妥耶夫斯基"，捕捉到两人精神本质上的相似性。人们称罗赞诺夫是"俄罗斯一流的修辞大师"，在罗赞诺夫的作品中有"独特的词语，神秘的生活，词语结合的魔法"。

二、苏联期间的侨民研究

自 20 世纪 20 年代中期起，罗赞诺夫遗产在俄罗斯的研究进程被中断。在 20 世纪 20 至 80 年代，罗赞诺夫研究的中心转移到了西方，他的相关研究由俄罗斯侨民批评家、作家、哲学家们所弥补，比如莫丘利斯基（К. В. Мочульский）、吉皮乌斯 （З. Н. Гиппиус）、别尔嘉耶夫（Н. А. Бердяев）、斯维亚托波尔科-米尔斯基 （Д. С. Святополк-Мирский）、西尼亚夫斯基 （А. Д. Синявский）、津科夫斯基（В. В. Зеньковский） 等。在侨民时期的文章、回忆录和日记中，对罗赞诺夫有如下评定："无法模仿的"（莫丘利斯基语），"耽于沉思的朝圣者" （吉皮乌斯语），"文学才华惊人"（别尔嘉耶夫语），等等。批评家斯维亚托波尔科-米尔斯基的话很能说明问题："无法将罗赞诺夫的作品翻译出来。"西尼亚夫斯基把罗赞诺夫视为 "中

---

① Шкловский В. Б. Сюжет как явление стиля［M］. Пг.：ОПОЯЗ, 1921.

② Шкловский В. Б. В. Розанов［M］//Шкловский В. Б. Сюжет как явление стиля Пг.：ОПОЯЗ, 1921.

了魔法的朝圣者",并分析了他的《落叶》。西尼亚夫斯基著的《瓦·瓦·罗赞诺夫的〈落叶〉》①（1982）是首部详细分析罗赞诺夫《落叶》文体风格的著作。按照西尼亚夫斯基的观点，罗赞诺夫的修辞天赋惊人，但是他成功的原因却在于世界观的独特性。文体风格只是罗赞诺夫表达其信仰的外在形式，具体而言，作品的文体风格是其以对人的热爱为中心思想的道德信仰的载体。著名俄罗斯哲学家津科夫斯基对罗赞诺夫的论著尤其感兴趣，并在其专著《俄罗斯哲学史》②（1948—1950 年）中指出了罗赞诺夫精神道德探索的复杂特征。这种复杂性的出现，是由于罗赞诺夫身上强大的新闻工作本能冲刷掉了观点的完整性。至于说罗赞诺夫的写作方法，津科夫斯基称其为印象式的，是由单独的、彼此间不存在任何逻辑联系的意识流所构成的。

总的说来，20 世纪 20—80 年代为罗赞诺夫研究发展的第二阶段。俄罗斯国内的罗赞诺夫研究基本停滞，俄罗斯侨民文学家有不少关于罗赞诺夫的评论。但是，俄侨的研究当时并未得到俄罗斯国内学术界的接受，这些研究在很长时间内并不为俄罗斯读者所知晓。直到 20 世纪 90 年代，我们才有机会了解这些侨民作家的思想。事实上，这些俄侨中虽然有许多人是罗赞诺夫思想上的论敌，但他们对罗赞诺夫的态度却比较宽容，罗赞诺夫暮年的艰辛与英年早逝的消息让他们深感不安。

三、戈尔巴乔夫改革后的研究

从 20 世纪 80 年代末，人们对罗赞诺夫的研究兴趣蔚然兴起。按俄罗斯侨民批评家莫丘利斯基的话说"简直就是逐年俱增"。这一时期的研究者代表有：尼科留金（А. Н. Николюкин）、法杰耶夫（В. А. Фатеев）、叶罗菲耶夫（В. В. Ерофеев）、苏卡奇（В. Г. Сукач）、费佳金（С. Р. Федякин）、梅德维杰夫（А. А. Медведев）等。

作家、思想家尼科留金是当今罗赞诺夫研究领域的集大成者，他极大地推动了罗赞诺夫论著的出版，为现代罗赞诺夫研究的发展做出了巨大贡献。

---

① Синявский А. Д. 《Опавшие листья》 В. В. Розанова. ［М］. Париж，Синтаксис；1982.

② Зеньковский В. В. История русской философии. ［М］. Париж：YMCA-PRESS，1948—1950.

从 1994 年到 2010 年的 16 年间，尼科留金主编了一套罗赞诺夫丛书，由共和国出版社汇编出版了 30 卷的《罗赞诺夫文集》① （1994—2010 年）。这是俄罗斯当前最权威的罗赞诺夫文集，这套文集是我们研究罗赞诺夫的重要第一手资料，其前言与附录也为我们提供了俄国学者关于罗赞诺夫的重要评论。

以下是尼科留金主编的具有代表性的罗赞诺夫文集。《文学沉思录》② （1989）是罗赞诺夫开禁后出版较早的一部作品文集。本书分两部分，第一部分《书和文章》收录了罗赞诺夫 1891—1918 年的文学评论文章；第二部分《书信》收录了 1891—1919 年罗赞诺夫写给友人的信函。《宗教·哲学·文化》③ （1992）是罗赞诺夫思想的盛宴，收录了罗赞诺夫很多重要的宗教、哲学、文化类文章。《在艺术家中间》④ （1994）收录了《意大利印象》与《在艺术家中间》，这两本书自首次出版后就未再版过。本书涉及了罗赞诺夫对俄罗斯思想和命运的思考，对俄罗斯杰出文化活动家普希金和果戈理、夏里亚宾和列宾的评论，以及对西方艺术的独特观点。《论作家与创作》⑤ （1995）是初次以单行本形式出版，收录了 1892—1918 年罗氏评述作家与作家创作的评论文章，主要讲述了诸多俄国作家与国外作家的创作问题，例如普希金、果戈理、莱蒙托夫、陀思妥耶夫斯基、托尔斯泰、勃洛克、契诃夫、梅列日科夫斯基、歌德、狄更斯、莫泊桑等，同时还讲述了俄罗斯哲学家们的创作技巧问题，譬如列昂季耶夫、符·索洛维约夫、弗洛连斯基等。在这些随笔中，罗赞诺夫合理地阐述了自己对诸多作家遗产的宝贵观点，分析了这些作家为人类精神文化宝库做出的巨大艺术贡献。这本书以其思想的深刻性与新鲜感让人折服。《论宗教大法官的传说》⑥ （1996）收录了罗赞诺夫的两部作品《论宗教大法官的传说》和《文学随笔》，同时还有罗赞诺夫

---

① Николюкин А. Н. В. В. Розанов. Собрание сочинений в 30 томах （комплект） ［М］. М.：Республика, 2010.

② Николюкин А. Н. Мысли о литературе ［М］. М.：Современник, 1989.

③ Николюкин А. Н. Религия. Философия. Культура ［М］. М.：Республика, 1992.

④ Николюкин А. Н. Среди художников ［М］. М.：Республика, 1994.

⑤ Николюкин А. Н. О писательстве и писателях ［М］. М.：Республика, 1995.

⑥ Николюкин А. Н. Легенда о Великом инквизиторе Ф. М. Достоевского. Литературные очерки. О писателях и писательстве ［М］. М.：Республика, 1996.

关于俄罗斯作家和文化活动者（Л. Толстой，К. Леонтьев，Вл. Соловьев，
Д. Мережковский，Л. Андреев，А. Суворин，К. Победоносцев）的早年文章，
这些文章从未再版过。本书反映出罗赞诺夫看待俄罗斯文学与哲学特质的敏
锐见解。

叶罗菲耶夫主编的《生存之不相容反差》①（1990）收录了罗赞诺夫不
同时期论述文学、美学问题的论著。包括以独特视角阐释陀氏创作的《论宗
教大法官的传说》（1894），以独一无二的"罗赞诺夫式"的作家个人日记体
裁方式创作的《隐居》（1912）和《我们当代的启示录》（1918）的部分片
段，将罗氏鲜明的、矛盾的创作个性以及至今让人惊叹不已的怪诞离奇的评
判与论断呈现给读者。苏卡奇主编了《文学流亡者》②（1994），以及罗赞诺
夫1899—1913年的旅游文集《另一片天地》③（1994）。这是对罗赞诺夫文集
的有益补充。

这个时期有影响，同时也具有相当学术价值的著作应首推尼科留金20
世纪90年代以来出版的理论专著。在《瓦西里·瓦西里耶维奇·罗赞诺
夫》④（1990）一书中，尼科留金指出，罗赞诺夫缺乏传统文学观念，对作家
作品有自己的独特认识。"是"与"非"，"左"与"右"同时共存，更准确
地说"是"不永远是"是"，而"非"未必一定是"非"。对罗赞诺夫来说，
对某一党派、文学团体和流派的倾向性是无关紧要的事，人本身以及人周围
永恒的价值才是他所感兴趣的。在《瓦西里·罗赞诺夫的各各他⑤》⑥
（1998）一书中，尼科留金以19世纪末20世纪初俄罗斯众多历史事件为背
景真实呈现出罗赞诺夫的生命历程。

法杰耶夫创作了一部有关罗赞诺夫个性与创作的论著《瓦·瓦·罗赞诺

---

① Ерофеев В. В. Несовместимые контрасты жития［М］. М.：Искусство，1990.

② Сукач В. Г. Литературные изгнанники［М］. М.：Танаис，1994.

③ Сукач В. Г. Иная земля иное небо … Полное собрание путевых очерков 1899—
1913гг.［М］. М.：Танаис，1994.

④ Николюкин А. Н. Василий Васильевич Розанов（Писатель нетрадиционного
мышления）［М］. М.：Знание，1990.

⑤ 耶路撒冷近郊的一座小山，基督教传说耶稣被钉死于此地。

⑥ Николюкин А. Н. Голгофа Василия Розанова［М］. М.：русский путь，1998.

夫：生平・创作・个性》①（1991），这是客观看待罗赞诺夫创作之路的重要
一步。他认为自己的著作更像是提供自由思考视角的随笔，因为"学术性"
或者"客观性"未必适合像罗赞诺夫这种俄罗斯文化当中既鲜明又独特的现
象。法杰耶夫分析有关罗赞诺夫的文献得出结论：在罗赞诺夫生前，反对显
然超过了赞成，只有在死后他才逐渐获得认可。可以说，除了与其观点一致
的一小部分人外，同时代人并不理解、也不接受罗赞诺夫。他写道，正是由
于罗赞诺夫，陀思妥耶夫斯基的作品在20世纪初才又重新被俄罗斯社会开
掘。按法杰耶夫的见解，罗赞诺夫是作为传统捍卫者而出现的：对家庭的崇
拜，对父辈的尊重，培养孩子的民族自豪感。由此可见，罗赞诺夫对斯拉夫
派代表人物（陀思妥耶夫斯基、格里戈里耶夫、斯特拉霍夫、苏沃林）持有
好感。罗赞诺夫认为宣传斯拉夫派的思想是自己的重要任务之一。此外，法
杰耶夫还主编了两卷本的《瓦・瓦・罗赞诺夫：赞成与反对》②（1995）。本
书收录了俄罗斯著名文化活动家对罗氏个性与创作的评论以及有关罗氏的回
忆文章，许多资料属首次发表，其中不乏对罗赞诺夫及其创作所作的精彩而
又精辟的论断。

　　费佳金的副博士学位论文《20世纪俄罗斯文学语境下〈隐居〉的体
裁》③（1995）是俄罗斯首部研究罗赞诺夫的学位论文。费佳金着重剖析了
罗赞诺夫的体裁特点，认为罗赞诺夫表面不成体系的文本具有内在统一性，
还阐述了这种罗氏体裁在俄罗斯文学中的发展情况。这一学术定论在俄罗斯
学界被广泛承认和接受，此后，俄罗斯学术界从未中断对罗赞诺夫文体的研
究。经修改，两年后费佳金出版专著《瓦・瓦・罗赞诺夫独创的文体》④
（1997）。

---

① Фатеев В. А. В. В. Розанов. Жизнь. Творчество. Личность. ［М］. Л.：Художественная
литература. 1991.

② Фатеев В. А. В. В. Розанов：pro et contra. Личность и творчество Василия Розанова в
оценке русских мыслителей и исследователей（Книга Ⅰ－Ⅱ）［М］. СПб.：РХГИ，
1995.

③ Федякин С. Р. Жанр《Уединенное》в русской литературе 20 века. ［D］. М.，1995.

④ Федякин С. Р. Жанр，открытый В. В. Розановым. ［М］. М.：Литературный ин-т
им. А. М. Горького，1997.

梅德维杰夫有关罗赞诺夫文学批评的副博士学位论文《瓦·瓦·罗赞诺夫论陀思妥耶夫斯基和托尔斯泰的随笔（理解的问题）》①（1997）是俄罗斯首部研究罗赞诺夫文学批评的学位论文。深入考察了罗赞诺夫对陀氏和托氏生活和创作理解的演变过程，认为："只有通过本体论的视角才能看到罗赞诺夫'批评体验'的独特性，这是一种艺术哲学的、与'对象'精神契合的体验，是全面理解陀氏和托氏的体验。"②同时，梅德维杰夫认为罗赞诺夫所选择的随笔形式是他自身与他者对话的哲学现象学形式，因此，只有结合罗赞诺夫哲学观的形成和发展过程，才能参透其独一无二的文学批评现象。

罗赞诺夫的女儿塔吉娅娜·罗赞诺娃在《祝您精神愉快》③（1999）一书中追忆关于父亲的美好回忆，这从该书的标题就可以看出。书中描绘了罗赞诺夫一家人的日常生活，充满爱的家庭氛围，以及 20 世纪初的著名作家、艺术家、音乐家和哲学家经常来家中做客的情景，这些内容都可以在罗赞诺夫的创作中找到回应。

整体上来看，20 世纪最后 10 年为罗赞诺夫研究发展的第三阶段。其间罗赞诺夫的诸多重要作品汇编成集，许多有关罗赞诺夫生平、创作和思想的大部头论著问世。这是当今的特权，因为只有在今天才有了必备的研究资料，罗赞诺夫的大部分遗产都已经出版，档案资料也已经公开。此外，有关罗赞诺夫的文学批评也有了专题研究。从 20 世纪 90 年代始，研究者就已经关注到罗赞诺夫的《论宗教大法官的传说》，当时罗赞诺夫文学批评观的体系是否合理这一问题，不止一次地引起了极大反响，有关罗赞诺夫文学批评的第一个副博士学位论文也随之出现。

---

① Медведев А. А. Эссе В. В. Розанова о Ф. М. Достоевском и Л. Н. Толстом（проблема понимания）．［D］．М．，1997．

② Медведев А. А. Эссе В. В. Розанова о Ф. М. Достоевском и Л. Н. Толстом（проблема понимания）．［D］．М．，1997. С. 13.

③ Розанова Т. В. Будьте светлы духом：Воспоминания о В. В. Розанове［M］．М．：Blue Apple，1999.

四、21 世纪以来的研究

尼科留金以大量的文献、档案资料为基础，在《罗赞诺夫》① （2001）一书中首次全面呈现出作为艺术家和思想家的罗赞诺夫的思想是如何形成的。并对罗氏以非传统思维方式创作的著名作品加以评述，为读者描绘出罗氏创作遗产的全景。《词语的真正魔力：侨民文学中的瓦·瓦·罗赞诺夫》② （2007）一书首次登载了以往只能在国外出版的古尔久莫夫（М. Курдюмов）和斯帕索夫斯基（М. Спасовский）评论罗氏的书籍，还有彼里斯基（П. Пильский）、霍温（В. Ховин）的文章，以及吉皮乌斯（З. Гиппиус）、别尔嘉耶夫（Н. Бердяев）等关于罗氏的回忆录。《瓦·瓦·罗赞诺夫的遗产与当代：国际学术研讨会资料》③ （2009）收录了 2006 年 5 月 29—30 日在莫斯科举行的"瓦·瓦·罗赞诺夫的遗产与当代"国际学术会议的论文。这些从文学层面、哲学层面、文化与社会层面对罗氏的遗产进行深入挖掘的学术论文均属首次发表，观点新颖，视角独特，具有很大的参考价值，充分体现出俄罗斯目前对罗赞诺夫的关注度很高。

法杰耶夫对罗赞诺夫的研究也一直没有中断，2002 年出版了又一部罗赞诺夫研究专著《俄罗斯灵魂的深渊：罗赞诺夫评传》④ （2002）。经过修改和增补于 2013 年再版，更名为《罗赞诺夫评传》⑤ （2013）。在这部专著中法杰耶夫以罗赞诺夫的生平经历为出发点，重新审视了罗氏的思想和创作。

进入 21 世纪以来，罗赞诺夫被誉为白银时代主要批评家。有关罗赞诺夫文学批评的具有代表性的副博士学位论文有如下三部：叶戈罗夫

---

① Николюкин А. Н. Розанов［М］. М. : Мол. гвардия, 2001.

② Николюкин А. Н. Настоящая магия слова : В. В. Розанов в литературе русского зарубежья［М］. СПб. : Росток, 2007.

③ Николюкин А. Н. Наследие В. В. Розанова и современность : материалы Международной научной конференции［С］. М. : Российская политическая энциклопедия, 2009.

④ Фатеев В. А. С Русской бездной в душе: Жизнеописание Василия Розанова［М］. Санкт-Петербург : Кострома, 2002.

⑤ Фатеев В. А. Жизнеописание Василия Розанова［М］. СПб. : Пушкинский Дом, 2013.

（П. А. Егоров）的《作为文学批评家的罗赞诺夫：问题、体裁特色和风
格》① （2002）探究了罗赞诺夫文学观的渊源，深入细致地分析了罗赞诺夫
文学批评在内容、形式、修辞和语言等方面的特点；叶尔莫拉耶娃
（И. А. Ермолаева）的《瓦·瓦·罗赞诺夫的文学批评方法：起源、演变和
特色》② （2003）深入论述了罗赞诺夫文学批评方法的根源，将罗赞诺夫的
文学批评划分为哲学批评和印象主义批评两个发展阶段；戈卢布科娃
（А. А. Голубкова）的《瓦·瓦·罗赞诺夫文学批评的评价标准》③ （2005）
最有分量，较为全面地研究了罗赞诺夫文学观形成的哲学基础、他的文学价
值观和文学批评标准，分析了他对俄罗斯几个重要批评家的评价，以及对普
希金、果戈理和莱蒙托夫评价的演变。八年后，戈卢布科娃以其副博士学位
论文为基础，于 2013 年出版专著《瓦·瓦·罗赞诺夫的文学批评：系统分
析之经验》④ （2013）。

　　2000 年以后，有关罗赞诺夫文学创作的资料进入文学史教材。与此同
时，研究罗赞诺夫文学创作的代表性学位论文有两部：波柳什娜
（В. Г. Полюшина）的《瓦·瓦·罗赞诺夫艺术哲理三部曲：〈隐居〉和〈落
叶〉中的作者形象和体裁》⑤ （2005）；福明（А. И. Фомин）的《瓦·瓦·
罗赞诺夫抒情哲理散文的语言和体裁》⑥ （2011）。以罗赞诺夫的文学创作为
选题的两部代表性博士、副博士学位论文均是从体裁、语言和作者形象等方
面，对罗氏作品的艺术形式展开研究。费佳金于 2014 年又出版了一部研究罗

① Егоров П. А. В. В. Розанов － литературный критик: проблематика, жанровое
своеобразие, стиль. ［D］. М., 2002.
② Ермолаева И. А. Литературно-критический метод В. В. Розанова: Истоки. Эволюция.
Своеобразие. ［D］. Иваново. 2003.
③ Голубкова А. А. Критерии оценки в литературной критике В. В. Розанова. ［D］.
М., 2005.
④ Голубкова А. А. Литературная критика В. В. Розанова: опыт системного анализа.
［M］. Кострома: КГУ им. Н. А. Некрасова, 2013.
⑤ Полюшина В. Г. Художественно-философская трилогия В. В. Розанова（《Уединенное》
и《Опавшие листья》: образ автора и жанр）. ［D］. Волгоград, 2005.
⑥ Фомин А. И. Язык и стиль лирико － философской прозы В. В. Розанова. ［D］.
Санкт-Петербург, 2011.

赞诺夫创作体裁的专著《瓦·罗赞诺夫的文艺散文：体裁特色》①（2014），进一步深化对罗赞诺夫体裁问题的研究。

丘普里宁（С. И. Чупринин）在专著《品味生活：俄罗斯文学的今天》②（2007）中指出，在罗赞诺夫的创作中现代主义和后现代主义因素并存。罗赞诺夫叙述的片段性和矛盾性主要体现了他内心观点的嬗变。这为研究罗赞诺夫的创作提供了一个全新的视角，非常值得关注。

苏卡奇还主编了罗赞诺夫文集《〈隐居〉〈落叶〉〈我们当代的启示录〉及评论俄罗斯作家的文章》③（2008）。这本书集收录了罗赞诺夫最著名的作品：《隐居》《落叶》《我们当代的启示录》以及他评述俄罗斯作家的18篇文章，反映了罗赞诺夫对历史、宗教、道德、文学、文化的非传统观点，是非常有价值的第一手资料。

进入21世纪以来的20年为罗赞诺夫研究发展的第四阶段。俄国对罗赞诺夫的研究和认识不断加深，罗赞诺夫的生平、创作、文学批评和思想研究取得了较大进展，多部有分量的博士、副博士学位论文以及专著问世。可以说，这些研究成果将罗赞诺夫研究推向了一个全新的高度，由此，俄国罗赞诺夫研究进入了一个新阶段。

结束语：轨迹·焦点·趋向

综上所述，俄国罗赞诺夫研究经历了四个发展阶段。在俄罗斯，罗赞诺夫的创作在十月革命前后就已引起研究者的极大兴趣。十月革命后罗赞诺夫的作品在苏联时期遭禁，被打入冷宫，从俄罗斯文化中被抹杀掉，20世纪20—80年代的俄罗斯侨民弥补了这期间的罗赞诺夫研究。从20世纪80—90年代俄罗斯对罗赞诺夫的研究又重新燃起。20世纪末的罗赞诺夫研究论著绝

---

① Федякин С. Р. Художественная проза Василия Розанова: жанровые особенности. [M]. М.: Литературный институт имени А. М. Горького, 2014.

② Чупринин С. И. Русская литература сегодня: Жизнь по понятиям [M]. М.: Время, 2007.

③ Сукач В. Г. Уединенное; Опавшие листья; Апокалипсис нашего времени; Статьи о русских писателях [M]. М.: Слово, 2008.

大多数是罗赞诺夫的生平传记、创作以及哲学思想研究，这一时期罗赞诺夫研究的成绩众所瞩目。90 年代研究者更多关注的是罗赞诺夫的文学批评活动，这代表了罗赞诺夫研究中的新方向，并逐渐变为一种研究热点。进入 21世纪以来，罗赞诺夫的文学批评研究取得了重大突破，由专题研究逐渐转向综合研究，俄国罗赞诺夫研究进入蓬勃发展的新阶段。

由此可见，在俄国，罗赞诺夫没有被时代所忘记，人们对罗赞诺夫思想与创作的兴趣与日俱增。俄国对罗赞诺夫的研究正如火如荼地进行着，相关专著、学位论文和学术文章应运而生。我国学者应该积极跟进、借鉴俄罗斯已有的研究成果，同时拓展自己的研究视角，确立自己的研究立场。从以上综论可知，俄国学者的罗赞诺夫研究主要聚焦于三个层面：第一，生平传记研究；第二，宗教哲学思想研究；第三，文艺学研究。上述研究虽已比较全面，但还未趋向成熟，对以下问题的研究依然相对薄弱，仍需加强研究。首先，在比较文学领域研究不足。对罗赞诺夫与国内外作家、批评家、思想家的比较研究较少。其次，在影响研究领域欠缺。具体来说，罗赞诺夫对俄罗斯现代主义作家和俄罗斯后现代主义作家的影响鲜有微观阐释。再次，对罗赞诺夫与俄罗斯现代主义和后现代主义文学流派的关系研究乏善可陈。很少分析罗赞诺夫创作中的现代性和后现代特征，罗赞诺夫对俄罗斯现代主义和后现代主义文学所做的贡献未得到应有的评价。最后，罗赞诺夫是白银时代无法被轻易认知的谜题，还需不断改进和完善方法论。俄国研究者常囿限于传记批评、社会学批评、审美批评等研究方法，较少使用跨学科研究方法。应将罗赞诺夫的文学创作与其宗教哲学、文化学思想勾连起来，探寻其文学创作背后的哲学底蕴以及文化基础。这些有待深化的地方开拓了未来罗赞诺夫研究的发展趋向。

四 选题的价值、意义及方法

一、选题的学术价值和现实意义

近年来，白银时代文学成为俄国文学的热点研究领域之一，国内外学者不断地深入开掘俄国白银时代的珍贵价值。开创白银时代文化的诗人、批评家谢尔盖·马科夫斯基这样评价白银时代："白银时代富有叛逆精神，寻找上帝，热衷于美，就是今天它也不会被遗忘。至今还响彻着它的表达者的声音，虽然有点不一样……这最好地说明了传统得到了继承。它成为非马克思主义的、非驯顺和缺少精神的新俄罗斯具有创造力的源泉。"①我国最早研究白银时代文学的专家周启超指出，白银时代是大变革与大繁荣共存的季节，"文学家的新视野、文学作品的新风采、文学运动的新状态以及文学在社会文化生活中的新姿态均表明：俄罗斯文学行进至 19 世纪末 20 世纪初这一非常时期，确实进入一个百舸争流、千帆竞发、大变革大繁荣的季节"②。刘文飞认为，白银时代是一个"创造的时代"："20 世纪是一个文化艺术上的现代主义世纪，而在世界范围内，几乎每个艺术门类的'现代化'都起源于世纪之初的俄国，这不能不让人感叹白银时代俄国文化人巨大的创新精神。白银时代将作为一个'创造的时代'而载入人类文化的历史。"③张冰认为，处于俄国剧烈文化转型期的白银时代"是俄国精神文化的'大爆炸'（语出苏联文艺学家洛特曼）或'文艺复兴'时期"④。追忆白银时代已然成为目前国内外俄罗斯研究的一种时尚。

---

① ［俄］阿格诺索夫. 白银时代俄国文学 ［M］. 石国维，王加兴，译. 南京：译林出版社，2001：407.
② 周启超. 白银时代俄罗斯文学研究 ［M］. 北京：北京大学出版社，2003：7.
③ 刘文飞. 文学魔方：二十世纪的俄罗斯文学 ［M］. 北京：中国社会科学出版社，2004：49-50.
④ 张冰. 白银时代俄国文学思潮与流派 ［M］. 北京：人民文学出版社，2006：导言1.

正所谓时势造英雄，19 世纪至 20 世纪之交的俄罗斯白银时代为俄罗斯乃至世界贡献出了一代文化大师。白银时代名家辈出，涌现出一批推陈出新、锐意进取的杰出人物，例如索洛维约夫、梅列日科夫斯基、索洛古勃、别雷、罗赞诺夫、舍斯托夫，等等。他们挑战传统的平庸，追求高、远、深，"这追求只是要远离令人厌恶的平淡无味、单调平凡的无所作为"①，寻找摆脱席卷所有领域的时代危机的出路，"对俄罗斯文化各个领域的发展产生了巨大的，有时是决定性的影响"②。罗赞诺夫一生有丰厚的著作遗世，是一位学识渊博、著作等身的人物。作为俄国白银时代最容易让人困惑不解也最容易引起争议的狂人、怪人，罗赞诺夫一向以神秘、怪诞和才华横溢而著称，他被誉为"俄罗斯的尼采""俄罗斯的劳伦斯"，或许用"天才"这个词来形容他是最恰当不过的。他曾说过："我的每一行字都是圣书（非学校意义和常用意义），我的每一个思想都是圣思，我的每一句话都是圣言。"③这股子狂妄劲的确与尼采像极了。在对性问题的病态痴迷上，罗赞诺夫与劳伦斯也极为相似。但与劳伦斯相比，罗赞诺夫又多了份戏谑感，少了些社会热情④。俄国一流的文学家、思想家一致认为，罗赞诺夫不容置疑地属于俄罗斯白银时代最杰出的思想家和艺术家之列，是 19 世纪至 20 世纪之交俄国文化品格的建构者之一。罗赞诺夫是俄国文学史上堪称为一种"现象"的大家，是俄国白银时代一笔独特的矿藏，非常值得予以多方位有深度的考察。

---

① ［俄］阿格诺索夫．白银时代俄国文学［M］．石国维，王加兴，译．南京：译林出版社，2001：2.
② ［俄］阿格诺索夫．白银时代俄国文学［M］．石国维，王加兴，译．南京：译林出版社，2001：7.
③ ［俄］洛扎诺夫．隐居及其他：洛扎诺夫随想录［M］．郑体武，译．上海：上海远东出版社，1997：23.
④ 关于罗赞诺夫不关心社会问题的观点可以参见：［俄］吉皮乌斯．往事如昨：吉皮乌斯回忆录［M］．郑体武，岳永红，译．上海：学林出版社，1998. 163–164. 具体内容有："到处都在呐喊'社会性'．'唤醒社会热情'！""每当我遇到一个具有'社会热情'的人，我不光是感到无聊，也不光是对他反感；而是简直要死在他跟前。""人们啊，想让我告诉你们一个振聋发聩的真理吗？这真理没有一个先知告诉过你们……""这便是：个人生活高于一切。"

罗赞诺夫是天生的文学缔造者，同时他的文学批评思想敏锐独到，在俄国文学批评史上占有一席之地，很值得予以挖掘。文学批评是罗赞诺夫全部活动的重要组成部分，而且占有相当大的比例。罗赞诺夫生前自己规划出版50卷文集，分为哲学、宗教、文学与艺术、社会与国家等几大系列，其中文学与艺术共占6卷（从21卷到26卷），可见，"文学与艺术"在罗赞诺夫的思想著作中占有重要分量，在他的全部创作中，占有与性、家庭和婚姻问题与俄国发展的历史道路问题具有同样重要的地位。

罗赞诺夫对文学本身、某些作家作品以及文学批评家的评论构成了其文学批评的必然组成部分。尽管俄罗斯著名文艺理论家什克洛夫斯基（В. Б. Шкловский）、巴赫金（М. М. Бахтин）、洛谢夫（А. Ф. Лосев）都对罗赞诺夫十分感兴趣，但是由于苏联期间马克思列宁主义方法论占主导地位，所以罗赞诺夫的创作并未得到科学研究，罗赞诺夫的作品到了20世纪80年代才得到了广大读者的接受。上述情况导致罗赞诺夫的形象至今仍充满争议，未被充分研究，19世纪至20世纪之交的俄国文化并未对罗赞诺夫的作用和意义给出正确的评价，人们对这段时期特征的理解也并不完整。目前，在尼科留金（А. Н. Николюкин）的引领下，罗赞诺夫全集的出版日益完善，此种情况对于我们认识罗赞诺夫的真正个性提供了丰富的材料。

本书以罗赞诺夫的文学批评遗产为研究对象，在文本细读基础上拨沙炼金，高度归纳总结出罗赞诺夫文学批评的思想内涵、文学批评的实践、文学批评的体裁、文学批评的方法，力求对罗赞诺夫的文学批评做全面的整体阐说，并在此基础上，以综合视角考察罗赞诺夫文学批评的个性价值。本书是对罗赞诺夫深邃精湛的文学批评思想的综合研究，是对俄罗斯经典文学的重新阐释，是对俄罗斯文学美学史与批评史的有益补充，是对俄罗斯白银时代这一丰富矿脉的进一步开掘。同时，本课题还具有一定的拓展性。罗赞诺夫是一个多面手，其思想黄金非常富足，本书所开掘的罗氏文学批评思想只是冰山一角，随着研究的深入，罗赞诺夫的宗教哲学思想、犹太问题、伦理问题、教育问题、文化问题等均可以此为基础继续进行研究。因此，本书具有积极意义和参考价值，对我国的罗赞诺夫研究、俄罗斯白银时代文学与文化研究将起到积极的启示和推动作用，最终，阐释出罗赞诺夫对于白银时代以及整个俄罗斯文化的整体意义。

二、研究方法

（1）分析、综合、比较与述评相呼应的研究方法。

（2）社会历史、个人传记与文学思想相结合的研究方法。

（3）既有个案研究，同时也有整体述评，微观与宏观相统筹的研究方法。

（4）将罗赞诺夫的文学思想研究置于俄罗斯思想、文化大背景的关照之下，形成文学与文化的互动研究视角。

三、创新之处

（1）本书的研究对象罗赞诺夫在俄罗斯思想史、文化史、文学史上有重要的学术价值。我们收集了关于罗赞诺夫的大量一手材料，力求在社会历史语境中重构一个真实的罗赞诺夫及其文学批评思想。

（2）本书的研究视角新颖，属于文学批评的批评。目前国内外对罗赞诺夫文学批评方面的研究很少，尤其是对罗赞诺夫文学批评的综合研究在国内外均属空白，因此本书具有开拓意义。

（3）本书力求在呈现罗赞诺夫的文学批评思想全貌的同时，立足当下对罗赞诺夫文学批评的个性价值做出自己的价值判断，突出罗赞诺夫文学批评反传统与反体系的独特价值。

四、研究难点

（1）罗赞诺夫的命题太过宏大艰深，论述散乱不成体系。笔者要对罗氏的思想精彩之处给予充分评述，需要通过反复的文本细读与高度的总结归纳，才能领会其真义，犹如从大堆的矿石中提炼镭一般。

（2）在中国罗赞诺夫的作品译介仅仅是一部完整的文学作品，两部文学作品的节译，一部评论著作，还有三十几篇的随笔散文。罗赞诺夫的语言古灵精怪，还常常自己造词，这对引文的翻译造成很大困难。

（3）笔者需要对罗氏所评论作家的特点有清楚的认识，还需要较高的文学素养，才能在客观介绍罗赞诺夫文学批评思想的基础上，高屋建瓴地提出自己的评价，通过比较把罗氏文学批评思想的新颖之处阐扬出来。

五、研究章节和体例

本书由绪论、正文四章、结语组成。

绪论部分简要概述了罗赞诺夫的生平与创作，国内外研究现状，选题的学术价值与现实意义，本书的研究方法、研究思路和创新之处等内容。

第一章"罗赞诺夫文学批评的思想内涵"共五个小节。其中包括新宗教意识、性与家庭、个性因素、自然力、罗赞诺夫式的二律背反。

第二章"罗赞诺夫文学批评的实践"共五个小节。其中包括罗赞诺夫论普希金、论果戈理、论莱蒙托夫、论屠格涅夫、论赫尔岑。

第三章"罗赞诺夫文学批评的体裁"共五个小节。其中包括问题型体裁、评论体裁、文学肖像体裁、文学述评体裁、书信体裁。

第四章"罗赞诺夫文学批评的方法"共两个小节。其中包括宗教哲学批评和印象主义批评。

结语为"罗赞诺夫文学批评的个性价值：反传统与反体系"，对本书内容进行概括总结，还指出了今后的研究设想。

第一章

罗赞诺夫文学批评的思想内涵

第一节　新宗教意识

"上帝死了"，尼采的这句著名论断成为世界统一秩序的信念发生危机的信号。受西方人文危机的影响，19世纪至20世纪之交的俄国也发生了一场深刻的思想危机。在这样一个特殊的转型时期，俄国充盈着末世论情绪，俄国人的精神呈现出真空状态。这种状况促使俄国独出的宗教哲学复兴，由此产生了白银时代的新宗教意识，也称为新基督教思想、新基督教精神、新宗教哲学精神、新唯心主义、神秘唯心主义、超验的个人主义和寻神说。新宗教意识的主要代表人物有索洛维约夫（1853—1900年）、梅列日科夫斯基（1868—1941年）、别尔嘉耶夫（1874—1948年）、罗赞诺夫（1856—1919年）、舍斯托夫（1866—1938年）、布尔加科夫（1871—1944年）、吉皮乌斯（1869—1945年）等世俗宗教思想家。

危机常常会带来转机，旧千年的终结成为新千年的开端。当时，俄国部分知识分子对俄国当时的社会现实、僵死的历史基督教、政权统治下的教会强烈不满。他们企图通过复兴基督教，探索一种真正的新基督教，为混乱的俄国社会开出一剂救世良方。中国学者金雁这样描述探寻新宗教意识的知识分子以及他们的追求："他们并不是高尔基所说的'个性的毁灭'，他们也没有放弃自由主义思想的基本理念，而是认为不论是马克思主义还是自由主义的西方'经验命题'，都不是解决俄国问题的唯一方法，因此他们从俄国

'新宗教意识'入手，试图为人类文化创立一种不同于西方主流思想的、带有俄国'神秘主义'和'人格主义'的宗教哲学话语诠释体系，他们要开创一种'反解放'的'解放'潮流，开创一种超越时代的'反命题'。"①这场精神革命被学术界视作欧洲的文艺复兴。张冰指出："俄国新宗教意识运动的意义，不在于它为解决教会问题提出了多少实际见解，而在于通过宗教哲学意识的更新，提出了适应新时代的文化思想和文艺美学思想，从而为俄国现代主义文化开辟了前进道路。"②新宗教意识是一种探讨人的精神本质的形而上的、超验的人生哲学。从这一点上来说，它继承了俄罗斯宗教哲学的不善纯理性思辨的传统。新宗教意识的本质特征就在于它的社会性，这也恰恰是新基督教与旧基督教的实质差别所在。新宗教意识的社会性反对的是救赎个人的个人主义，它试图解决个性与社会性之间的矛盾对立，使之达到和谐。

新宗教意识最先发端于文学界，其主题来自梅列日科夫斯基与罗赞诺夫。"新宗教意识"的概念最初由梅列日科夫斯基提出，用来指"一种在救赎和被救的基督的帮助下最终战胜死亡的愿望，同时也指融合天与地、精神和肉体、基督和多神教的神祇、基督和反基督，建立'第三约'的自由的血肉丰满、生命充盈的神人类宗教"③。梅列日科夫斯基将新宗教称为"第三约言基督教"：《旧约》代表三位一体之圣父的约言，《新约》代表三位一体之圣子的约言，第三次约定是三位一体之圣灵的约言。"新宗教思想首次越过圣父圣子的全部发现，进入圣灵与肉的发现。"④圣灵与神圣的肉体不可分，"第三约言"正是圣灵与神圣肉体综合的信仰。可见，渴望将两种极向融合的意识是新宗教意识的突出特征。完满的宗教真理是关于天的基督教与关于地的多神教的综合，两类真理的综合就是新型的基督教。别尔嘉耶夫注意到这个特征并对此表示认可："'新宗教意识'渴望综合，渴望克服双重

---

① 金雁.《路标》百年（下）[J]. 读书，2010（3）：24.

② 张冰. 白银时代俄国文学思潮与流派 [M]. 北京：人民文学出版社，2006：2.

③ 刘锟. 圣灵之约：梅列日科夫斯基的宗教乌托邦思想 [M]. 哈尔滨：黑龙江人民出版社，2009：34.

④ 自赵桂莲. 德·谢·梅列日科夫斯基——思想家、批评家、艺术家 [J]. 俄罗斯文艺，2000（4）：26.

性，渴望最高的完满，它应该包含以前的基督教意识里所没有包含的某种东西，把两个极、两个对立的深渊结合在一起。在历史上的基督教里，已经无法找到可以抵抗正在复兴的多神教的新诱惑的解毒剂，正如当时在古老的多神教里无法找到抵抗历史的基督教罪恶的解毒剂一样。"①梅列日科夫斯基在当时具有很大的影响力，赢得了"俄罗斯的路德"这一精神领袖称谓。1901年，他与吉皮乌斯、罗赞诺夫、费洛索福夫等几位主创人员创办了圣彼得堡宗教哲学集会（1901—1903）。参加聚会的一类是世俗知识分子，一类是来自教会的代表。该集会企图拉近知识分子与教会的距离，成为知识界和神学界之间沟通的桥梁，成为新基督教哲学思想的检验基地。不过，最终因为两界之间芥蒂过深，该集会在1903年被取缔。梅列日科夫斯基等人还创办了《新路》（1903—1904）杂志，主要用于发表宗教哲学集会的会议记录。梅列日科夫斯基与罗赞诺夫是亦友亦敌的双重关系。对此，他曾这样回忆道："俄国神学家们非常乐意将我们连接成牢不可破的一对：'我们的新基督教徒，罗扎诺夫和梅列日科夫斯基'。他们在黑暗中只是看到了或者，更确切地说，是听到了，我们彼此亲近。但是任何人都不怀疑，这是——两个准备进行一场殊死战斗的敌人之间的亲近。"②"尽管我对罗扎诺夫的所有感谢和个人永久的友好态度——在宗教思想领域，假如唯有他能够或者想明白我所说的，——他原来竟是我最凶恶的敌人。"③梅列日科夫斯基还表示"成为罗扎诺夫的公开的敌人、秘密的朋友更好，反之，则欠佳"④。无论如何，罗赞诺夫在宗教探索上对梅列日科夫斯基具有特殊意义，不看到罗赞诺夫对他的深刻影响，就无法理解他。

　　罗赞诺夫在宗教哲学集会的发言中提出基督教中的性问题，成为新宗教

---

① 张百春. 风随着意思吹：别尔嘉耶夫宗教哲学研究［M］. 哈尔滨：黑龙江大学出版社，2011：32-33.

② ［俄］梅列日科夫斯基. 重病的俄罗斯［M］. 李莉，杜文娟，译. 昆明：云南人民出版社，1999：83.

③ ［俄］梅列日科夫斯基. 重病的俄罗斯［M］. 李莉，杜文娟，译. 昆明：云南人民出版社，1999：84.

④ ［俄］梅列日科夫斯基. 重病的俄罗斯［M］. 李莉，杜文娟，译. 昆明：云南人民出版社，1999：84.

意识的核心话题。罗赞诺夫作为肉体、性这一主题的创始者，提出了独特的"肉体基督教"或者称为"生育基督教"。别尔嘉耶夫肯定罗赞诺夫提出的这一命题具有重大意义，并且指出梅列日科夫斯基也是从罗赞诺夫那里获得这一主题的。罗赞诺夫的性主题成为文学、宗教、思想、文化各界关注的焦点，由此引发出了多种"新基督教"意识倾向，这其中就包括别尔嘉耶夫的以自由为基础的"自由基督教"、梅列日科夫斯基的"圣灵基督教"、舍斯托夫的"存在主义基督教"。与罗赞诺夫之间虽有过多次思想交锋，但私交甚好，在谈到他与罗赞诺夫的关系时，别尔嘉耶夫承认罗赞诺夫对他的内在精神历程产生了重大影响。"他终究是给我最特殊影响的人物之一，最伟大的俄国作家之一，尽管被报纸骂为腐朽的人。……这是我在彼得堡环境里最有意义的交往之一。"①

新宗教意识的另一个突出特征是对基督教和基督的批判。历史上的基督教比较重视精神，忽视肉体，认为基督是精神上的复活，而非肉体上的复活，主张放弃大地上的欢愉，而只能爱天上的幸福。罗赞诺夫认为，历史的基督教宣扬独身、斋戒、禁欲主义，是关注彼世天堂的死亡悲哀的宗教，而并非爱人、让人间充满快乐的宗教。罗赞诺夫渴望的是快乐的宗教，是生殖崇拜的多神教，基于这一点，他将《新约》与《旧约》对立起来，认为《新约》是死亡的宗教，《旧约》是生命的宗教，在《旧约》中人过有性的生育生活，而《新约》里却否定性与婚姻走向神圣与救赎，这些批判体现在他的《基督教的形而上学》（包含《月光下的人们》和《阴暗的面孔》两部分）中，并在《我们当代的启示录》中达到高峰。他指出基督教不但没能保护人类，还给人类带来了黑暗，扼杀了人的生命，因此，"基督教是生命的敌人，基督教是死的宗教"②。

罗赞诺夫比较了基督教、多神教与犹太教三教。他指出："多神教是早

---

① ［俄］别尔嘉耶夫. 自我认识——思想自传［M］. 雷永生，译. 桂林：广西师范大学出版社，2001：138-139.

② ［俄］别尔嘉耶夫. 俄罗斯思想：19世纪至20世纪初俄罗斯思想的主要问题［M］. 雷永生，邱守娟，译. 北京：生活·读书·新知三联书店，1995：221.

晨，而基督教是夜晚。"①他谴责基督教崇尚无性受孕，基督教认为性是人的肉体欲望与天国的原则不相符。基督教让爱情服从婚姻，而罗赞诺夫却认为没有爱的婚姻是不道德的。"纯洁的婚姻实质上就是完美的爱情；当婚姻处于'真诚'和'爱情'之中，它就是'神圣的''神化的'；而没有爱情，出现欺骗时，就是'放荡'。"②罗赞诺夫鞭挞基督教否定并轻视婚姻的态度：

> 让婚姻服从爱情的法则。
>
> 似乎，基督教就包含在这里：一切都要服从和睦，和平，平静的法则。然而，恰是基督教——不是伊斯兰教，不是犹太教……两千年来恪守的却是另一个原则：
>
> 让爱情服从婚姻的法则。
>
> 于是人人被压得喘不过气来。
>
> ……
>
> 上帝创造了爱情。亚当和夏娃相爱——这是圣经唯一一次承认琴瑟之好，男女之爱。爱情比"婚姻的法则"古老。不言而喻，古老的和基本的东西不应该服从新的和附加的东西。
>
> 不是"名词"要跟"形容词"性、数、格保持一致，而是"形容词"要跟"名词"保持一致。③

罗赞诺夫指责俄国历史上的基督教顺服于尘世的权力、消极无为，历史基督教不完满有着严重的缺陷，应该对它加以批判和改造。

罗赞诺夫对待教会的态度既矛盾又复杂。他指责教会歪曲基督教，使基督教与人变得生疏。而在指出教会的许多错误和弊端的同时，他又特别依恋教会的习俗，对"教会—肉体"有着无限热爱，晚年更是住进了修道院，最

---

① ［俄］洛扎诺夫. 落叶集［M］. 郑体武，译. 昆明：云南人民出版社，1998：47.

② ［俄］弗·索洛维约夫. 关于厄洛斯的思索［M］. 赵永穆，蒋中鲸，译. 沈阳：辽宁教育出版社，1998：91.

③ ［俄］洛扎诺夫. 落叶集［M］. 郑体武，译. 昆明：云南人民出版社，1998：269-270.

终死在那里。罗赞诺夫认为，碎屑和深刻以及重要的东西有着密切联系。他特别喜欢细碎的宗教习俗，并对东正教的生活方式、习俗礼仪敬若神明，如其所言："我崇拜琐屑。琐屑是我的'神'。'雄伟宏大'与我格格不入。"①

罗赞诺夫爱着上帝，与此同时却敌视基督。对此，别尔嘉耶夫说道：

> 罗赞诺夫不仅是基督教的、"历史"基督教的敌人，而且首先是基督本人的敌人。基督教并未让他如此厌恶，整个基督教就是和"世界"的一种妥协，基督教渗透了家务的因素，基督教的本能形成家庭生活，基督教创造了结婚的神职人员坚实感的生活，基督教解决了吃"果酱"、生孩子的问题，接受了几乎整个"世界"。对于罗赞诺夫，基督比基督教更糟：基督对世界残酷无情，基督以否认世界令人恐惧。②

1907年，罗赞诺夫在"宗教哲学集会"上作了题为"甜蜜的耶稣与苦涩的世界"的报告，对基督进行了批判。在报告中，罗赞诺夫指出，基督这一理想的人物形象并没有能力让人与世界脱离苦海，他所给予人类的天堂的甜蜜许诺，使人在世间饱尝苦果；耶稣是魔鬼，他的面孔是阴郁的。同年别尔嘉耶夫作了题为"基督与世界：答罗赞诺夫"的报告，以反驳罗赞诺夫。别尔嘉耶夫强调，上帝有基督和世界两个孩子，基督教同时接受了基督与世界，以此，反对罗赞诺夫把基督与世界对立起来并倾向于世界的观点。对罗赞诺夫来说，世界就是日常生活，正因为如此，别尔嘉耶夫尖锐地指出："罗赞诺夫是天才式的庸人，他的问题归根到底也是庸俗的、小市民的、日常的问题，但却具有一种熠熠闪光的天才的形式。"③

罗赞诺夫还指出了基督的其他罪状，他指责基督夺走整个世界的光和热，将世界变得苦涩，伤害了世人；基督诱骗人抛弃所有亲人、离开家，使

---

① ［俄］洛扎诺夫. 落叶集 ［M］. 郑体武，译. 昆明：云南人民出版社，1998：174.

② ［俄］别尔嘉耶夫. 文化的哲学 ［M］. 于培才，译. 上海：上海人民出版社，2007：197.

③ 耿海英. 别尔嘉耶夫与俄罗斯文学 ［M］. 上海：上海书店出版社，2009：57.

人心变得麻木和冷酷；基督是苦行僧生活的源头。基督的无能，还体现在罗赞诺夫对自然的崇拜上，罗赞诺夫认为基督只能让五千人吃饱，而太阳能让世界上的所有人吃饱。"关于太阳比基督能做更多的事情这一点，连教皇也不争论。"①值得注意的是，尽管罗赞诺夫总攻击基督，却依然深爱基督，他真正攻击的其实是教会。

第二节　性与家庭

罗赞诺夫是肉体、性主题的创始者，他对性精彩绝伦的鲜明而勇敢的论述使人们震惊。如别尔嘉耶夫所言："罗赞诺夫提出的命题具有重大意义。"这一问题后来成为白银时代各界关注的焦点。与此同时，提问也成为罗赞诺夫的个性特征："罗赞诺夫整个人存在于问题中。"（Р. А. Семенов）"罗赞诺夫的创作就是提问。"（А. П. Дурилов）就连罗赞诺夫本人也承认："我这个人本身是平庸无能的，而我的题目是天才的。"②我们认为，只有独具天赋的人才能够提出天才的问题。

通常人们遮掩和回避"性"，是因为在常人看来"性"是肮脏罪恶的。罗赞诺夫却别出心裁地对"性"进行了界说。在《论人的本质之谜》（1898年）一文中，罗赞诺夫指出，性"首先是被愚昧和恐惧，美丽与厌恶所掩盖的一个点。我们甚至不敢对这个点直呼其名，在专门著作里，我们用拉丁语的术语来称呼它，而那是一种死的，我们感觉不到活力的语言"③。在世俗者看来，性是不洁与淫秽的代名词，而"罗扎诺夫却愿意把正在生长的性加以神化。生就是战胜死，就是生命永恒的蓬勃发展。性是神圣的，因为它是

---

① 张百春. 当代东正教神学思想：俄罗斯东正教神学［M］. 上海：上海三联书店，2000：120.

② ［俄］别尔嘉耶夫. 俄罗斯思想：19 世纪至 20 世纪初俄罗斯思想的主要问题［M］. 雷永生，邱守娟，译. 北京：生活·读书·新知三联书店，1995：220.

③ 张百春. 风随着意思吹：别尔嘉耶夫宗教哲学研究［M］. 哈尔滨：黑龙江大学出版社，2011：23.

生命的源泉,是与死的对抗"①。性是生命的至福,这是罗赞诺夫对性的最高定位。

罗赞诺夫还认为,性不但不是人本性中的阴暗面,反而是人的生命升华的基础,是精神与肉体对立的二元因素统一的基础。他把性与上帝结合起来,使其在基督教里神圣化、合法化。上帝与性这两个概念在罗赞诺夫那里非同寻常地交织在一起,是同一问题的两个方面,寻求上帝与性的结合正是罗赞诺夫一生的生命支柱。在他看来,"性与上帝的联系,要多于头脑与上帝的联系,甚至多于良心与上帝的联系"②。当然,他对上帝满怀着无限热爱:

> 放弃才华,放弃文学,放弃未来,放弃荣誉和名气……我轻而易举;放弃幸福,放弃安宁……我不知道能否做到。但放弃上帝我永远不能。对我来说,上帝乃是最大的"热源"。跟上帝在一起,我感到最为温暖。跟上帝在一起,永不寂寞,永不寒冷。
>
> 归根结底——上帝是我的生命。
>
> 我为他而活着,通过他而活着。脱离上帝——我不存在。③

罗赞诺夫还寻求性与宗教的结合,"只有把宗教与性结合在一起,才有最幸福的诞生"。罗赞诺夫所理解的性是与人的灵魂一致的,"灵魂里有性,在我们身上的性就是我们的灵魂"。也就是说,性不仅仅是功能器官,性已经超越了生理的范畴,性是人与自然的神秘统一,性由此获得了形而上性。"死和生的问题是性的形而上学的深刻性的问题。……在返回犹太教和多神

---

① [俄]别尔嘉耶夫.俄罗斯思想:19世纪至20世纪初俄罗斯思想的主要问题[M].雷永生,邱守娟,译.北京:生活·读书·新知三联书店,1995:211.
② [俄]洛扎诺夫.隐居及其他:洛扎诺夫随想录[M].郑体武,译.上海:上海远东出版社,1997:61.
③ [俄]吉皮乌斯.往事如昨:吉皮乌斯回忆录[M].郑体武,岳永红,译.上海:学林出版社,1998:140.

教的 в. 罗扎诺夫那里，性的能量被神化为正在生长的新的生命，它正在战胜死。"①

　　　　在这个婴儿身上分得出哪里是我的，哪里是妻子的吗？我们就活在他身上，而通过不断的生育，我们将生存到永远。"死神，哪儿是你的毒刺呢？"母亲为婴儿而死，她也就借他而生；个别存在的短时中断自然是为了（在将来）无穷尽的"我"的存在而做出的牺牲。生育不仅仅在色调上是同死亡对立的，它的确不断地从死亡手中夺下它的牺牲品，而留给它的不过是存在的躯壳；而存在本身则通过生育逃出了死亡，转而为生。②

　　罗赞诺夫认为，生育的基督教可以克服死亡，他不相信基督的复活而相信只有生育才能让人类无穷无尽地延续下去。这是一种类的延续，扼杀了个性的存在。可以说，"罗赞诺夫不懂得永恒生命，他只知道生育中的无限生命。这是一种独特的性的泛神论"③。

　　受罗赞诺夫性的泛神论的启发，梅列日科夫斯基坚决反对对性进行任何形式的压制和贬低。他尤其对女性进行神化，认为伟大女性能够拯救世界，由此，他独创了圣母与圣灵结合的"圣灵之约"宗教乌托邦思想。罗赞诺夫与梅列日科夫斯基对性的一致看法是反对禁欲主义，提倡性是人与先验世界的连接点，但别尔嘉耶夫也指出了他们在这一问题上的根本分歧：梅氏向前看，罗氏向后看，即罗赞诺夫的性是在世界被救赎之前，而梅氏的性是在世界终结之后，即复活了之后。

　　此外，罗赞诺夫的泛性论与弗洛伊德的泛性论也有以下区别：第一，领

---

①　［俄］别尔嘉耶夫. 俄罗斯思想：19 世纪至 20 世纪初俄罗斯思想的主要问题［M］. 雷永生，邱守娟，译. 北京：生活·读书·新知三联书店，1995：211.

②　［俄］弗·索洛维约夫. 关于厄洛斯的思索［M］. 赵永穆，蒋中鲸，译. 沈阳：辽宁教育出版社，1998：91.

③　石衡潭. 自由与创造：别尔嘉耶夫宗教哲学导论［M］. 北京：社会科学文献出版社，2011：32.

域不同，前者是哲学领域，后者是生理领域；第二，性的作用不同，前者是认为性是人的积极方面，后者认为性具有破坏力起消极作用；第三，结果不同，前者把性神圣化、形而上学化，后者使性合法化。

性理论是罗赞诺夫世界观体系中最重要的元素之一。他喜欢在俄罗斯文学中为自己的哲学观点寻找证明，因而重构了文学等级谱系。性一旦获得了神秘意义，罗赞诺夫透过性这面棱镜来关注文学作品的宗教意义就很自然了。他把这种神秘性赋予文学家果戈理、托尔斯泰和陀思妥耶夫斯基：“我们文学的三个伟大神秘主义者，果戈理、托尔斯泰和陀思妥耶夫斯基，燃起了对人如此全新的爱，他们最先描绘和理解人。”①

性是婚姻和家庭的基石，罗赞诺夫把家庭理解为一种信仰的宗教，按其所言：“没有比家庭宗教更高的宗教之美。”

> 对于一个民族来说，“婚姻”和“家庭”的重要性，并不在国库和货币之下。②

> 家庭是一种最富贵族色彩的生活方式……是的！尽管有不幸，有错误，有意外（须知教会史上也有“意外”），但它仍不失为一种唯一具有贵族色彩的生活方式。
>
> （卢加—彼得堡列车上）③

关于家庭元素和家庭的重要性，最先出现在罗赞诺夫给斯特拉霍夫的信中，这与其自身经历有关。对罗赞诺夫而言，家庭通常具有特殊的正面意义，但是在文章《曾经著名的一部长篇小说》（1905）中，罗赞诺夫注意到家庭的否定意义，“恰恰当家庭理想化时，其本身具有可怕的恶习，无法去

---

① Розанов В. В. Смысл аскетизма［М］//Николюкин А. Н. Религия. Философия. Культура. М.：Республика，1992. С. 175.

② ［俄］洛扎诺夫. 落叶集［М］. 郑体武，译. 昆明：云南人民出版社，1998：364.

③ ［俄］洛扎诺夫. 隐居及其他：洛扎诺夫随想录［М］. 郑体武，译. 上海：上海远东出版社，1997：22.

除。而且是从本身中流露出来的，从其唯心主义本质中流露出来：恰恰是只想着自己的利己主义，把世界和亲人都忘得一干二净"①。结果是稳固的家庭破坏了社会，因为在自我利己主义中家庭只关心自己："在灭亡之时，幸福的家庭在平静地就着果酱喝茶。"② 那样独立的幸福家庭实际上无论如何都是彼此不相联系的，结果民族和国家消失了，历史停滞不前。最后，罗赞诺夫划分出家庭的两种类型：一夫一妻制和群婚制，每一种家庭类型都在社会中占据着一定的位置。但恰恰是群婚的人们具有真正的善良和天赋："我进行了长时间观察，无一例外，在性方面适中温和与井井有条的人，反而虚伪、无情、残忍、无才华；'与妓女一起吃唱'的人，反而善良、开朗、友好、有天赋，无论男女都是这样。"③ 普希金是俄罗斯文学中那种群婚天才："不难发现，很少考虑'适中温和和井井有条'的人，像普希金或者'祖先们'，他们善良、仁慈、准备为他人做一切事情、诚实、坦率。"④

第三节　个性价值

整体上来说，罗赞诺夫对个别作家和俄罗斯文学的态度，与他关于人以及人在宇宙中的地位的哲学认识密切相关。在给斯特拉霍夫（Н. Н. Страхов）的信中（1890 年 8 月）罗赞诺夫承认道："我总是喜欢个体，从来都不理解人类。"⑤准确来说，这是罗赞诺夫个体的个性兴趣所在。"个性"是人最崇高、最深刻的定义，历史的基础、历史的中心、历史的意

---

① Розанов В. В. Когда-то знаменитый роман［M］// Николюкин А. Н. О писательстве и писателях М. : Республика，1995. С. 186.

② РозановВ. В. Когда-то знаменитый роман［M］// Николюкин А. Н. О писательстве и писателях М. : Республика，1995. С. 186.

③ РозановВ. В. Когда-то знаменитый роман［M］// Николюкин А. Н. О писательстве и писателях М. : Республика，1995. С. 191.

④ РозановВ. В. Когда-то знаменитый роман［M］// Николюкин А. Н. О писательстве и писателях М. : Республика，1995. С. 190-191.

⑤ Розанов В. В. Литературные изгнанники：Н. Н. Страхов. К. Н. Леонтьев.［M］. М. : Республика，2001. С. 245.

义都蕴含其中。如果对于动物和植物界来说是渴望繁衍，那么人存在的主要原则是个性，而不是追求繁殖。在《论陀思妥耶夫斯基》（О Достоевском，1894）一文中，罗赞诺夫也提到了这一点："人与动物不同，一个人永远不会是'一类'，在人身上不存在共同性，而只有其他人身上都不具备的特殊性，首次与他一同来到大地上，当人离开大地去'另一个世界'时，这种特殊性也将离开大地。"①

在文章《谈谈列·尼·托尔斯泰伯爵的担忧》（По поводу одной тревоги гр. Л. Н. Толстого，1895）中，罗赞诺夫宣布个性是人存在的主要原则。人类的主要特点是："人在世界上是独一无二的，人的心灵只来到世界一次，同时也只离开世界一次，这就是真理，毫无疑义。"②个性"不仅精神上不相融合，而且身体上也是不相融合的"。③ 按照罗赞诺夫的理解，个性是"人身上和他创作中的最宝贵的东西"④。他以每个人都有不同的笔迹为例，进一步强调自己的观点："没有能写出一模一样字的两个人"⑤。

同时，他还把个性理解为某种统一性，把完整的一个人视作历史发展的意义和目的："一个完整的人是历史的理想人物，尽管不是天才，学识也不渊博，他在自身上带有一个人存在规律的完满性，这就是为什么他是最好的。"⑥

个性有独立自由发展的权利，也因此罗赞诺夫批评他同时代的教育体系。依罗赞诺夫之见，中学和大学会消灭个性，让大家变成一个样，19 世纪

---

① Розанов В. В. Семя и жизнь［М］//Николюкин А. Н. Религия. Философия. Культура. М.：Республика，1992. С. 165.

② Розанов В. В. По поводу одной тревоги гр. Л. Н. Толстого［М］//Николюкин А. Н. Легенда о Великом инквизиторе Ф. М. Достоевского М.：Республика，1996. С. 391.

③ Розанов В. В. По поводу одной тревоги гр. Л. Н. Толстого［М］//Николюкин А. Н. Легенда о Великом инквизиторе Ф. М. Достоевского М.：Республика，1996. С. 391.

④ Розанов В. В. Три главных принципа образования［М］// Щербаков В. Н. Сумерки просвещения М.：Педагогика，1990. С. 92.

⑤ Розанов В. В. По поводу одной тревоги гр. Л. Н. Толстого［М］//Николюкин А. Н. Легенда о Великом инквизиторе Ф. М. Достоевского М.：Республика，1996. С. 391.

⑥ Розанов В. В. Афоризмы и наблюдения［М］// Щербаков В. Н. Сумерки просвещения М.：Педагогика，1990. С. 92.

80年代末至90年代初，罗赞诺夫对果戈理的主要不满就在于此。果戈理阻止人个性的自由表现，相反，普希金的主要功绩则在于对人个性的尊重。按罗赞诺夫的观点，个性具有绝对价值："我认为，人首先应该成为'自我'，内心永远自由。"①现实中的一个人比抽象的思想重要得多："可以背叛任何思想，但是请不要背叛人们。"②

还有一个危险，就是人们蔑视宗教，恰恰只有宗教能够赋予人生命以稳定性。按罗赞诺夫的意见，当代世界的重心由为上帝服务到为人类服务。在我们当代，崇拜为人类服务越来越强烈地扩展开来，为上帝的服务随之减弱。当时，宗教因素对罗赞诺夫来说十分重要，因为法学、政治经济学和其他科学对个性都不感兴趣，只有在宗教中个性的真正意义才得以体现："任何一个鲜活的个性，都像上帝一样是绝对不可侵犯的。"③对罗赞诺夫来说，宗教把个性看作是完整的，这一点十分重要："无论历史、哲学抑或精确科学自身都不包含宗教中认识的同一性和完整性。"④恰恰是对人与世界的宗教性态度成为罗赞诺夫评价文学作品和作家活动时的主要标准之一。

第四节　自然力

"自然力"（стихия или стихийное）⑤这一概念从一开始就被罗赞诺夫理解为二元对立的世界图景。据此，生活是自然力和精神原则之间的一场斗争，"在每一次斗争中自然力竭力摆脱占上风的原则，原则同时竭力克服自

---

① Розанов В. В. Литературные изгнанники: Н. Н. Страхов. К. Н. Леонтьев. ［M］. M.：Республика，2001. C. 178.

② Розанов В. В. Литературные изгнанники: Н. Н. Страхов. К. Н. Леонтьев. ［M］. M.：Республика，2001. C. 296.

③ Николюкин А. Н. Легенда о Великом инквизиторе Ф. М. Достоевского ［M］. M.：Республика，1996. C. 36.

④ Николюкин А. Н. Легенда о Великом инквизиторе Ф. М. Достоевского ［M］. M.：Республика，1996. C. 61.

⑤ 在本书中指的是自然天性，还有人译成自发力、自然元素。

然力。身体的死亡是自然力对精神的胜利，就像生是精神对自然力的胜利。"①在有关卡特科夫（Катков）的一篇文章中（1879），罗赞诺夫认为非理性元素的历史影响深远，这种元素存在于人的内心深处。对罗赞诺夫来说，创作是心灵的派生物，是心灵实质的一种表现。"最终，伴随着最后一声叹息，心灵自由了。心灵恰恰是在现在比以前更本真，但是我们却不明白心灵，心灵努力以人类创作的所有形式向我们讲述自身。相反，在犯罪当中，心灵更接近我们对其所下的定义。"②

阿波罗元素代表文明理性的精神，狄奥尼索斯元素代表非理性的自然力。这两种元素的对立最先出现在罗赞诺夫的《俄罗斯分裂派的心理》（Психология русского раскола，1896）这篇文章的第二部分。罗赞诺夫对叶卡捷琳娜二世等创造历史的活动家所做出的鉴定几乎是一字不差地重复了稍晚时期他对莱蒙托夫、果戈理、托尔斯泰和陀思妥耶夫斯基的评论："他们是不正确的、非理性的；他们时而可笑、时而狂暴，总是很狂热，他们知晓心灵的秘密。"他们陶醉于自我心灵的丰富，品尝着心灵之味。

罗赞诺夫将自然力比作春天："典型的'自然力'的心灵仿佛被唤醒的春天的心灵，虽然混沌污秽，但是到处都充满生机。"③这种自然力元素体现在莱蒙托夫、果戈理、托尔斯泰和陀思妥耶夫斯基的创作中。在《论理解》（О понимании，1886）一书中，罗赞诺夫给出了观察艺术家（художник-наблюдатель）和心理艺术家（психолог-наблюдатель）的定义：观察艺术家是一个完整的人，与内在的不协调格格不入，因此可能爱生活和人，却没有感觉到做人和生活的痛苦；心理艺术家总是病态的人，精神堕落，失去心理生活的完整性，有的甚至达到精神失常、癫狂的程度。普希金的追随者是所有"观察艺术家"，"屠格涅夫、冈察洛夫、奥斯特洛夫斯基和博博雷金，

---

① Розанов В. В. По поводу одной тревоги гр. Л. Н. Толстого ［М］// Николюкин А. Н. Легенда о Великом инквизиторе Ф. М. Достоевского М. : Республика，1996. С. 396.

② Розанов В. В. По поводу одной тревоги гр. Л. Н. Толстого ［М］// Николюкин А. Н. Легенда о Великом инквизиторе Ф. М. Достоевского М. : Республика，1996. С. 396.

③ Розанов В. В. Вечно печальная дуэль ［М］// Николюкин А. Н. Легенда о Великом инквизиторе Ф. М. Достоевского М. : Республика，1996 . С. 296.

这就是被打碎的、最终完全停下来的普希金的'传声筒'"①。但是,恰恰这一艺术心理学流派是迫切需要的。整个俄罗斯走进了'春天',走进了沉思当中……"②

在罗赞诺夫看来,俄罗斯文学这种非理性的自然力流派的始祖,不是果戈理,而是莱蒙托夫,三者只是外在相似,实质上却有十分清晰的内在区别。例如,果戈理的《外套》和陀思妥耶夫斯基的《穷人》。在果戈理那里,没有对拉斯科里尼科夫思考的心理分析,对社会、道德目标问题上也没有一点令人吃惊的地方,而这些恰恰是托尔斯泰(《安娜·卡列尼娜》)和陀思妥耶夫斯基(《宗教大法官的传说》)作品的特征。罗赞诺夫在莱蒙托夫身上找到了所有这些主题的萌芽,于是莱蒙托夫成了果戈理以及上述整个文学流派的先驱。

在罗赞诺夫看来,普希金从来不涉及死亡主题:"死亡的思想就像不存在一样,在普希金那里居然没有。"③但是,莱蒙托夫、果戈理、托尔斯泰、陀思妥耶夫斯基这些一流的文学大师,常常关注这一主题,罗赞诺夫对此主题进行了很多研究。罗赞诺夫恰恰通过死亡的概念开始理解人类生活神秘主义的合理性:"死亡是一个典型人物的活生生的呼吸,它是真理,它是神圣性,至少是像生活一样神圣。"④

---

① Розанов В. В. Вечно печальная дуэль〔М〕// Николюкин А. Н. Легенда о Великом инквизиторе Ф. М. Достоевского М.:Республика, 1996 . С. 296.

② Розанов В. В. Вечно печальная дуэль〔М〕// Николюкин А. Н. Легенда о Великом инквизиторе Ф. М. Достоевского М.:Республика, 1996 . С. 296.

③ Розанов В. В. Вечно печальная дуэль〔М〕// Николюкин А. Н. Легенда о Великом инквизиторе Ф. М. Достоевского М.:Республика, 1996 . С. 298.

④ Розанов В. В. Около болящих〔М〕// Николюкин А. Н. Легенда о Великом инквизиторе Ф. М. Достоевского М.:Республика, 1996. С. 312.

第五节 罗赞诺夫的"二律背反"

稍有一点重大意义的批评家都有自己的文学观念、文学纲领，也都始终坚持自己的原则。罗赞诺夫却是一个特例，因为罗赞诺夫的世界观是多质的。对罗赞诺夫研究颇深的西尼亚夫斯基指出，"罗赞诺夫的个性和思想极为宽广和多样，他的言论互相排斥和稀奇古怪，不能把他看作哲学体系的创建者"①。罗赞诺夫没有坚定不移的"是"和完全确定的"非"这种体系作为纲领。他有自己的罗赞诺夫式的对"观念"的理解，在这种观念中，"是"与"非"，"右"与"左"同存，更准确地说，"是"不永远是"是"，而"非"未必一定是"非"。② 钱中文先生指出，罗赞诺夫"自青年时代逐渐形成一种独特的世界观取向：追求内在的自由，反对公认的权威和行政当局，不问外界事变而专注自己的内心。在研究写作中，他善于接受不同的传统和影响，把矛盾对立的东西融合一起，避免极端而求兼收中和。因此，在当时常难为人理解，被斥为缺乏原则。"③下面我们来举例说明。陀思妥耶夫斯基是罗赞诺夫一生的崇拜对象，这种此亦一是非彼亦一是非的亦此亦彼的非体系性、悖谬性恰恰师承于陀思妥耶夫斯基。与此同时，他却在《落叶》中把陀思妥耶夫斯基比作是"醉醺醺的神经质的村妇"。一方面，罗赞诺夫盛赞列夫·托尔斯泰在《安娜·卡列尼娜》中的心理分析和艺术描写非同一般；另一方面，他又认为让安娜卧轨自杀是托尔斯泰的错误构思。罗赞诺夫一直宣扬自己对上帝的爱与崇敬，但对上帝"爱仇敌、祝福憎恨之人"④的教导，却因为自己"牙龈化脓"而办不到。在《隐居》中，罗赞诺夫对自己的理解也是摇摆不定的。他先说自己是"傻瓜""骗子"，然后又说自己是一个人类

---

① ［俄］西尼亚夫斯基. 笑话里的笑话［M］. 薛君智，译. 北京：中国文联出版社，2001：序 12.

② Николюкин А. Н. Розанов［M］. М.：Мол. гвардия，2001. С. 7.

③ 钱中文. 读俄罗斯［M］. 济南：泰山出版社，2008：40.

④ 参见《圣经》马太福音论爱仇敌（5：43）。"你们听见有话说：'当爱你的邻舍，恨你的仇敌。'只是我告诉你们：要爱你们的仇敌，为那逼迫你们的祷告。"

历史上前所未有的"神奇的人"，最后又把自己"简直是一个神奇的人"这一评价，写在无人能看得到的鞋底上。罗赞诺夫在心理上是亲犹者，而在政治上却是反犹者，所以他不是"耍两面手腕的人"，而是"两种个性的人"。罗赞诺夫一生中的大部分时间都在苏沃林担任主编的《新时代》供职，却在彼得堡保守的《新时代》和莫斯科自由主义的《俄罗斯言论》上以瓦尔瓦林为笔名（1906—1911）同时发表言论相反的文章，甚至在一篇文章中尝试用所有倾向写作。季娜伊达·吉皮乌斯对罗赞诺夫深有了解，她说过，罗赞诺夫善于"用两只手写作"，他的两只手永远都在真诚地写作，这是因为他的整个心灵是双料的、极端的。

罗赞诺夫非常与众不同，喜欢和别人唱反调，同时又极其善变，他一分钟前所说的话与一分钟后所说的话可以完全矛盾，他就是这样一个人。罗赞诺夫最吸引人的一点就是以探索式的、多元的态度对待俄罗斯文学的过去，以非传统的观点看待文化现象。"尝试从相反的方面看待任何现象与事件，这是颇有名气的'罗赞诺夫式的二律背反'"。①他的这种二律背反的思维方式，使思想处于动态，拒绝思想的平庸，在悖谬的思想交锋中体现思想张力，值得后人传承，对当今仍有启示意义。罗赞诺夫"留给后人的主要是他的思维过程本身——不平静、松散、曲折、跳跃，其外部图景充满矛盾，但其内心专注完整"②。摇摆不定是罗赞诺夫生活中首要的唯一坚定不移的原则，他认为："因摇摆不定一切才会繁盛，一切才会生机勃勃。假如一旦稳定性来了，整个世界就会被石化、被冻结、变得僵硬了。"③"只有通过二律背反，通过发狂的不正常思想以及非传统的视角才能够走近真理，走近在实证主义对问题平淡无味的解决过程中你不能看到和无法明白的，理解与意识的辩证法就在于此。"④罗赞诺夫想用矛盾的话语共存来表现观点的两极性，

①　Николюкин　А. Н. Религия. Философия. Культура. ［M］. М. : Республика，1992. C. 3.

②　［俄］西尼亚夫斯基. 笑话里的笑话［M］. 薛君智，译. 北京：中国文联出版社，2001：序12.

③　Николюкин А. Н. Розанов［M］. М. : Мол. гвардия，2001. C. 9.

④　Николюкин　А. Н. Религия. Философия. Культура. ［M］. М. : Республика，1992. C. 10.

但这未必意味着立场的"再定位"，只是又一种视角、又一种思想而已。类似的这种"多面性"是罗赞诺夫永远的特征，他的世界观永远不是"单质的"，因而他独有的批评观也是多质的。正如我国学者张冰在评价梅列日科夫斯基的主观批评时所说："你可以否认某一评价的正确性，但你却无法否认这样一种批评方法的艺术性。"①著名的民粹派批评家尼·康·米哈伊洛夫斯基在《论罗赞诺夫》一文中对作家言语的矛盾性困惑不解。他认为罗赞诺夫不可能引导任何人，因为一个人的身体不可能同时既向左又向右。但是，罗赞诺夫一生恰恰专注于学习"同时既向左又向右"。这是罗赞诺夫式的作为哲学的语言魅力，罗赞诺夫多元复杂的思维是同一枚硬币的两个面。他就像两面神伊阿诺斯或双头鹰，既是先知也是保守分子，既有先锋性也有滞后性，这也正是爱他的人与恨他的人都会对他有同样挚烈情感的原因。

本章小结

罗赞诺夫的文学批评是由其宗教哲学观决定的，因此，阐述罗赞诺夫文学批评当中的宗教哲学思想内涵非常有必要。本章阐述新宗教意识、性与家庭、个性因素、自然力、罗赞诺夫的二律背反共五方面内容，这些内容为后面理解罗赞诺夫文学批评的实践、体裁和方法做了一定的铺垫。

---

① 张冰. 梅列日柯夫斯基的文学批评［J］. 俄语语言文学研究，2004（2）：16.

第二章

罗赞诺夫文学批评的实践

第一节 论普希金

在俄罗斯"文艺复兴"的精神氛围之中，白银时代的俄罗斯文学获得了长足的发展，这其中包括文学批评的繁荣，罗赞诺夫的文学批评遗产就是这个时代的产物。就文学批评而言，罗赞诺夫的《论宗教大法官的传说》（1891）是最早受到关注的一部专著。后来这本专著与他的文学批评论集《文学随笔》（1899）及其艺术评论集《在艺术家中间》（1914），再加上发表于1892—1918年的各种批评文章，构成了近800页的批评文集《论作家与创作》（1995）。罗赞诺夫不是一位传统意义上的文学批评家，他以感性、直觉的随笔方式表达自己的文学感想，并不进行严密的科学论证，不创作系统的、脉络明晰的批评理论专著，不追求以完整视角阐释作家及其作品。他的文学批评随笔简洁凝练，犹如透明的智慧水珠，也似迸溅的灵感火花，他以这种方式对普希金做出了自己独特的感知。毋庸置疑，普希金对于俄罗斯民族来说是无限的，对普希金的重新解读和再认识在19—20世纪之交的白银时代又掀起了一股巨大的浪潮。众所周知，普希金是罗赞诺夫十分钟爱的作家，他评论普希金的文章多达20余篇，在其文学批评遗产中占有相当的分量。普希金于他而言是每日必吃的食粮："普希金……我把他吃掉了。你已经知道每一页，每一个场景，可你还要重读：这是食物。走入我心，在血液中奔涌，为头脑更换新鲜空气，把灵魂中的罪孽洗净。"①

我们先来回顾一下俄罗斯评论家是如何看待罗赞诺夫论普希金的。西尼亚夫斯基（А. Д. Синявский）注意到罗赞诺夫对普希金的态度，罗赞诺夫不是在读普希金，而是"在歌颂普希金，像是在做祈祷"②。尼科留金（А. Н. Николюкин）认为，罗赞诺夫与索洛维约夫的争论是罗赞诺夫关注普希金创作的一个借口。基巴利尼克（С. А. Кибальник）在《罗赞诺夫"赞成"和"反对"普希金》一文中以一个普希金专家的视角看待罗赞诺夫的观点。他指责罗赞诺夫过于主观，认为罗赞诺夫的大多数文章不是为普希金而写，而只是以普希金为口实。基巴利尼克还指出，"早期罗赞诺夫对普希金的创作和个性常常持怀疑态度，而且摇摆不定"③。蒙德里（Г. Мондри）在《普希金——"我们的"或者"我的"：论罗赞诺夫对普希金的接受》一文中指出，罗赞诺夫好像"是一位创造性的读者，对普希金的生活和创作有自己的个性理解"④。罗赞诺夫对普希金对待家庭和性欲的态度特别感兴趣。奥斯米尼娜（Е. В. Осминина）把罗赞诺夫对普希金的态度看作是现实历史人物神话化的例子。普希金变成了罗赞诺夫的文化英雄，变成了"外在世界和罗赞诺夫本人世界之间的中介"⑤，让罗赞诺夫有了扩展自己与世界对话空间的可能。从上述研究者的观点可以看出罗赞诺夫对普希金的赞同远远多于反对，这为我们的研究提供了积极的参考价值。但是，上述研究者并未明确指出，在罗赞诺夫的批评视野中普希金与其他作家的对比形象，并且这种对比评判的标准是什么，这为我们的进一步研究提供了新视角。

---

① 金亚娜，周启超. 俄罗斯白银时代精品文库（卷4）：文化随笔［G］. 北京：中国文联出版公司，1998：68.

② Синявский А. Д. 《Опавшие листья》 Василия Васильевича Розанова ［М］. М.：Захаров，1999. С. 253.

③ Кибальник С. А. В. В. Розанов 《за》 и 《против》 Пушкина ［J］. Новый журнал，1993. № 1. С. 91.

④ Мондри Г. А. С. Пушкин － 《наше》 или 《мое》：О восприятии Пушкина В. Розановым ［J］. Вопросы философии，1999. № 7. С. 67.

⑤ Осимина Е. В. Творение мифа и интерпретация культурного героя：Розанов и Пушкин. ［D］. Кострома，2005. С. 19.

一、普希金 VS 果戈理：光明的正面形象

罗赞诺夫首次关注普希金的个性是为了更好地理解果戈理。在《普希金与果戈理》（1891）一文中，罗赞诺夫得出结论，这两位作家的创作形式和本质截然不同。"多样和全面"的普希金与果戈理构成对照："丰富多彩和无所不包的普希金与抽象的抒情和低级的讽刺兼而有之的果戈理大相径庭。当然，这是形式和外部的差异，然而，即便在本质上，他们的创作也是相去甚远。"①

在札记《关于普希金的新东西》（1900）一文中，罗赞诺夫认为，果戈理创造的犹太人扬克利②形象只是稍稍触及了一下犹太人主题，而普希金立刻领悟到了犹太人的世界性。也就是说，罗赞诺夫认为普希金的眼光更具洞察力、更准确。在《果戈理》（1902）一文中，罗赞诺夫强调，普希金展示了俄罗斯人的心灵美。同时也指出，"诗人没有像果戈理那样创造出神奇的幻想"③。按罗赞诺夫的意见，普希金身上的"俄罗斯性"自然而然地达到了"最伟大的、最深刻的和最崇高的全人类性"。普希金的功绩在于，"俄罗斯的真正爱国主义，俄罗斯人对自我灵魂的尊崇和认识"都从普希金开始。此外，罗赞诺夫认为，普希金的创作由他灵魂的个性特点所决定，并强调诗人的所有感受都融汇成了某种和谐。最后，罗赞诺夫宣布，无法解释普希金的出现这一现象，他简直是个奇迹。

与之前的文章不同，在《果戈理之谜》（1909）一文中，普希金被罗赞诺夫视作一位没有秘密的普通艺术家。但与此同时，无论在世界文学中，还是在心理学中，罗赞诺夫都没有找到能与普希金相媲美的人物。罗赞诺夫得出结论："普希金的灵魂是自由的、坚忍不拔的，在那样的威力面前，像基督教、古希腊、罗马文明的力量和魅力，没有一个人能果断地抵抗住。"④普

① Николюкин А. Н. Мысли о литературе［М］. М.：Современник，1989. С. 159.

② 扬克尔，果戈理《塔拉斯·布尔巴》中的犹太人。

③ Розанов В. В. Гоголь［М］// Николюкин А. Н. О писательстве и писателях　М.：Республика，1995. С. 120.

④ Розанов В. В. Загадки Гоголя［М］// Николюкин А. Н. О писательстве и писателях М.：Республика，1995. С. 334.

希金凭借这一点使罗赞诺夫想起了拉斐尔①，于是罗赞诺夫将普希金的遗产置于果戈理的作品之上。

在同年的《罗斯和果戈理》（1909）一文中，罗赞诺夫指出，普希金将俄罗斯人民的那些特征，如淳朴、温和、忍耐等，视作典范，他以自己的诗歌为"贫穷和不自由的俄罗斯人民"争光。而果戈理则向我们展示了词语的最大威力，果戈理"有着不安的心灵，让人无法理解……果戈理呈现惊慌、痛苦和对全俄罗斯的自我批评。"②在两位作家的创作中，俄罗斯语言获得了"最终的气质"，"恰恰是他们确定了俄罗斯文学的黄金时代"③。罗赞诺夫对果戈理意义的认识是在与普希金相比较的语境下进行的，与普希金比起来，果戈理的力量在另一方面："他以自己心灵的说不清的、自始至终都没有被猜透的担忧将恐慌、苦恼和妄自菲薄撒向整个罗斯。他是文学中的俄罗斯苦闷之父：这种苦闷，这种忧愁的情绪，其深浅至今都无法预测，就像看不到走出这苦闷的出口、它的尽头一样，看不到它的结果。他深刻地改变了俄罗斯心灵的情绪。朝光明的方向还是阴暗的方向改——且不去争论它，现在还不是争论的时候。但是毋庸置疑的是在这场改变中留下了他的力量。罗斯用纪念碑为这力量加冕。"④ 不难看出，罗赞诺夫对果戈理貌似褒扬，实则贬抑。

罗赞诺夫在《形式的天才》（1909）一文中指出，果戈理作品的形式比普希金的要完善。果戈理的叙述"就其鲜明性、深刻性、对记忆和想象的冲击"⑤来说在普希金之上。此外，他还借助否定性描写的巨大威力消除了对过去的记忆，而这种对过去的记忆恰恰是普希金创作的主要特征。在同年的

---

① 1483—1520，意大利画家、建筑师、文艺复兴盛期的代表。

② Розанов В. В. Русь и Гоголь ［М］// Николюкин А. Н. О писательстве и писателях. М. : Республика，1995. С. 353.

③ Розанов В. В. Русь и Гоголь ［М］// Николюкин А. Н. О писательстве и писателях М. : Республика，1995. С. 354.

④ Розанов В. В. Русь и Гоголь ［М］// Николюкин А. Н. О писательстве и писателях М. : Республика，1995. С. 353.

⑤ Розанов В. В. Гений формы ［М］// Николюкин А. Н. О писательстве и писателях М. : Республика，1995. С. 347.

《为什么果戈理的纪念像没有成功？》（1909）一文中，罗赞诺夫又重复了这一思想。他肯定地认为，果戈理的"形式"和他的"词语"甚至让普希金折服。显然，在上述情况下，罗赞诺夫的阐释是为证明果戈理创作的影响难以遏制。罗赞诺夫又在《果戈理及其对戏剧的意义》（1909）一文中发展了这一思想，他认为："后来的所有俄罗斯戏剧运动都是在延续果戈理的传统，而不是普希金，延续的是《钦差大臣》，而不是《鲍里斯·戈都诺夫》。"①

因此，罗赞诺夫关注普希金是为了确定果戈理创作的特点。在他看来，一方面，果戈理偏离了文学发展的自然道路；另一方面，果戈理对社会、对普希金的创作产生了巨大影响。罗赞诺夫将普希金的创作与果戈理的创作进行对比，使普希金变得明亮照人且富有创造力，"阿波罗元素"定义的正面内容也由此而得以体现。罗赞诺夫的上述观点与以往文学史著作中果戈理是普希金的追随者这样的见解相左，从这一角度看，罗赞诺夫的观点的确不同凡响。

二、普希金 VS 莱蒙托夫：静态的反面形象

当罗赞诺夫将普希金与莱蒙托夫进行比较时，对普希金的个性和创作又是另一番评定。罗赞诺夫在《永恒悲伤的决斗》（1898）和《关于普希金的札记》（1899）这两篇文章中指出，普希金不是一个诗歌天才，还把普希金与拥有"自然力"的莱蒙托夫相对照。在《终结和开端，"神的"与"魔鬼的"，上帝与恶魔（论莱蒙托夫的主要题材）》（1902）一文中，罗赞诺夫对两位诗人创作中的婴儿描写进行了对比。普希金是在田园式地感受婴儿，而莱蒙托夫是在生理式地感受婴儿，由此，罗赞诺夫得出结论，普希金和莱蒙托夫的诗歌看问题的角度有本质上的不同，普希金以平静的"横向目光"在事物表面滑过，而莱蒙托夫的视角是"垂直地"投向事物，透视事物的本质。

在《神职人员、教堂、俗世弟子②》（1903）一文中，罗赞诺夫把普希

---

① Розанов В. В. Гоголь и его значение для театра ［M］// Николюкин А. Н. Среди художников М.：Республика，1994. С. 300.

② 在家人，与修士等"出家人"相对。

金的天赋界定为"极其不辩证,有时简直不聪明,总是那么充满激情"①,直接驳斥有关诗人"理性"的论点。最终,在《论涅克拉索夫的善良》(1903)一文中,罗赞诺夫把两位诗人结合起来,依据创作的自主性把他们与涅克拉索夫相比较,"他们的诗是自己诞生的,他们不创作会十分困难,不能不创作"②。于是,他称普希金和莱蒙托夫"非同寻常"。

在《普希金与莱蒙托夫》(1914)一文中,罗赞诺夫指出,普希金歌颂幸福和世界和谐,他是"所有合乎规律的诗人和思想家中最有规律性的一个,可以说,是世界首要的保护人物"③。他同时认为,诗人回答所有折磨人类的问题:"世界如何旋转?靠什么旋转?世界是否应该旋转?"④ 如果只听从普希金的,世界将不会运动、不会有变化。普希金拥有"一个巨大的深入思考的大脑,一只巨大的充满爱的眼睛"⑤。但是,世界处于运动中,无法平静,这是因为人们会死去,"如果会'死',那么我想逃、逃、逃,不停下来直到窒息"⑥。

如果在《果戈理之谜》中普希金以"语言方面的拉斐尔"表现出非同寻常的本质,那么,在《论莱蒙托夫》(1916)一文中普希金已经变得普通,在"我们"当中。罗赞诺夫又进一步指出,普希金很有包容性,完全赞同以往的俄罗斯文学精神,与当时的文学进程相符,但是,与莱蒙托夫相比较而言,莱蒙托夫却非同寻常,总是表现得令人出乎意料。用罗赞诺夫的话说:"莱蒙托夫非同寻常,他完全'不是我们的',也'不是我们'。这就是区别

---

① Розанов В. В. Духовенство,храм,миряне［М］// Николюкин А. Н. О писательстве и писателях М.:Республика,1995. С. 181.

② Розанов В. В. О благодушии Некрасова［М］// Николюкин А. Н. О писательстве и писателях М.:Республика,1995. С. 135.

③ Голубкова А. А. Критерии оценки в литературной критике В. В. Розанова［D］. М.,2005. С. 92.

④ Голубкова А. А. Критерии оценки в литературной критике В. В. Розанова［D］. М.,2005. С. 92.

⑤ Голубкова А. А. Критерии оценки в литературной критике В. В. Розанова［D］. М.,2005. С. 92.

⑥ Голубкова А. А. Критерии оценки в литературной критике В. В. Розанова［D］. М.,2005. С. 92.

所在。普希金是包罗万象的，但已经过时，就像从杰尔查文，又经过茹科夫斯基和格里鲍耶托夫，再到他的旧俄罗斯文学一样。而莱蒙托夫却是全新的，意想不到的，未被言说的。"①

由以上实例可见，罗赞诺夫把普希金和莱蒙托夫做比较，得出一个结论：普希金的和谐、平静和理性，在与莱蒙托夫做对比时表现出来，动态元素胜过静态元素，因此，莱蒙托夫在俄罗斯文学中的地位应高于普希金，是当之无愧的诗人典范。

三、普希金 VS 涅克拉索夫：贵族老爷形象

在《政府的两种形式》（1897）一文中，罗赞诺夫写道："普希金是人民的和历史的。"②但是，在《涅克拉索夫逝世 25 周年》（1902）一文中，罗赞诺夫又指出，"还没有像他（涅克拉索夫）那样按照俄语习惯遣词造句的诗人，就这方面而言，普希金、莱蒙托夫甚至是果戈理像外国人一样逊色于他。"③因此，涅克拉索夫实际上是一个比普希金更具有人民性的诗人。罗赞诺夫把真正的诗歌与民间口头创作相接近的诗歌做比较，但是，并未将涅克拉索夫置于普希金之上，他认为，这是"完全不同领域的、不同使命的、有不同历史作用的两个人"④。可以把普希金与果戈理和莱蒙托夫做对比，而把涅克拉索夫与他们做比较却是"那样奇怪，好像在问铁路或者贞德·冉·达克⑤哪个更好一样"。⑥

在《一天的情绪》（1906）一文中，罗赞诺夫指出，普希金的一首诗

---

① Голубкова А. А. Критерии оценки в литературной критике В. В. Розанова［D］. М.，2005. С. 92.

② Розанов В. В. Два вида правительства［М］// Николюкин А. Н. О писательстве и писателях М.：Республика，1995. С. 21.

③ Розанов В. В. 25-летние кончины Некрасова［М］// Николюкин А. Н. О писательстве и писателях М.：Республика，1995. С. 109.

④ Розанов В. В. 25-летние кончины Некрасова［М］// Николюкин А. Н. О писательстве и писателях М.：Республика，1995. С. 118.

⑤ 约 1412—1431 年，法国女民族英雄。

⑥ Розанов В. В. 25-летние кончины Некрасова［М］// Николюкин А. Н. О писательстве и писателях М.：Республика，1995. С. 118.

《卑贱真理的深渊……》"是贵族式的，不是热爱劳动的，是在屋子的阳台上背熟的，饥饿的农夫建了这座房子，却没有支付给他们一毛钱"①。由此强调贵族和人民文化之间的隔膜。在《我们学生时代的涅克拉索夫》（1908）一文中对比涅克拉索夫的诗，罗赞诺夫又重新感觉到普希金的"人民性的做作、不自然"②，甚至在童话诗《国王萨尔坦的故事》中，罗赞诺夫在普希金身上看到"某个贵族老爷"的形象，对人民充满爱与关切。《国王萨尔坦的故事》是普希金最长的一部童话诗，其主要内容是：

> 三姐妹中的小妹成了王后，怀上了小王子，两个嫉妒的姐姐和国王的母亲串通起来，在国王外出征战的时候将王后母子装进木桶扔进了大海，母子俩漂到一座岛上活了下来，王子在打猎时救了一只天鹅，神奇的天鹅帮助王子建立起一座城市，还帮助他变成蚊子、苍蝇和蜜蜂，先后三次返回祖国，分别"叮瞎了"两个姨妈的左眼和右眼，"叮肿了祖母的鼻尖"，后来，王子娶天鹅公主为妻，老国王率船队来与母子相认，而那"总共只剩下四只眼睛"的三个恶人，却痛哭流涕，老国王怕坏了兴致，就从轻发落了她们。老国王大摆宴席，一家人纵情畅饮，作者在最后写道："我也在场；也喝了啤酒和蜜，不过只够沾湿胡须。"③

因此，在这种上下文中，罗赞诺夫把两位诗人的创作进行对比时，实际上依据的是阶级划分。

但在《牧师、宪兵和勃洛克》（1909）一文中，罗赞诺夫又恢复了原来的思想。"在我们有教养的阶级里才华与人民不曾分离，也不会分离，而无

---

① Розанов В. В. В настроениях дня ［М］// Николюкин А. Н. Когда начальство ушло⋯ М.：Республика，1997. С. 137.

② Розанов В. В. Некрасоов в годы нашего ученичества ［М］// Николюкин А. Н. О писательстве и писателях М.：Республика，1995. С. 248.

③ 刘文飞. 阅读普希金［М］. 北京：人民文学出版社，2002：48.

才华自然与人民分离。"①恰恰因此，"普希金与罗斯不曾分离，他创作了《鲍里斯·戈都诺夫》和童话"②。我们看到，同一部作品（《国王萨尔坦的故事》）被罗赞诺夫时而阐释为贵族老爷的作品，时而阐释为俄罗斯人民精神的真正表达。在界定普希金"人民性"这一品质的过程中，罗赞诺夫的这种摇摆直接与文化语境相关。与涅克拉索夫相比较，罗赞诺夫觉得普希金是"冷血的"，他在自身中带有异己的"贵族"文化烙印，但是与颓废派相比，普希金又是"温暖的"、人民的。

后来这种矛盾性继续保持。在《隐居》（1912）一文中，罗赞诺夫讲道，他在中学教书时甚至没想起来过普希金，但是读涅克拉索夫读到头昏脑涨，知道他的每一行文字，能背诵他的每一首诗。

> 像"叔叔的房子不是小车"这样的诗句比托尔斯泰写的所有一切更富人民性。总的来说，涅克拉索夫有大约十页诗达到了我们任何一位诗人和作家都没能达到的人民性。③

大概，对涅克拉索夫叹服的原因就在于此，这种赞美有时使罗赞诺夫将涅克拉索夫置于普希金之上。

> 他的意义，当然，是被过分夸大了的（"高于普希金"）。……现在再说说这十分之二的诗：它们具有人民性，自然，朴素，有力。"复仇与忧伤的缪斯"还是强大的；而哪里有力量，有激情，哪里就有诗。任何一个狂人都不会拒绝他的诗的。他的"菜农"，"车夫"，"被遗忘的村庄"美妙，奇特，且就音调而言在俄罗斯文

---

① Розанов В. В. Попы, жандармы и Блок［М］// Николюкин А. Н. О писательстве и писателях М.：Республика，1995. C. 332.

② Розанов В. В. Попы, жандармы и Блок［М］// Николюкин А. Н. О писательстве и писателях М.：Республика，1995. C. 332.

③ ［俄］洛扎诺夫. 隐居及其他：洛扎诺夫随想录［М］郑体武，译. 上海：上海远东出版社，1997：47.

学中是全新的。总之，涅克拉索夫为诗歌创造了一种新的音调，新的感情的音调，新的言语和声响的音调。他的诗里有多得惊人的大俄罗斯方言和俚语。这些方言和俚语，有些圆滑和粗俗，挤眉弄眼，转弯抹角，大概在奔萨省和梁赞省都没人讲，只有在伏尔加河的码头和集市上才听得见。他正是把这一地域特色带进了文学甚至作诗的技法中，在技法方面迈出了巨大而勇敢的一步，降服了一个时代，倾倒了一代人。①

在《萨哈尔纳》（1913）一文中，罗赞诺夫又重新指出："在许多方面，涅克拉索夫的确'胜过普希金'。因为在普希金之后或者他的所有'人民性'之后，人们没走进农村……70年代的'走向民间'运动恰恰是涅克拉索夫所号召的。"②

"人民性"的概念有很多种。普希金是人民的，是由于他的全球关怀（всемирная отзывчивость），这种全球关怀是俄罗斯人民的民族特征，而普希金是这种全球关怀的最高体现。涅克拉索夫是人民的，是因为他在诗歌中使用了民间口头创作元素。在与涅克拉索夫的创作进行对比中，涅克拉索夫使用民间口头创作元素，而普希金的作品带有异国"老爷"文化的烙印。

四、结束语

罗赞诺夫是一位新见迭出、视角独特、特立独行的文学批评家，他的观点，尤其是他研究问题的方法和角度耐人寻味，很值得我们关注，会带给我们诸多启发。罗赞诺夫肯定了普希金在俄罗斯文化中的地位，面对普希金可能被遗忘的想法，他大声说："我们诅咒这个时代，诅咒那些使普希金终结和完全不被需要的俄罗斯人！"③在罗赞诺夫看来，"普希金是俄罗斯智慧和

---

① ［俄］洛扎诺夫.隐居及其他：洛扎诺夫随想录［M］郑体武，译.上海：上海远东出版社，1997：47.

② Николюкин А. Н. Сахарна［М］. М.：Республика，1998. С. 189.

③ Розанов В. В. Как святой Стефан［М］// Николюкин А. Н. О писательстве и писателях М.：Республика，1995. С. 379.

心灵的标尺，我们用俄罗斯人的心灵无法测量普希金，而俄罗斯的心灵可以被普希金测量"①。可见，普希金的创作在罗赞诺夫眼中具有独立价值。他把普希金与果戈理相对比，主张普希金创作的和谐明快，反对果戈理创作的混乱阴郁，使普希金获得"光明的正面形象"；把普希金和莱蒙托夫相对比，主张莱蒙托夫创作中的活力和个性，反对普希金创作中的平静和普世性，使普希金成为"静态的反面形象"；而在与涅克拉索夫的创作进行对比中，主张涅克拉索夫的贴近民间生活，具有民族价值，反对普希金的贵族阶级局限性，凸显出普希金的"贵族老爷形象"。罗赞诺夫比较视域下普希金的多变形象，不仅丰富了普希金的艺术形象，展现了普希金创作的特色，而且还可以窥见罗赞诺夫的文学批评标准，对普希金研究和罗赞诺夫研究均具有重要启迪意义。

第二节　论果戈理

任光宣认为"果戈理在'白银时代'获得了第二次青春。罗赞诺夫等人堪称是思想家与艺术家果戈理的重新发掘者"②。俄罗斯研究者很关注罗赞诺夫对果戈理的评论观点，下面让我们来回顾一下俄国有关研究者的观点。

西尼亚夫斯基认为，罗赞诺夫与果戈理进行了多年"争斗"。"罗赞诺夫终生都被果戈理所折磨，并尝试战胜果戈理，这种斗争带有深刻的宗教色彩。"③罗赞诺夫不承认果戈理作为思想家的意义，同时反对果戈理是一位艺术家，在这种情况下，他论及果戈理散文的独特艺术优点时，不过说图有"形式的空外壳"。对此，西尼亚夫斯基认为，罗赞诺夫有权把果戈理与鬼相等同，并宣称，现在整个俄罗斯都已陷入空洞之中。

① Розанов В. В. Как святой Стефан ［M］ // Николюкин A. H. O писательстве и писателях M. : Республика，1995. C. 379.

② ［俄］果戈理. 与友人书简选 ［M］. 任光宣，译. 合肥：安徽文艺出版社，1999：334.

③ Синявский А. Д. 《Опавшие листья》Василия Васильевича Розанова ［M］. M. : Захаров，1999. C. 286.

按西尼亚夫斯基的分析，罗赞诺夫憎恨果戈理有以下几个原因，首先是他们在修辞方面不相容："罗赞诺夫在自己的精神方面倾向于不具备形式，而整个果戈理都在形式中，而且是在夸大的形式之中。"①此外，按罗赞诺夫的观点，俄罗斯的自由主义恰恰是从果戈理开始的，这种自由主义导致所有"俄罗斯性"的破产。在《瓦·瓦·罗赞诺夫的〈落叶〉》这本书中，西尼亚夫斯基得出结论，对罗赞诺夫而言，与果戈理多年的矛盾直到十月革命后才得以完全和解。

遗憾的是，西尼亚夫斯基在分析罗赞诺夫对待果戈理的态度时，并未挖掘出罗赞诺夫的矛盾统一性，他仿佛深入到罗赞诺夫的世界中，跟随罗赞诺夫开始越来越多的荒诞性思考。此外，在分析罗赞诺夫对果戈理创作的观点时，西尼亚夫斯基也没有注意到观点的演变，由此而反驳罗赞诺夫思维的"多面性"。

尼科留金也指出罗赞诺夫对果戈理的两种倾向：排斥果戈理和斯拉夫主义者，同时，对他们又深深地崇拜。尼科留金认为，罗赞诺夫把果戈理界定为一位幻想家和非现实主义大师是对作家创作的一种实证主义解释。尼科留金认为，不只是考虑尼古拉一世时代俄罗斯的历史境况，而是在全人类历史语境中阅读《死魂灵》，这是罗赞诺夫的一大功绩。罗赞诺夫确定，果戈理的创作并没有被俄罗斯社会正确理解。尼科留金断言，罗赞诺夫并未直线式地、单维地走近任何现象。尼科留金还注意到，罗赞诺夫在不同创作时期以不同方式解决了这个问题。尼科留金认为，罗赞诺夫在1902—1909年的随笔对果戈理的态度是最正面的。在《果戈理魔法般的一页》（1909）一文中，罗赞诺夫对果戈理在俄罗斯文学中的意义予以重新审视，世代相传的神秘因素居第一位。但是在《落叶》（1913—1915）中，罗赞诺夫突然出乎意料地以憎恨和痛苦猛烈抨击果戈理。尼科留金以罗赞诺夫与文学中的讽刺倾向做斗争来解释这一点。在《机械式创作的悲剧》（1912）一文中，罗赞诺夫也提到了有关果戈理的另一个消极评价。尼科留金得出结论，在十月革命后罗

---

① Синявский А. Д. 《Опавшие листья》Василия Васильевича Розанова［М］. М.: Захаров, 1999. C. 286.

赞诺夫与果戈理的争论以承认果戈理的正确性而告终。

维克多·叶罗菲耶夫（Виктор Владимирович Ерофеев，1947— ）在自己的随笔《罗赞诺夫反对果戈理》一文中断定，罗赞诺夫首先关注的不是单个作家的问题，而是整个创作的缺陷，对读者的挑衅和故意欺骗是罗赞诺夫的基本方法，因此，文本建构的不连续性和矛盾性也成为有意识的方法。叶罗菲耶夫指出："罗赞诺夫对果戈理十分不友善，以其真正的疯狂追击果戈理，一有机会就揭穿果戈理。"①叶罗菲耶夫提出，与其他批评家不同，罗赞诺夫对果戈理的评论是有规划的、无所不包的。按叶罗菲耶夫的意见，"罗赞诺夫曾因果戈理而十分痛苦"②，原因在于他们的性格相矛盾：罗赞诺夫原则上是一个软弱的人，他既在果戈理的力量面前屈服，同时又嫉妒果戈理的这种力量。叶罗菲耶夫认为，阐明冲突实质可以有助于解决下列问题：更清晰地确定罗赞诺夫在世纪之交文学运动中的作用，弄清楚果戈理创作的真正深度和普遍含义，同时还可以搞清楚果戈理的艺术手法。

在《"恶魔——果戈理"：罗赞诺夫眼中的果戈理》一文中，克里沃诺斯（В. Ш. Кривонос）观察了罗赞诺夫有关果戈理的文章中所使用的修辞手法。他肯定地说，对罗赞诺夫而言，果戈理不是艺术家而是魔法师，果戈理的创作"不是艺术，而是魔法游戏，这种游戏毁坏了现实和世界之间的界限，只存在于果戈理想象的世界中"③。像所有其他研究者一样，克里沃诺斯断定，果戈理是罗赞诺夫意识当中的疼痛点，但由于罗赞诺夫认为俄帝国的灭亡是第二次重生，所以，罗赞诺夫对追求使"死魂灵"复活的果戈理充满兴趣。

上述研究者在分析罗赞诺夫创作中的果戈理主题时，阐释罗赞诺夫对果戈理的态度均是在情感层面，认为罗赞诺夫对果戈理十分憎恨。研究者们虽然注意到了罗赞诺夫对果戈理创作的多变矛盾性态度，但都没有涉及这一主题的演化过程。我们在上述思想的基础上，概括归纳出罗赞诺夫对果戈理创

---

① Голубкова А. А. Критерии оценки в литературной критике В. В. Розанова ［D］. М. : М. , 2005. С. 105.

② Голубкова А. А. Критерии оценки в литературной критике В. В. Розанова ［D］. М. : М. , 2005. С. 106.

③ Кривонос В. Ш. 《Демон - Гоголь》: Гоголь глазами Розанова ［J］, Российский литературоведческий журнал1994. № 5–6. С. 155.

作观点的演变历程。我们认为，罗赞诺夫对果戈理的阐释分为如下三个阶段：第一阶段为对果戈理创作的否定阐释，第二阶段为对果戈理创作的肯定阐释，第三阶段为对果戈理创作两种阐释的混合。

一、对果戈理创作的否定阐释

果戈理在罗赞诺夫的文学等级谱系中占有十分特殊的地位。罗赞诺夫从开始进行文学批评活动之初就很关注果戈理的创作，并将这种兴趣保持到创作的最后阶段。几乎所有涉及罗赞诺夫与果戈理的研究者都认为，罗赞诺夫憎恨果戈理，但是仅在情感层面解释这种审美现象显然是不充分的。

罗赞诺夫在批评论著中关于果戈理个性和创作的评价可以划分出几个阐释阶段。属于第一阶段的有《论宗教大法官的传说》（1894）及其附录中的两篇文章《普希金和果戈理》（1894）《阿卡基·阿卡基耶维奇的典型是怎样制成的?》（1894）。在这些论著中，罗赞诺夫提出了对果戈理创作独一无二的观点。罗赞诺夫不接受把果戈理的创作看作是对俄罗斯颂扬的观点，也不接受是对俄罗斯诬蔑的观点。拒绝别林斯基有关果戈理的观点，即果戈理是自然派创始人。同时，反对格里戈里耶夫的最新文学源于果戈理的观点。罗赞诺夫认为，相反，"更准确地说，整个俄罗斯文学在整体上是反对果戈理的，是与之斗争的"①。后来，作家们继承了果戈理的"艺术创作手法、他的形式和方法"，发展了描绘现实生活的方法，但是却不是果戈理的创作内容。"他与他们的兴趣同样是关注生活，但是他们在生活中所看到的、所描写的与他所见、所描写的没有共同之处。"②

在《论宗教大法官的传说》（1894）中，罗赞诺夫确定果戈理是外在形式的天才艺术家。果戈理描绘得那么鲜明突出，以至于"任何人都没发现，实质上，这种形式背后没有任何东西、没有任何灵魂"③。果戈理的主人公

---

① Николюкин А. Н. Легенда о Великом инквизиторе Ф. М. Достоевского [M]. M.: Республика, 1996. С. 18.

② Николюкин А. Н. Легенда о Великом инквизиторе Ф. М. Достоевского [M]. M.: Республика, 1996. С. 18.

③ Николюкин А. Н. Легенда о Великом инквизиторе Ф. М. Достоевского [M]. M.: Республика, 1996. С. 18.

们无法感受到任何人的感受，他们不接受爱情、憎恨、愉悦和怜悯。"有一次果戈理描写孩子，但是这些孩子是那么的不修边幅，就像他们的父亲一样引人发笑。"① 罗赞诺夫把民间口头创作与果戈理创作中的爱情描写做对比得出结论，不是人类误解了，而是果戈理梦见自己的病态幻象，并在我们面前呈现为现实生活。否则不可能解释，为什么作为普希金、冈察洛夫、别林斯基的同时代人果戈理无法找到自己作品的正面主人公。罗赞诺夫得出结论，事情的实质不在于果戈理无法找到理想人物，而在于"他是伟大的形式艺术家，为无法进入任何一个活的灵魂而感到不安"②，"因为无法触碰到人的灵魂而不安"③。

早在《论理解》（1886）一书中，罗赞诺夫就把果戈理列入心理艺术家的类型。在《斯特拉霍夫的文学个性》（1890）一文中，罗赞诺夫称果戈理是"天才般的，但被曲解的作家，斯拉夫主义者在自己的学说中开始依靠果戈理，因为他们有共同的反对目标"④。在《普希金与果戈理》（1894）一文中，罗赞诺夫在果戈理那里又找到了"病态的想象，这种想象经常创造出高于现实世界的二级世界，尽力使现实的一级世界与二级世界相符"⑤。在罗赞诺夫来看，果戈理并没有在自己的作品中反映出俄罗斯的现实生活，而是"用令人吃惊的技巧描绘俄罗斯的一系列漫画"⑥。果戈理作品的语言苍白无力、死气沉沉，所有的人物都站立不动，"既不会在自身中成长，也不会在

---

① Николюкин А. Н. Легенда о Великом инквизиторе Ф. М. Достоевского［M］. M. : Республика，1996. C. 19.

② Николюкин А. Н. Легенда о Великом инквизиторе Ф. М. Достоевского［M］. M. : Республика，1996. C. 21.

③ Николюкин А. Н. Легенда о Великом инквизиторе Ф. М. Достоевского［M］. M. : Республика，1996. C. 21.

④ Розанов В. В. Литературная личность Н. Н. Страхова［M］// Николюкин А. Н. Легенда о Великом инквизиторе Ф. М. Достоевского M. : Республика，1996. C. 232.

⑤ Розанов В. В. Пушкин и Гоголь［M］// Николюкин А. Н. Легенда о Великом инквизиторе Ф. М. Достоевского M. : Республика，1996. C. 137.

⑥ Николюкин А. Н. Легенда о Великом инквизиторе Ф. М. Достоевского［M］. M. : Республика，1996. C. 20.

读者心里成长，这是个死物，无法进入读者的灵魂"①。罗赞诺夫肯定地说，果戈理的主人公屈服于作者的意志，他们没有思想，也没有生命。他把普希金吝啬的骑士形象与果戈理的泼留希金形象相对比。"可以憎恨第一个人物形象，但是不能不尊敬"。第二个就不是人，他"是用一种特殊的方法制造出来的，不是自然诞生的"②。出于这一点，罗赞诺夫认为以往关于果戈理是"自然派的创始人"，"在自己的作品中描绘现实生活"，这类观点是不可靠的。罗赞诺夫认为果戈理是"孤独的天才"，无论在俄罗斯文学中，还是在世界文学中都没有与果戈理相类似的人物，他还认为，果戈理的内心世界也是很独特的："我们走进他个人的内心世界，把这个世界与自己的生活相联系，甚至依据他打造出的巨大蜡制图画来评论生活，但这却意味着难以忍受。"③

在《阿卡基·阿卡基耶维奇的典型是怎样制成的?》（1894）一文中，罗赞诺夫仔细分析了果戈理创造形象的机械性。他把现实生活事实与果戈理对这一事实的阐释进行对比。罗赞诺夫依据所讲的故事指出："在所有讲述中没有事实存在。"④然后，罗赞诺夫逐字逐句地引用中篇小说最初的提纲，得出结论："阿卡基·阿卡基耶维奇这个人物形象很清晰，性格没受到一点压迫。"因此，果戈理艺术描绘的实质在于挑选一个特征，对这一特征进行延续和加强。罗赞诺夫把这一形象对读者的影响比作透镜的作用："这些被挑选特征的总和，仿佛同一方向的一束光被凹镜所汇集，鲜明地跳动，不会被读者遗忘。"⑤ 类似的"素描"都是在歪曲现实生活。在描绘人本性的反面

① Розанов В. В. Пушкин и Гоголь［М］// Николюкин А. Н. Легенда о Великом инквизиторе Ф. М. Достоевского М.：Республика，1996. С. 139.
② Розанов В. В. Пушкин и Гоголь［М］// Николюкин А. Н. Легенда о Великом инквизиторе Ф. М. Достоевского М.：Республика，1996. С. 140.
③ Розанов В. В. Пушкин и Гоголь［М］// Николюкин А. Н. Легенда о Великом инквизиторе Ф. М. Достоевского М.：Республика，1996. С. 140.
④ Розанов В. В. Как произошел тип Акакия Акакиевича［М］// Николюкин А. Н. Легенда о Великом инквизиторе Ф. М. Достоевского М.：Республика，1996. С. 144.
⑤ Розанов В. В. Как произошел тип Акакия Акакиевича［М］// Николюкин А. Н. Легенда о Великом инквизиторе Ф. М. Достоевского М.：Республика，1996. С. 146.

时，他得出："已经不是限制，而是损伤、摧毁人在现实生活中的本来样子。"① 罗赞诺夫认为，这种对人的限制和贬低的追求是果戈理的主要特征。按照罗赞诺夫的意见，果戈理在笑和讽刺之后无穷无尽的抒情，这是"艺术家对自己创作规律的悲伤，对惊人画面的哭泣"②。可见，恰恰是这种被果戈理所意识到的其创作对现实生活的影响后果让"令人惊奇的艺术家"变成了一个伟大的人。

依据自己对果戈理创作实质的评定，罗赞诺夫解释果戈理的个性和命运。罗赞诺夫认为，果戈理的特点在于"深刻而可怕的缺陷"。所有人都有不足，任何人都不会失去这种不足。"他在自己的灵魂中达到了如此孤独的程度，以至于他不能以自己的灵魂触碰任何其他的灵魂：这就是为什么他感受到外在形式的运动、面貌、境况的雕塑性。"③因此，罗赞诺夫认为，果戈理是内在封闭的人，没有能力理解其他人，也恰恰是在这一封闭性中，果戈理产生了特殊的幻想、对世界的特殊接受和特殊表现力。

按罗赞诺夫的观点，"伟大的人靠自己的心理宝藏生存，并将其放置到人的心理宝藏中"④。如果说文学能够影响社会，那么果戈理也因此而对俄罗斯社会产生了特殊影响。俄国讽刺倾向的创始人果戈理创造了特殊的思维模式，"果戈理灵魂中的一切，都没有力量，自然而然地变弱"⑤。罗赞诺夫觉得这种社会思维的"改变"偏离了普希金所体现的"最初的和自然的方向"。罗赞诺夫称果戈理是另一个与普希金对立的天才，是另一种会"减弱"普希金的类型。而果戈理知道这一切，他看见了"自己的方向"。也正因如此，果戈理放弃了自己的创作生涯（指烧毁《死魂灵》第二部）。

---

① Розанов В. В. Как произошел тип Акакия Акакиевича［М］// Николюкин А. Н. Легенда о Великом инквизиторе Ф. М. Достоевского М.：Республика，1996. С. 147.

② Розанов В. В. Как произошел тип Акакия Акакиевича［М］// Николюкин А. Н. Легенда о Великом инквизиторе Ф. М. Достоевского М.：Республика，1996. С. 149.

③ Николюкин А. Н. Легенда о Великом инквизиторе Ф. М. Достоевского［М］. М.：Республика，1996. С. 20.

④ Розанов В. В. Пушкин и Гоголь［М］// Николюкин А. Н. Легенда о Великом инквизиторе Ф. М. Достоевского М.：Республика，1996. С. 142.

⑤ Розанов В. В. Пушкин и Гоголь［М］// Николюкин А. Н. Легенда о Великом инквизиторе Ф. М. Достоевского М.：Республика，1996. С. 136.

按罗赞诺夫的意见，相信果戈理就意味着蔑视人们。果戈理的主人公们"分离人们，压迫人们，使人们不互相亲近，而是互相逃离"，"任何人开始喜欢和尊重的只是自己的理想"①。罗赞诺夫认为，"天才般、罪恶般对人天性的毁谤"是由果戈理创造的，那样强有力地影响社会意识。"实际上我们相信了几十年骨瘦如柴的整整一代人，我们憎恨这一代，我们不惋惜他们的任何话语，他们只能够讲述没有灵魂的人。"②果戈理成了在俄罗斯社会出现惊恐和不安的一个原因。在这种状态下自然发展是不可能的。罗赞诺夫认为："果戈理的想象使我们的灵魂堕落，并且撕碎生活，变成最深刻的痛苦。这就是为什么，相比镜中的影子游戏我们开始喜欢鲜活的生活。"③因此，果戈理遭到了可怕的惩罚。

以上述罗赞诺夫对果戈理的叙述为基础，我们可以划分出两个方向：一方面，在任何情况下，罗赞诺夫都没有贬低果戈理的作用，他确定果戈理为惊人的艺术家和伟大的人；另一方面，他不同意文学批评家们对果戈理的那种阐释，恰恰是称果戈理为现实主义者的批评家们，把果戈理变成虚伪、扭曲人的真正本性的艺术家。罗赞诺夫把果戈理界定为"幻想家"，并希望以后"抛弃附加给他的特征。果戈理对我们来说具有特殊的伟大意义，他在自身中所具有的以及为我们所展示出的伟大意义"④。

在最初放置在《论宗教大法官的传说》附录中的有关果戈理的文章里，罗赞诺夫称果戈理是文学现实主义流派的鼻祖。像果戈理一样，果戈理之后的作家"与现实生活打交道，而不是与想象中所创造的生活"⑤。这里存在一种矛盾：一方面，果戈理赋予整个文学流派一种形式，是一位现实主义

---

① Розанов В. В. Пушкин и Гоголь ［М］// Николюкин А. Н. Легенда о Великом инквизиторе Ф. М. Достоевского М. : Республика, 1996. С. 142.

② Николюкин А. Н. Легенда о Великом инквизиторе Ф. М. Достоевского ［М］. М. : Республика, 1996. С. 21.

③ Розанов В. В. Пушкин и Гоголь ［М］// Николюкин А. Н. Легенда о Великом инквизиторе Ф. М. Достоевского М. : Республика, 1996. С. 142.

④ Розанов В. В. Как произошел тип Акакия Акакиевича ［М］// Николюкин А. Н. Легенда о Великом инквизиторе Ф. М. Достоевского М. : Республика, 1996. С. 151.

⑤ Николюкин А. Н. Легенда о Великом инквизиторе Ф. М. Достоевского ［М］. М. : Республика, 1996. С. 18.

者;另一方面,他在自己的创作中反映的不是现实,而只是自己的主观幻象。罗赞诺夫引用普希金的《茨冈人》和莱蒙托夫的《童僧》中的引文帮助我们解决了这一问题。罗赞诺夫一开始就把现实主义作品与浪漫主义作品相对比,在这种情况下,果戈理实际上是别林斯基精神中的现实主义者,不仅是形式上的。果戈理作品的内容与现实主义没有共同点,因为艺术家把普通的情景看作是完全非同寻常的一种形象,他的作品结构只是外在与现实相像,而内在则与现实格格不入。

在上述文章中,罗赞诺夫一直坚持果戈理是位幻想家。罗赞诺夫写道:"果戈理的世界与我们的世界远离。我们好像通过放大镜观察,镜中有许多让我们吃惊的。我们对一切大笑,我们无法忘记所看见的。但是我们与所看见的任何人没有共同性、没有联系"①。罗赞诺夫认为,屠格涅夫、陀思妥耶夫斯基、奥斯特洛夫斯基、托尔斯泰不描写欲望和坠落,照亮人类活生生的灵魂,自然而然是在克服令人难以忍受的"果戈理"元素。这些作家反对蔑视人的观点,也就是说,俄罗斯文学过程本身反对果戈理并与之斗争。

针对罗赞诺夫这一阶段对果戈理的思考,我们不能说罗赞诺夫不接受果戈理。罗赞诺夫以读者身份思考果戈理创作的实质和果戈理在俄罗斯文学中的地位。罗赞诺夫对果戈理持双重态度:作品的形式让人赞叹,内容却让人害怕。罗赞诺夫对批评家们对果戈理创作的阐释表示强烈不满,他认为,这一点是由果戈理的艺术技巧造成的,几乎不可抗拒,迷惑了读者,因此俄罗斯社会难以理解果戈理创作的实质。

二、对果戈理创作的肯定阐释

在观察果戈理创作的第二阶段,罗赞诺夫改变了自己的评价。在《禁欲主义的含义》(1897)一文中,罗赞诺夫称果戈理、托尔斯泰和陀思妥耶夫斯基是"我们文学的伟大神秘主义者",他们燃起了对人类全新的爱。按罗

---

① Розанов В. В. Пушкин и Гоголь [M] // Николюкин А. Н. Легенда о Великом инквизиторе Ф. М. Достоевского М. : Республика, 1996. С. 140.

赞诺夫的意见，这些俄罗斯作家具有"独一无二的、深刻的宗教性"①。罗赞诺夫拒绝先前有关果戈理的灵魂"死气沉沉"的观点。在《永恒悲伤的决斗》（1898）一文中，罗赞诺夫在果戈理那里找到了"冰冷模式外表下火山般的嚎啕大哭"，并把果戈理的灵魂界定为"典型的自然力"。罗赞诺夫把果戈理、莱蒙托夫和陀思妥耶夫斯基联结起来，作为作家他们崇拜普希金，想通过普希金驱除自己身上的"自然力"，但是没能做到这一点。因此，罗赞诺夫把普希金和果戈理、莱蒙托夫进行了对比，他认为，在他们之间不存在相似之处。尽管在这篇文章中罗赞诺夫使用了早期他给果戈理创作特征所下的定义，但是现在果戈理的"死气沉沉"变成了"令人惊讶的和有威信力的"，静态的普希金无法对果戈理身上的这种自然力元素产生影响。此时罗赞诺夫觉得这种品质更加重要："果戈理……恰恰在自己的自然力中无法测量地比普希金有威信。"② 我们看见，在上述情况下，在使用从前的定义时，罗赞诺夫把完全相反的内容放入这个定义中，因为"死亡"不能成为一种"自然力"。

在《真正的"fin de siecle"》（1898）一文中，罗赞诺夫把《死魂灵》的计划草图看作是一个空间，这一空间不仅仅深刻表达了而且还详尽描述了那幅我们为之哭泣的画面。罗赞诺夫把果戈理塑造成耶利米③的形象，"不是自己时代的、自己祖国的，而是欧洲文化的，是基督教文明的遗址"。在这里，罗赞诺夫首次以这一简短的意见把果戈理引出俄罗斯文化的框架，认为他起到了基督教评论家的作用。在另一篇旅行游记《在里加的费多谢耶夫派教徒》（1899）中，罗赞诺夫提到"俄罗斯永恒与悲伤的"两个伊万的争吵，他赞叹果戈理用这种争吵表达了俄罗斯的实质。

在《天和地》（1901）一文中，罗赞诺夫引用了果戈理的一段生平经历。当时，马特维长老为了证明基督教要求每个人拒绝整个尘世、全世界，包括

---

① Розанов В. В. Смысл аскетизма ［М］ // Николюкин А. Н. Религия. Философия. Культура. М.：Республика，1992. С. 175.

② Розанов В. В. Пушкин и Гоголь ［М］ // Николюкин А. Н. Легенда о Великом инквизиторе Ф. М. Достоевского М.：Республика，1996. С. 221.

③ 公元前 7 世纪—前 6 世纪初的古犹太先知。

普希金、"孩子和妻子"，他们都是赎罪思想的牺牲品，要求快要死了的果戈理否认普希金。后来，在札记《奥普塔荒漠修道院》（1903）一文中，罗赞诺夫研究了果戈理写给长老们的许多信件，并得出结论："奥普塔荒漠修道院的印象和勒热夫（俄罗斯城市）的大祭司马特维的著名训诫刻在了果戈理的灵魂上，犹如完全无罪的水飞溅到了正燃烧着的炉子的滚烫的炉门上。"①同时，罗赞诺夫指出，年轻的果戈理出现的这些最具忏悔的、不安的音符早于对任何神学的了解。罗赞诺夫引用《可怕的复仇》中的一个片段为例，在果戈理《可怕的复仇》中巫师不信东正教，他与超自然世界有一种特殊关系。《可怕的复仇》中的丹尼洛说：

　　我一直是为正教的信仰和祖国而奋斗的；不像有些流浪汉，当正教徒苦战苦斗的时候，却徘徊在天知道的什么地方，后来忽然回来了，来收割他没有莳过的庄稼。这种人连宗教合并派都不如，从不来上一回教堂。②

　　回来住了个把月，他还从来没有像个善良的哥萨克似的露过一次笑脸！他不喝蜜酒！……卡捷琳娜夫人，我恐怕他连基督都不信呢。③

　　连卑劣的天主教徒也喜欢喝伏特加酒的；只有土耳其人才不喝。④

---

① Розанов В. В. Оптина пустынь［М］// Николюкин А. Н. Около церковных стен М.：Республика，1995. С. 293.

② ［俄］果戈理. 狄康卡近乡夜话［M］. 满涛，译. 北京：人民文学出版社，2006：166.

③ ［俄］果戈理. 狄康卡近乡夜话［M］. 满涛，译. 北京：人民文学出版社，2006：170.

④ ［俄］果戈理. 狄康卡近乡夜话［M］. 满涛，译. 北京：人民文学出版社，2006：171.

你的卡捷琳娜做的汤团，连哥萨克统帅都难得吃到呢。没有理由讨厌它。这是基督徒的食物！一切圣徒和上帝的仆人都吃汤团的。①

只有土耳其人和犹太人才不吃猪肉！②

在旅行游记《俄罗斯实验室》（1907）一文中，罗赞诺夫讲述了参观萨拉托夫的拉吉舍夫博物馆，在那里他看到了果戈理给马特维的一封信。罗赞诺夫称马特维神甫为"果戈理的靡菲斯特③"，并指出，果戈理在生病并要死去时，他依然是高于自己的神甫和宗教大法官的人。值得注意的是，按罗赞诺夫的意见，信上帝是果戈理所固有的，果戈理认为信上帝比东正教本身更有意义，作为东正教批评家的果戈理给罗赞诺夫留下了深刻印象。

罗赞诺夫喜欢果戈理《可怕的复仇》中卡捷琳娜太太的灵魂出现在她"巫师—父亲"面前这一幕。"左道旁门的人可以召唤每一个人的灵魂；因为当一个人睡着的时候，灵魂就逍遥自在，跟天使长们一起环绕着上帝的殿堂翱翔。"④在《关于普希金的札记》（1899）一文中，罗赞诺夫把这个形象运用到果戈理身上："果戈理的自由灵魂永远在某处飞翔，而身体只是挂有连衣裙的挂衣架。"他又重新把果戈理、陀思妥耶夫斯基和莱蒙托夫作为"醉醺醺的"作家，"在这种意义上，酒神的实质好像是和泉水在一起，好像皮媞亚⑤坐到了三脚架上"⑥。严格认真的普希金更具有现实意义，陀思妥耶夫斯基、托尔斯泰和果戈理比普希金敏锐，在现代生活中"更受需要，好像夜

---

① ［俄］果戈理.狄康卡近乡夜话［M］.满涛，译.北京：人民文学出版社，2006：171.

② ［俄］果戈理.狄康卡近乡夜话［M］.满涛，译.北京：人民文学出版社，2006：171.

③ 歌德作品《浮士德》中的恶魔。

④ ［俄］果戈理.狄康卡近乡夜话［M］.满涛，译.北京：人民文学出版社，2006：177.

⑤ 古希腊特尔登的阿波罗神殿女祭司。

⑥ Розанов В. В. Заметка о Пушкине ［M］// Николюкин А. Н. Легенда о Великом инквизиторе Ф. М. Достоевского М.：Республика，1996. С. 424.

间在森林里能干的导游"①。在《伊·谢·屠格涅夫》（1903）一文中，罗赞诺夫谈到俄罗斯的动态元素，这种元素与果戈理、莱蒙托夫、托尔斯泰和陀思妥耶夫斯基一同走进了俄罗斯文学，并与由普希金、冈察洛夫和屠格涅夫所体现的静态元素相对峙。"如果那些平静的作家给出了俄罗斯形象、俄罗斯过去和现在如何生活，那么这些不安的作家们尝试各自以自己的方式描写了规律和预言。"②于是，罗赞诺夫对作家出现了新的划分：描写现实的作家和先知的作家。

在《论宗教大法官的传说》（1901）第二次出版的前言中，罗赞诺夫拒绝评判果戈理的灵魂。"你们无法看到这口井有多深，你们永远不会对果戈理洞察到底"③。但是，他重复了这种思想，果戈理是一个理想主义者，与现实生活没有联系。"果戈理是一个伟大的、可以抛弃一切的柏拉图信徒。当然，依据果戈理的描写评判俄罗斯会很奇怪。"④ 罗赞诺夫又一次为果戈理的话语威力感到吃惊："无法忘记果戈理所说的一切，哪怕是琐事，甚至是无用的。"⑤ 果戈理的形象既是现实的，又是虚幻的，由此，罗赞诺夫得出结论，果戈理"了解阴间世界和罪孽"⑥。因为在这个前言中罗赞诺夫对果戈理创作的最初看法已经形成了，这个前言写于罗赞诺夫对果戈理创作评价观点发展的第二阶段，在这里，我们观察到了两种阐释的有趣结合。果戈理依然不是现实主义者，更准确些，果戈理作品形式上是现实主义的，但是内容上却是虚幻的，也正因此而不能依据果戈理的作品评判俄罗斯。但是，果戈

---

① Розанов В. В. Заметка о Пушкине ［М］// Николюкин А. Н. Легенда о Великом инквизиторе Ф. М. Достоевского М.：Республика，1996. С. 426.

② Розанов В. В. Ив. С. Тургенев ［М］// Николюкин А. Н. О писательстве и писателях М.：Республика，1995. С. 138.

③ Николюкин А. Н. Легенда о Великом инквизиторе Ф. М. Достоевского ［М］. М.：Республика，1996. С. 8.

④ Николюкин А. Н. Легенда о Великом инквизиторе Ф. М. Достоевского ［М］. М.：Республика，1996. С. 8.

⑤ Николюкин А. Н. Легенда о Великом инквизиторе Ф. М. Достоевского ［М］. М.：Республика，1996. С. 8.

⑥ Николюкин А. Н. Легенда о Великом инквизиторе Ф. М. Достоевского ［М］. М.：Республика，1996. С. 8.

理又非同一般地深刻，他以其独有的个性体验了解阴间世界，提出阴间世界的神秘和自然力的实质。

在《米·尤·莱蒙托夫》（1901）一文中，罗赞诺夫发展了自己有关果戈理创作手法是现实主义与虚幻主义的结合这一想法。首先，果戈理这位作家会"描绘现实生活"，以最小的现实细节发现现实生活，与任何人都不同"①。此外，他还能"突然醒来，看见在现实生活中完全没有的事物"②。在《可怕的复仇》中他描写了第聂伯何，实际上果戈理"在描绘自己的伸向全世界的灵魂"。逼真的描写由"紧张的激情"所创造，而不是凭借详尽描述。罗赞诺夫把果戈理与沿着房顶走，同时在做梦的梦游者做对比，他们结合了"最伟大的现实主义和虚幻"。

> 第聂伯河在风平浪静的日子里是可爱的，那时它的广阔的河水浩荡而平稳地流过森林和山岳。不起一丝涟漪；没有一点响动。一眼望过去，你不知道这条雄伟的巨川是在流动着还是静止的，它仿佛整个儿是用玻璃做成的，像一条蓝色的明镜般的道路，宽阔无垠，漫长无尽，在一片绿色世界中向前蜿蜒伸展着。这时候，烈日喜欢从高处向下窥望，把日光浸入寒冽的玻璃般的河水，岸旁的森林也爱把鲜明的影子倒映在水面上。绿色鬈发的森林！它们和野花一起贴近河岸，弯下身去，窥望水面，对那秀丽的倒影老是看不够，欣赏不完，微笑着，摇摆着枝桠，向第聂伯河问好。它们可不敢窥望第聂伯河的河心：除了太阳和碧空，没有东西可以往那儿窥望。很少有禽鸟飞渡到第聂伯河的河心。灿烂的奇观！天下没有一条河可以和它匹敌。第聂伯河在温暖的夏夜也是可爱的，那时一切都睡熟了，人呀，兽呀，禽鸟呀；只是上帝一个人庄严地环顾着天与地，庄严地拽动着袈裟。从袈裟里撒出来千万颗星星。星星闪烁

---

① Розанов В. В. М. Ю. Лермонтов ［М］ // Николюкин А. Н. О писательстве и писателях М. : Республика, 1995. С. 71.

② Розанов В. В. М. Ю. Лермонтов ［М］ // Николюкин А. Н. О писательстве и писателях М. : Республика, 1995. С. 71.

着，照耀着下界，倒映在第聂伯河里。第聂伯河把它们悉数搂抱在昏暗的胸膛里。没有一颗星星逃得出它的怀抱，除非已经在天空熄灭。栖息着睡熟的乌鸦的黑色的森林和远古以来早已崩裂的镜岩，俯临水面，要用顽长的影子遮住它——也是枉费心机！天下没有任何东西可以遮住第聂伯河。蓝蓝的，蓝蓝的，它不分昼夜平稳而浩瀚地流着，只要目力所及，就能望到它。它娇态百出，由于夜寒而偎依着岸边，留下一道银白色的波纹；这波纹像大马士革马刀的刃口似的闪闪发光；而蓝色的河流又睡着了。那时的第聂伯河也是可爱的，天下没有一条河流可以和它匹敌。蓝色的乌云像层峦叠嶂似的驰过天空，黑魆魆的森林连根抖动起来，老橡树簌簌作响，穿过层云曲折射出的闪电刹那间照亮了整个世界——那时的第聂伯河是可怕的！丘陵似的波浪喧嚣着，拍击着山坳，带着闪光和怒号往后退去，在远处呜咽着，啜泣着。仿佛老母亲送儿子去出征，挥着惜别的眼泪。儿子雄赳赳地骑着一匹黑斑马，双手叉腰，威风凛凛地歪戴着帽子；她嚎哭着，跟在后面一起跑，抓住他的马镫，挽着马勒，扭绞着两只手，扑簌簌地落下心酸的眼泪。

突出的堤岸上的焦树桩和大石头，在奔腾的怒涛中间异样地闪着黑光。一只泊岸的小船拍打着河岸，一会儿升起，一会儿沉落。当古老的第聂伯河发怒的时候，哪一个哥萨克胆敢驾着轻舟在中流飘荡？他显然不知道这条河流把人吞没像吞吃苍蝇一样。①

在同年的旅行游记《快要死去的斗士》（1901）一文中，罗赞诺夫回忆起《可怕的复仇》中的一个情节，当时"忽然奔驰着的马在半空中停下，把脸转向他（巫师），说也奇怪，对他笑了起来！"②，罗赞诺夫把这个称为最可怕的神秘元素。在《米·尤·莱蒙托夫》（1901）一文中，罗赞诺夫把在

---

① ［俄］果戈理. 狄康卡近乡夜话［M］. 满涛，译. 北京：人民文学出版社，2006：186-189.

② ［俄］果戈理. 狄康卡近乡夜话［M］. 满涛，译. 北京：人民文学出版社，2006：196.

《可怕的复仇》中看到圣像时巫师的真正脸孔出现的一幕与果戈理的全部创作做对比。最初，果戈理引得《狄康卡近乡夜话》中的观众发笑，然后，在《彼得堡故事集》中"变老""变瘦"，最终，在《与友人书简选》和《作者的自白》中"他谈论最非同一般的事物"。果戈理"虚幻地死亡、忏悔，仿佛做了许多无法实现的罪孽"。

> 这两尊圣像是他从年高德劭的苦行僧圣巴托罗缪长老手里得来的。那上面没有什么贵重的镶嵌；没有银，也没有金；可是谁家只要是供奉了他们，随便什么恶灵就再也不敢上门。……等到大尉把圣像举起来的时候，他的脸可就忽然变了样：鼻子拉长了，歪倒一边去，一双褐色的眼睛变成绿莹莹的了，嘴唇皮发青，下巴颏一哆嗦尖了起来，变得跟一枝长矛一样，嘴里吐出獠牙，脑袋后面肿起了驼峰，这个哥萨克完全变成了一个老头儿。①

出于这些理解，罗赞诺夫得出以下结论："无法逃避这样一种印象，果戈理已经过于亲近，而不是像作者一样只是知道卡捷琳娜的父亲"②。也就是说，说出了果戈理的魔鬼秉性。况且，罗赞诺夫在针对果戈理和莱蒙托夫时把"恶魔性"加了引号。罗赞诺夫坚持"他们与阴间之间有某种联系"。他们俩"被上天所喜爱，但是是个性地被喜爱……他们有特殊的才华"。罗赞诺夫认为，莱蒙托夫、果戈理"本身有某种相似性"，两位作家都会有幻象，看见了其他人不能接受的事物："巫师""恶魔""魔鬼"。

因此，果戈理和莱蒙托夫的"恶魔性"实际上是对超自然力的高度敏感性，超自然力本质上不是恶的。以这种阐释为基础，罗赞诺夫对果戈理作品中的抒情插叙有了新解释：这不是"创造者身上的悲怆"，而是返回到自己亲近的自然力。

---

① [俄] 果戈理. 狄康卡近乡夜话 [M]. 满涛，译. 北京：人民文学出版社，2006：160.

② Розанов В. В. М. Ю. Лермонтов [M] // Николюкин А. Н. О писательстве и писателях М.：Республика，1995. C. 74.

《米·尤·莱蒙托夫》这篇文章是罗赞诺夫批评遗产中理解果戈理创作的重要路标。罗赞诺夫认为，最初确定果戈理的空虚和无情与果戈理天生的超验性有关，这种推测极大地吸引了罗赞诺夫。他重新审视自己对果戈理创作的观点，并认为果戈理具有同时描绘现实和虚幻的天赋。如果说从前形式是现实的，而内容是虚幻的，那么现在内容也变成现实的了。这种想法在《果戈理》（1902）一文中得到发展。罗赞诺夫开始讨论在每个人的灵魂里都有的风格，"整体创作风格源于这种灵魂"①。对于罗赞诺夫而言，风格是"一种包容所有详细内容，并让这些内容臣服于自己"。作者的风格表现在语言、情节的选择上和对情节加工的方法中。罗赞诺夫无法区分果戈理的经历和他的创作，因此，风格是以同一原则建立生活与创作的某种心理模型。人们称果戈理的风格是"自然派的"，但是，连普希金也没有创造出那么神奇的幻想。罗赞诺夫以此肯定，果戈理的现实意义是通过幻想显示出来的。大概，在上述情况下，他指的是《狄康卡近乡夜话》。后来，罗赞诺夫又重复了果戈理对虚幻和自然是同等尊崇的观点。但是，在这种情况下，罗赞诺夫强调果戈理了解现实不是靠经验，而是靠直觉。因此，果戈理不看现实事物，而是感受自我的内心："有时我觉得，他自己有一个完全与外在世界相似的世界，在开始观察这个世界前就已经知道了。"② 果戈理"给了我们一幅极伤心的画面，他哭了起来，他在号啕大哭"③。

罗赞诺夫的这种思想与他以前有关果戈理极端主观主义的观点相一致，但是与自己对果戈理第一阶段的理解不同，现在罗赞诺夫认为，果戈理在自己内心看到的画面与俄罗斯现实生活相符。现在罗赞诺夫坚持果戈理创作的现实性，他以另一种方式阐释果戈理的作品，在他看来，赫列斯塔科夫是"对整个 25 年的暗中讽刺，从十二月党人到塞瓦斯托波尔"。罗赞诺夫宣称，

---

① Розанов В. В. Гоголь［М］// Николюкин А. Н. О писательстве и писателях М.：Республика，1995. С. 121.

② Розанов В. В. Гоголь［М］// Николюкин А. Н. О писательстве и писателях М.：Республика，1995. С. 121.

③ Розанов В. В. Гоголь［М］// Николюкин А. Н. О писательстве и писателях М.：Республика，1995. С. 121.

没有果戈理，亚历山大二世改革就不会出现："果戈理之后没有可怕的毁坏。"① 因此，依据对俄罗斯社会的重要影响，果戈理是俄罗斯伟大的政治作家。果戈理"烧毁了尼古拉时代的俄罗斯"，这是一种蓄意的破坏。因此，罗赞诺夫把果戈理的创作对俄罗斯社会所产生的影响视为废除农奴制的主要原因之一。

看上去憎恨果戈理的罗赞诺夫写道，没有果戈理就无法想象俄罗斯社会的发展。② 这说明，罗赞诺夫正面评价果戈理对尼古拉一世时代俄罗斯文化的影响。果戈理把俄罗斯生活视作人们的现实典型。在早期文章《阿卡基·阿卡基耶维奇的典型是怎样制成的？》中，罗赞诺夫称果戈理《死魂灵》第二部中的主人公乌利尼卡（Улинька）、康斯坦若格洛（Костанжогло）的形象是对现实生活的简化，现在这些形象与现实的人们相符。以前，罗赞诺夫把果戈理界定为空虚和死气沉沉，在这篇文章中，罗赞诺夫宣称果戈理在生活中是隐藏的和虚假的。但是，"在自己的创作中他却非常真诚，他身上燃起了真正的笑和真正的美"③。以前，果戈理曾是"语言的蜡制面具"，现在，罗赞诺夫认为果戈理是有"激情"的。

从前，罗赞诺夫写道，在理解自己创作的源泉和属性时，果戈理有意识地压制了自己的天赋；现在，按罗赞诺夫的意见，果戈理"这一非常罕见的天才，并没有什么自己的手法"④。果戈理很软弱，常常寻找支撑，屈服于"从普希金到勒热夫的马特维神甫"；"他永远在与自身做斗争，他永远在自身中庇护某个人"，"他永远在忏悔，似乎有什么不明白"。甚至对于果戈理而言，创作是"他与自己进行内在斗争的纽带"⑤。在罗赞诺夫看来，果戈

① Розанов В. В. Гоголь［М］// Николюкин А. Н. О писательстве и писателях М. : Республика，1995. С. 122.

② Розанов В. В. Гоголь［М］// Николюкин А. Н. О писательстве и писателях М. : Республика，1995. С. 122.

③ Розанов В. В. Гоголь［М］// Николюкин А. Н. О писательстве и писателях М. : Республика，1995. С. 122.

④ Розанов В. В. Гоголь［М］// Николюкин А. Н. О писательстве и писателях М. : Республика，1995. С. 122-123.

⑤ Розанов В. В. Гоголь［М］// Николюкин А. Н. О писательстве и писателях М. : Республика，1995. С. 123.

理身上有"古代魔法元素","他的神秘和理性力量"① 恰恰源自这一点。

在《涅克拉索夫逝世 25 周年》（1902）一文中，罗赞诺夫指出，在 19 世纪 30 年代"果戈理嘲笑现实，嘲笑任何一种俄罗斯现实"②。与上述两篇文章不同，罗赞诺夫又重新反对果戈理的现实主义，"果戈理的全部世界都是虚幻的，这是果戈理的主观主义所产生的"③。他认为果戈理是一个非同寻常的人，尽管在"造词"方面逊色于涅克拉索夫。

这一时期，罗赞诺夫有关果戈理的评论话语并未超出《关于普希金的札记》（1899）一文。在这篇文章中，罗赞诺夫称果戈理年轻时给母亲写的信"很空虚"，"无可比拟的讲述者，在信中变得不会讲述了"④，"经常把话题转到教育方面"⑤。罗赞诺夫指责果戈理作品的"永恒虚构性"，他"不是发自内心地在'讲述'，只是坐下来'编撰'。他设置了一个主题，把这一主题发展到最后"⑥。因此，罗赞诺夫坚持果戈理创作是理性的。然而，这种理性并不能消除作品内容与形式间的矛盾，具有"可怕心灵悲剧下的喜剧技巧天赋"⑦。在《文学新书》（1904）中，罗赞诺夫在评论契诃夫的创作时提及了果戈理，他指出："我们的整个文学或者是因无聊、无所事事、苦恼而深刻抒情（例如，莱蒙托夫、果戈理、屠格涅夫、契诃夫来到这里）；……或者是讽刺、模仿（从果戈理开始，契诃夫也来到了这里）。"⑧但是这两种方式

① Розанов В. В. Гоголь ［М］// Николюкин А. Н. О писательстве и писателях М.: Республика，1995. С. 123.

② Розанов В. В. 25-летие кончины Некрасова ［М］// Николюкин А. Н. О писательстве и писателях М.: Республика，1995. С. 109.

③ Розанов В. В. 25-летие кончины Некрасова ［М］// Николюкин А. Н. О писательстве и писателях М.: Республика，1995. С. 109.

④ Розанов В. В. Заметка о Пушкине ［М］// Николюкин А. Н. Легенда о Великом инквизиторе Ф. М. Достоевского М.: Республика，1996. С. 420.

⑤ Розанов В. В. Заметка о Пушкине ［М］// Николюкин А. Н. Легенда о Великом инквизиторе Ф. М. Достоевского М.: Республика，1996. С. 420.

⑥ Розанов В. В. Заметка о Пушкине ［М］// Николюкин А. Н. Легенда о Великом инквизиторе Ф. М. Достоевского М.: Республика，1996. С. 421.

⑦ Розанов В. В. Заметка о Пушкине ［М］// Николюкин А. Н. Легенда о Великом инквизиторе Ф. М. Достоевского М.: Республика，1996. С. 421.

⑧ Розанов В. В. Литературные новинки ［М］// Николюкин А. Н. О писательстве и писателях М.: Республика，1995. С. 169.

并未触及存在的真正基础。

在札记《在无政府状态中》（1905）中，罗赞诺夫把果戈理视作"面目
狰狞的无政府主义者"，"大地上从未诞生过那样的一种人"①。在《论宗教
大法官的传说》（1906）第三版后记中，其中包括对梅列日科夫斯基的《果
戈理与鬼》的评论，罗赞诺夫嘲笑地指出：梅列日科夫斯基认为果戈理一生
都在捉鬼、与鬼斗争，不得不承认，这样果戈理就捉住了自己的尾巴。"因
为在信中他写道，'努力纠正一切'，'通过人物展示出自己的缺陷'，并以此
来'摆脱他们'"②。

罗赞诺夫在确定列夫·托尔斯泰创作实质的同时，又重新恢复了对果戈
理创作的最初观点。在《托尔斯泰和陀思妥耶夫斯基论艺术》（1906）一文
中，罗赞诺夫提及果戈理是一位"自然派艺术家"。说明了果戈理"在描写
手法方面是一位自然主义者，而不是依据对现实的兴趣和敏锐"③。果戈理
在自己的创作中把普希金的简单变为粗俗。在《黄昏时（托尔斯泰和日常生
活）》（1907）一文中，罗赞诺夫指出，托尔斯泰让精神振奋的天赋与果戈
理"扼杀同时代人周围的一切活物"④的天赋完全相反。罗赞诺夫兴奋地讲
到果戈理文学技巧的"前所未闻的甜腻"，以及其词语特殊的"心理生理魔
法"。"果戈理有菲迪亚斯⑤般的雕塑手法，经他之手一切都具有永恒的生命
力，不会被忘记，也不能被忘记！"⑥读者从阅读《死魂灵》中获得了美学享

---

①　Розанов В. В. Среди анархии［М］// Николюкин А. Н. Когда начальство ушло…
М. : Республика，1997. С. 65.

②　Розанов В. В. Послесловие［М］// Николюкин А. Н. Легенда о Великом инквизиторе
Ф. М. Достоевского М. : Республика，1996. С. 155

③　Розанов В. В. Толстой и Достоевский об искусстве［М］// Николюкин А. Н. О
писательстве и писателях М. : Республика，1995. С. 213.

④　Розанов В. В. На закате дней（Л. Толстой и быт）［М］// Николюкин А. Н. О
писательстве и писателях М. : Республика，1995. С. 213.

⑤　Phidias，公元前 5 世纪初—公元前约 432/431 年，古希腊古典艺术盛期雕塑家。

⑥　Розанов В. В. Величайший мастер слова［М］// Николюкин А. Н. О писательстве и
писателях М. : Республика，1995. С. 225.

受。按罗赞诺夫的意见，"对于美食家而言，这是某种味道浓郁的林堡①干酪"②。尽管"无法衡量果戈理的天赋比托尔斯泰的天赋高，但是果戈理的内心比托尔斯泰狭隘、庸俗、无趣、（可能，主要是）不高尚"③。果戈理作品的情节只能算是"笑话"和"离奇事件"，但罗赞诺夫觉得这是"恰恰在文学泰斗和文学天才身上才有的一种狭隘与可怕，以至于惊慌失措，无法理解、开始愤怒"④。"形式的力量和内容的无力，菲迪亚斯的手法，贴近极小的，实际上谁都不需要的人物。"⑤罗赞诺夫继续得出结论，与上述对果戈理的深度和现实主义的赞叹相反，这种赞叹是罗赞诺夫对果戈理创作第二阶段观点的特征。"果戈理是一位魔法师。不是大宇宙的魔法师，是小宇宙的魔法师，……某种让人感到压抑的、完全不可能的、虚幻的、可怕的、未曾有过的世界！"⑥

在《文学中的托尔斯泰》（1910）这篇文章中，罗赞诺夫把列夫·托尔斯泰归为普希金流派："他站在普希金和果戈理之间，完全倾向于普希金，几乎没有一点果戈理身上的因素。"⑦罗赞诺夫认为，托尔斯泰的创作是判定果戈理影响的重要路标。"恰恰是托尔斯泰以自己对俄罗斯历史和俄罗斯生活的正面态度抵消了小俄罗斯人果戈理的否定态度。"⑧ 在同年的《在托尔斯泰旁被忘却的》（1910）一文中，罗赞诺夫宣称，果戈理比托尔斯泰更有

---

① 比利时或者荷兰的林堡省。

② Розанов В. В. Величайший мастер слова［М］// Николюкин А. Н. О писательстве и писателях М. : Республика，1995. С. 225.

③ Розанов В. В. Величайший мастер слова［М］// Николюкин А. Н. О писательстве и писателях М. : Республика，1995. С. 225.

④ Розанов В. В. Величайший мастер слова［М］// Николюкин А. Н. О писательстве и писателях М. : Республика，1995. С. 226.

⑤ Розанов В. В. Величайший мастер слова［М］// Николюкин А. Н. О писательстве и писателях М. : Республика，1995. С. 226.

⑥ Розанов В. В. Величайший мастер слова［М］// Николюкин А. Н. О писательстве и писателях М. : Республика，1995. С. 226.

⑦ Розанов В. В. Толстой в литературе［М］// Николюкин А. Н. О писательстве и писателях М. : Республика，1995. С. 467.

⑧ Розанов В. В. Толстой в литературе［М］// Николюкин А. Н. О писательстве и писателях М. : Республика，1995. С. 467.

天赋。托尔斯泰描绘高尚的俄罗斯生活，"在这方面，普希金、果戈理和莱蒙托夫在他面前渺小至极，简直就是个侏儒"①。也就是说，罗赞诺夫把作家们按形式技巧来对比，认为果戈理的语言技巧高于列夫·托尔斯泰的技巧。罗赞诺夫继续把托尔斯泰与普希金和莱蒙托夫做对比，肯定地说："普希金、莱蒙托夫、果戈理的一切都是'神圣的'"，而列夫·托尔斯泰是世俗之人，是"我们的"。罗赞诺夫认为，这一点不是由这些作家的个性决定，而是由生活的复杂性所决定，为了描写一致恰恰要求这种艺术手法。可见，在与列夫·托尔斯泰的对比中，果戈理完全变成了现实主义者。此外，罗赞诺夫还肯定地说，列夫·托尔斯泰的作品正面地影响俄罗斯社会，彻底铲除了果戈理的"天才般的反对"，这样罗赞诺夫又恢复到自己最初的观点。

因此，在罗赞诺夫对果戈理创作与个性思考的第二阶段，我们观察到罗赞诺夫观点发生了改变。取代空虚，罗赞诺夫在果戈理身上看到了深刻的超验性，这是果戈理"道德疾病"的根源。罗赞诺夫开始把果戈理视为天生的神秘主义者，和彼岸力量有联系，这迫使他改变对果戈理作品的最初看法。第二种阐释在1897至1898年的《禁欲主义的含义》（1897）和《永恒悲伤的决斗》（1898）中开始产生，最终形成于1901—1902年的《米·尤·莱蒙托夫》（1901）和《果戈理》（1902）中。罗赞诺夫赞叹果戈理，认为他在俄罗斯历史中的作用与彼得大帝的作用相似，将其阐释为"古代巫术元素"的承载者，并完全接受果戈理对俄罗斯社会的观点。在第二种观点最终形成之后，罗赞诺夫又恢复了自己最初的观点。考察列夫·托尔斯泰的创作，把托尔斯泰与果戈理对比时，罗赞诺夫发现自己先前观点是正确的，由此他又重新论说果戈理作品中形式和内容的矛盾性，以及果戈理所描写的人物对俄罗斯现实没有自己的态度等问题。

三、对果戈理创作两种阐释的混合

果戈理纪念像揭幕这一年，罗赞诺夫所写的诸多文章都很有特点，我们

---

① Розанов В. В. Забытое возле Толстого［M］// Николюкин: А. Н. О писательстве и писателях М. : Республика，1995. C. 471.

需要单独评析。在这些文章中复杂地交织着罗赞诺夫对果戈理的两种阐释。这是因为罗赞诺夫以自己特有的想法看待果戈理。这些文章的内容围绕以下关键性问题而改变观点：第一，确定果戈理的创作和现实的相互关系；第二，评价果戈理对俄罗斯现实的影响；第三，确定果戈理的创作手法；第四，明确果戈理创作中的非理性成分。

在《果戈理之谜》（1909）一文中，罗赞诺夫宣称："天才是一个人'去向某个地方'的转折点，也是对人类正常和永恒之路的偏离。"[①]他认为，托尔斯泰、歌德非同寻常，但是依然是人类现象，"天才总是有点非同一般"。在他看来，俄罗斯其他作家，其中包括普希金和莱蒙托夫都很清晰易懂，只有果戈理"对于我们来说完全是黑暗的，我们完全无法洞察他"[②]。这是由于果戈理内心世界的深不可测，这一深度被他本人仔细地隐藏起来："果戈理身上有非常多的演员，他常常伪装自己，愚弄亲人和邻居。"[③]

罗赞诺夫又重新恢复果戈理同时是"最伟大的现实主义者和最伟大的幻想家"[④]的观点，比如在这篇文章中，他肯定地说，果戈理的确反映了现实，《死魂灵》"已然是俄罗斯，整个俄罗斯"[⑤]。此外，果戈理创造了某种绝对的美："古希腊人在大理石中所雕塑的美，果戈理在词语中完成，他雕塑一个人物形象达到了永恒和无所不包，达到了完美无瑕，就像是阿波罗（希腊神话中的太阳神、艺术庇护神）和伯拉克西特列斯（Praxiteles，公元前约390—前330年，古希腊雕塑家）"[⑥]。虽然形式上无可挑剔，内容上却是糟

[①] Розанов В. В. Загадки Гоголя [M] // Николюкин А. Н. О писательстве и писателях М.：Республика，1995. С. 333.

[②] Розанов В. В. Загадки Гоголя [M] // Николюкин А. Н. О писательстве и писателях М.：Республика，1995. С. 338.

[③] Розанов В. В. Загадки Гоголя [M] // Николюкин А. Н. О писательстве и писателях М.：Республика，1995. С. 338.

[④] Розанов В. В. Загадки Гоголя [M] // Николюкин А. Н. О писательстве и писателях М.：Республика，1995. С. 338.

[⑤] Розанов В. В. Загадки Гоголя [M] // Николюкин А. Н. О писательстве и писателях М.：Республика，1995. С. 338.

[⑥] Розанов В. В. Загадки Гоголя [M] // Николюкин А. Н. О писательстве и писателях М.：Республика，1995. С. 338-339.

糕透顶，"阿波罗和泼留希金——这算什么对比！从阿波罗到泼留希金——这算什么降格！"①罗赞诺夫从前在果戈理的作品中找到了形式与内容之间无法克服的矛盾，例如，在心灵悲剧下的喜剧造诣天才，但是现在罗赞诺夫得出结论，在果戈理作品中混有神圣的长老和闻所未闻的罪人，恰恰由于这种矛盾性而最终引出了两个伊万吵架的最后那句话："诸位，这世界多么无聊啊！"②

罗赞诺夫把生活和创作的主要之谜视为"果戈理的天赋转向世界的极限"③。罗赞诺夫把果戈理与列夫·托尔斯泰进行对比，使读者注意到，"他更看重同时代人的《战争与和平》，而其次是《死魂灵》"④。按罗赞诺夫的说法，我们在事物中看到我们想看到的，因此，在艺术创作中我们只有主观倾向性。"对事物充满激情的、欣喜若狂的、抒情性的和微不足道的阐释实质上取决于趣味。"⑤ 他还认为，果戈理专门挑选"苦草"，也就是专门关注生活的阴暗面。按罗赞诺夫的观点，《死魂灵》的诞生，是罗马的伟大和俄罗斯的黑暗之间形成强烈对照，俄罗斯"驾着被索巴开维奇、诺兹德廖夫和玛尼洛夫套上的三套车驱赶和超越所有人"⑥。在果戈理身上"有一种理想主义，因这一理想而产生的苦恼，一定是在世界范围内的。这种理想用含义统治全人类，联合全人类，用这一含义和目标联系全人类"⑦。

后来，恰恰是对理想的追求使果戈理"把巨大的墨水瓶倾倒在'祖国'

① Розанов В. В. Загадки Гоголя［М］// Николюкин А. Н. О писательстве и писателях М.：Республика，1995. С. 339.

② ［俄］果戈理. 果戈理全集（第二卷）［M］. 石家庄：河北教育出版社，2002：252.

③ Розанов В. В. Загадки Гоголя［М］// Николюкин А. Н. О писательстве и писателях. М.：Республика，1995. С. 340.

④ Розанов В. В. Загадки Гоголя［М］// Николюкин А. Н. О писательстве и писателях М.：Республика，1995. С. 340.

⑤ Розанов В. В. Загадки Гоголя［М］// Николюкин А. Н. О писательстве и писателях М.：Республика，1995. С. 340.

⑥ Розанов В. В. Загадки Гоголя［М］// Николюкин А. Н. О писательстве и писателях М.：Республика，1995. С. 343.

⑦ Розанов В. В. Загадки Гоголя［М］// Николюкин А. Н. О писательстве и писателях М.：Республика，1995. С. 343.

大地上。在黑色的墨汁中淹没'三套车'，代表们，克莱因米赫尔①弄脏了所有制服，破坏了19世纪中叶前被创造的整个王国"②。在这篇文章中，罗赞诺夫假设，果戈理把最初他在《塔拉斯·布尔巴》中表现出来的准则视为《死魂灵》出现的原因，但是，罗赞诺夫并不认为对果戈理只有一种阐释，因为在果戈理身上最重要的是模糊不清的非理性领域，因此，不能以理性来阐释果戈理。

在上述文章中，罗赞诺夫混合了对果戈理的两种阐释。罗赞诺夫把果戈理描绘成一个在自身中以奇怪的形式混合对立元素的神秘主义者，并且正面评价了果戈理创作的历史作用，他在文章开头说道，果戈理的确反映了俄罗斯的现实，但在论证过程中实际上这不是整个现实，而只是现实的阴暗面，果戈理对此有特殊的敏锐度。与最初的观点不同，第一种观点认为，果戈理以死亡的眼光看待生活，并且看见了生活中从未有过现在也没有的事物，由此，果戈理变成了一位从俄罗斯的现实生活中挑选他感兴趣事物的艺术家。

在《形式的天才》（1909）一文中，罗赞诺夫又重新认为果戈理作品的情节空洞，没什么内容。"总之什么也没有，值得一提的是，虽然能马上唤醒我们的好奇心，在某种意义上来说，引发了我们的兴趣或者触动了心灵的某个方面。"③罗赞诺夫继续发展自己先前对果戈理形式的态度，说道，果戈理的"形式，就像所讲述的，是天才般的，我们的艺术家中没有一个能完全接受，……在形式上已经超越莱蒙托夫，甚至是超越了普希金。"④

罗赞诺夫继续发展出现在《果戈理之谜》（1909）一文中的想法，他肯定地说，果戈理对一切健康的、好的、正面的事物都没感觉，在果戈理眼中

---

① 1793—1869，伯爵，俄国国务活动家。

② Розанов В. В. Загадки Гоголя［M］// Николюкин А. Н. О писательстве и писателях M.：Республика，1995. C. 344.

③ Розанов В. В. Гений формы［M］// Николюкин А. Н. О писательстве и писателях M.：Республика，1995. C. 340.

④ Розанов В. В. Гений формы［M］// Николюкин А. Н. О писательстве и писателях M.：Республика，1995. C. 347.

只有'死尸'和'生有蛆虫的帕尔马干酪①'让他感兴趣"②。按罗赞诺夫的意见，果戈理的形式非常特殊，他"没有描写思想的运动、观点的变化"③。但是现在罗赞诺夫却认为，在艺术中形式的美比思想更重要，这正与从前对内容的呼吁相悖。

正是这些特点和反面描写的可怕力量使得果戈理对过去不仅没有爱意，而且还嘲讽过去。罗赞诺夫指出，"在'死魂灵'威胁之下整个俄罗斯僵化了"④。因为在果戈理的作品中"形式格外富有感染力，而内容则成为笑话"。在果戈理威信的压迫之下，社会"可怕地从思想上变低、变浅"。因此，果戈理消灭俄罗斯大地上对他来说正面的事物，"那些依然勉强屹立在鸡腿上的小木房"⑤。

在这篇文章中，罗赞诺夫坚持果戈理创作形式的完美，这一思想在《论宗教大法官的传说》（1894）和《普希金和果戈理》（1894）之中就已提出。罗赞诺夫有关果戈理对现实的黑暗面尤其关注的思想发生了改变，他得出结论，果戈理因其独特的自我天性根本无法接受一切好的和正面的东西。这意味着，不能认为果戈理是现实主义者。我们看到，罗赞诺夫的思想如何转了一圈，又回到原点，回到了最初的阐释。罗赞诺夫否定果戈理的现实主义，他同时对果戈理对俄罗斯社会发展所产生的影响的观点也发生了改变，他说道："事实上，果戈理消灭了在俄罗斯生活中存在的良好事物的萌芽。"在《形式的天才》（1909）一文中，罗赞诺夫在此多半不是批评分析家，而是艺术批评家。因此，这篇文章更像是一篇随笔，而不是传统的文学批评文章。

在因纪念像揭幕而写的《俄罗斯和果戈理》（1909）一文中，罗赞诺夫

---

① 多用作通心粉的一种调料，因产地在意大利帕尔马而得名。

② Розанов В. В. Гений формы［М］// Николюкин А. Н. О писательстве и писателях М.：Республика，1995. C. 348.

③ Розанов В. В. Гений формы［М］// Николюкин А. Н. О писательстве и писателях М.：Республика，1995. C. 349.

④ Розанов В. В. Гений формы［М］// Николюкин А. Н. О писательстве и писателях М.：Республика，1995. C. 350.

⑤ Розанов В. В. Гений формы［М］// Николюкин А. Н. О писательстве и писателях М.：Республика，1995. C. 352.

指出："没有一个当代的俄罗斯人，他心灵的某个部分没被果戈理加工处理过。"①因此，俄罗斯给果戈理纪念像戴上了词语的桂冠，就像给普希金戴上了人类最美心灵的桂冠一样。但也恰恰是果戈理"以自我心理无法解释的不安……呈现出不安、痛苦和对整个罗斯的自我批评"。也就是说，果戈理实际上指出了如何用词语改变一个国家的命运。"他是俄罗斯文学的忧郁之父，那种忧郁现在是无法猜到的，无法看到摆脱忧郁的出路。"② 在普希金和果戈理身上俄罗斯词语获得了"最后的特质"。后来，罗赞诺夫写道，果戈理像俄罗斯的"守护者"。丘特切夫说道，普希金和果戈理好像在俄罗斯的贫穷村庄上伸出天使般的保护翅膀说道："不要触碰这一切，不要毁坏这一切。"③ 这与摧残俄罗斯，消灭鸡腿上小屋的果戈理所扮演的传统保护人和俄罗斯人民的守护者形象相反："当普希金的词语在世界范围内传播开，果戈理的词语传播开，除了又聋、又哑、又瞎的野蛮人以外，没有人不讨论'这些贫穷的村庄'。"④ 在上述文章中，针对果戈理的词语技巧和威力，罗赞诺夫遵循以前的观点，对果戈理的艺术遗产、对俄罗斯文化的保护作用做出了正面评价，这又与先前的结论截然不同。

在《果戈理魔法般的一页》（1909）一文中，罗赞诺夫讨论了果戈理心灵的非理性成分。在这篇文章的第一部分，罗赞诺夫讨论古代时盛行的近亲结婚问题。他本人对待这种婚姻持肯定态度，因为按他的意见，婚姻可以巩固家庭，让家庭变得更"温暖"。罗赞诺夫从这些角度研究了果戈理《可怕的复仇》，并得出结论，整个中篇小说是为巫师迷恋自己女儿这一情节而写。

他说：你瞧瞧我，卡捷琳娜，我长得多么俊！人家说我丑，那

① Розанов В. В. Русь и Гоголь［М］// Николюкин А. Н. О писательстве и писателях М.: Республика，1995. С. 353.

② Розанов В. В. Гений формы［М］// Николюкин А. Н. О писательстве и писателях М.: Республика，1995. С. 353.

③ Розанов В. В. Гений формы［М］// Николюкин А. Н. О писательстве и писателях М.: Республика，1995. С. 354.

④ Розанов В. В. Гений формы［М］// Николюкин А. Н. О писательстве и писателях М.: Республика，1995. С. 355.

才是胡说八道呢！我可以做你的一个好丈夫。瞧，我这双眼睛怎样地发亮！①

"我主意拿定了，我要叫你按照我的意旨办事。卡捷琳娜会爱上我的！……"②

我曾想，我至少可以默默地把儿子抚养成人，为父亲复仇……可是我梦见了他，那样子真可怕，真可怕！天保佑你们别看见他！我的心直到现在还跳呢。我要砍死你的孩子，卡捷琳娜！——他喊道；你要是不嫁给我的话……③

这时候客人又接下去说，讲到有一回丹尼洛跟他作了开诚布公的谈话，对他说："听着，柯普良大哥，要是上帝叫我离开这世界，你就把贱内带走，叫她做你的老婆……"

卡捷琳娜的一双眼睛怪怕人地透视着他。"啊！"她喊起来，"这是他呀！这是爹！"拿着刀子就扑了上去。

那个人挣扎了许久，想夺掉她的刀。终于把刀夺了过来，用力一挥——于是干下了一件可怕的事情：父亲杀死了疯癫的女儿。④

罗赞诺夫认为，这个情节是返祖现象，这一现象不可思议地展现在果戈理的作品中，以至于"想以深刻的返祖、古老来突出他的全部个性"，在他看来，果戈理"想讲述的一定是可怖的，非同寻常的，'未曾有过的'，在一

① ［俄］果戈理．狄康卡近乡夜话［M］．满涛，译．北京：人民文学出版社，2006：170.

② ［俄］果戈理．狄康卡近乡夜话［M］．满涛，译．北京：人民文学出版社，2006：176.

③ ［俄］果戈理．狄康卡近乡夜话［M］．满涛，译．北京：人民文学出版社，2006：190.

④ ［俄］果戈理．狄康卡近乡夜话［M］．满涛，译．北京：人民文学出版社，2006：195.

个词'巫师'中表达了所有这些细微差别与不安"①。罗赞诺夫以此证明果戈理的个性与《可怕的复仇》中的巫师的相似性，援引了巫师恳求卡捷琳娜把他从地下室放出来的一个片段。

　　"女儿！瞧在基督的分上吧，就是凶恶的狼仔也不会吞吃自己的母亲的。女儿啊！你至少对你罪孽深重的父亲望一眼吧。"

　　她不听，只顾往前走。

　　"女儿啊！瞧在你不幸的母亲的分上！……"

　　她站住了。

　　"近前来听我最后的遗言！"

　　"你叫唤我干吗，背神弃教的人？别把我叫作女儿！我们中间没有什么血统关系。你用我不幸的母亲的名义要我做什么？"

　　"卡捷琳娜！我的末日到了，我知道你的丈夫要把我绑在马尾巴上，放到野地上去奔驰，也许还要想出更可怕的刑罚来对付我……"

　　"可是难道世上有一种刑罚可以抵偿得了你的罪孽么？等着它吧；谁都不会替你哀求的。"

　　"卡捷琳娜！我害怕的不是刑罚，倒是死了到阴间去受那份罪啊！……你天真纯洁，卡捷琳娜，你的灵魂将在天堂里围绕着上帝的周围飞翔；可是你背神弃教的父亲的灵魂将在永劫之火中燃烧，这火永不熄灭；火势越烧越猛；没有人会滴一滴露水进去，风也吹不到这儿……"

　　"我没法减轻你的刑罚，"卡捷琳娜说，扭过头去。

　　"卡捷琳娜！等一等，听我再说一句话；你可以救我的灵魂呀。你还不知道上帝多么善良而慈悲。你听见过使徒保罗的故事没有？他是一个罪孽深重的人，可是后来忏悔了，就变成了圣人。"

---

①　Розанов В. В. Магическая страница у Гоголя［М］// Николюкин А. Н. О писательстве и писателях М. : Республика，1995. C. 401.

"我有什么办法救你的灵魂呢!"卡捷琳娜说,"我,一个软弱无力的妇人,能够想象这种事么?"

"我只要能从这儿出去,我一定要抛弃一切。我要忏悔:我要到岩窟里去,身披毛衣,日夜向上帝祈祷。不但不吃肉,连鱼也不进嘴;睡觉的时候,床上不垫一点被褥!永远祈祷,祈祷!要是上帝不发慈悲,不肯饶恕我百分之一的罪孽,我就齐脖子把自己埋在土里或是锁闭在墙里,不吃,不喝,活活地饿死;我要把全部财产都送给修道僧,请他们给我念四十昼夜超度的经文。"

卡捷琳娜沉思起来了。"纵然我给你开了锁,我也不能解松你的索链。"

"我不怕锁链",他说,"你说他们铐上了我的手和脚么?不,我在他们面前撒了迷雾,用枯树枝代替了我的双手。你瞧我,我身上再没有一根锁链了!"他说着,走到囚室的正中央。"这些墙壁我也不怕,我本来也可以横穿而过,可是你的丈夫还不知道这是什么样的墙壁。这是一位得道的苦行僧修建起来的,除非用苦行僧锁闭禅室的那把钥匙把它打开,否则的话,随便什么妖魔鬼怪都没法把囚犯带到外边去。等我得了自由,我这个罪孽深重的犯人,也要给自己造这么一间禅室呢。"

"听着,我可以放你出去;可是你要是骗我呢?"卡捷琳娜伫立在门口说道,"要是你不但不忏悔,反而去跟魔鬼交朋友呢?"

"不,卡捷琳娜,我没有多久活的了。就算不加我刑罚,我的末日也近了。难道你想我会叫自己受那永久的磨难么?"

锁轧拉一响。"再见吧!大慈大悲的上帝保佑你,我的孩子!"巫师说,吻了她一下。

"别碰我,罪孽深重的人,赶快走吧!"卡捷琳娜说道;可是他早已影踪不见了。①

---

① [俄]果戈理. 狄康卡近乡夜话 [M]. 满涛,译. 北京:人民文学出版社,2006:179-180.

　　罗赞诺夫分析了巫师的语言，认为巫师的语言与果戈理在书信中、在与马特维的交谈中、在写给奥普斯塔修道院的长老的便条中的语言存在一致性。他觉得小说其他主人公的语言是编造出来的。他确定，所有情节和"所有小俄罗斯的状况"都是果戈理杜撰的，这一些都是为了传达"父亲向往成为自己女儿的伴侣"。罗赞诺夫认为，果戈理使用了"圣经中有关罗德①和他的女儿们的情节"②，但是果戈理并不了解这个情节。因此，他被自己的小说吓着了。罗赞诺夫复述了以前《米·尤·莱蒙托夫》这篇文章中有关果戈理错误地解释非人间现象这一观点。在描绘巫师城堡时，他读出了亚述③、埃及、波斯古老宗教的象征意义。例如，他把出现在墙上的"可怕符号"视为埃及的上帝，把带有金线的粉蓝光视作近亲之间性关系的古老象征。

　　墙上尽是些奇怪的符号。挂着武器，但都是奇形怪状的；无论是土耳其人、克里米亚人、波兰人、基督徒或者是可敬的瑞典人，都不佩挂它们。

　　……

　　可是他没时间看清楚窗外有没有人张望他。他阴沉地走进来，满脸不高兴，揭去桌上的桌布——整个房间里立刻隐隐地泛滥着透明的蓝色的光，可是，先前的淡金色的光并不混入，却像在蓝色的海洋里回旋着，沉没着，显出一层层大理石似的波纹。接着，他把

---

①　《圣经》神话中亚伯拉罕的侄子。
②　创世纪 19：30-36，罗得因为怕住在琐珥，就同他两个女儿，从琐珥上去住在山里。他和两女儿住在一个洞里。大女儿对小女儿说："我们的父亲老了，地上又无人按着世上的常规进到我们这里。来！我们可以叫父亲喝酒，与他同寝。这样我们好从他存留后裔。"于是那夜，她们叫父亲喝酒，大女儿就进去和她父亲同寝。她几时躺下，几时起来，父亲都不知道。第二天，大女儿对小女儿说："我昨夜与父亲同寝，今夜我们再叫他喝酒，你可以进去与他同寝。这样，我们好从父亲存留后裔。"于是那夜，她们又叫父亲喝酒，小女儿起来与她父亲同寝。她几时躺下，几时起来，父亲都不知道。这样，罗得的两个女儿都从她父亲怀了孕。
③　Assyria，古代西亚奴隶制国家。

一只瓦缸放在桌上，把一些草投进去。①

罗赞诺夫把自己有关性问题和古老宗教的独特认识强加于果戈理的小说之上，这些认识此时占据了他的创作想象。值得一提的是，这样的果戈理变得与他亲近，让他感兴趣，但他又并未做出任何评论意见。

在《果戈理及其对戏剧的作用》（1909）一文中，罗赞诺夫将果戈理的戏剧和他的散文作品做了对比。对于罗赞诺夫而言，果戈理的戏剧是"放在次要地方的财富"②，"但实际上这就是《死魂灵》，不过被搬上戏台罢了"③。对他来说，《钦差大臣》和果戈理以前创作的其他戏剧是"最初的轮廓，是这位伟大的作家的试验画稿，他想借此试验自己的力量，并适应和酝酿长篇巨作《死魂灵》"④。在《果戈理魔法般的一页》中，果戈理的个性被称作古老的和返祖的。在这篇文章中，罗赞诺夫好像忘记了小俄罗斯中篇小说，指出恰恰是《死魂灵》最终表现了"整个果戈理"。

罗赞诺夫认为，"俄罗斯后来的戏剧运动是由果戈理传承的，而不是普希金"⑤。也就是说，继承的是《钦差大臣》，而不是《鲍里斯·戈都诺夫》。但是与散文作品相比，罗赞诺夫指出在果戈理的戏剧中缺乏情节。最后，罗赞诺夫指出："戏剧应在果戈理之后向深度和广度方向发展。它不仅仅是上演剧目，刻画事件，它应能在社会中促成新的思想，使社会中涌动的民情变得紧张而炽热。"⑥果戈理自身不赞同在原地踏步，不想让他的继承人无法

---

① ［俄］果戈理. 狄康卡近乡夜话［M］. 满涛，译. 北京：人民文学出版社，2006：173-174.
② ［俄］洛扎诺夫. 自己的角落：洛扎诺夫文选［M］. 李勤，译. 上海：学林出版社，1998：207.
③ ［俄］洛扎诺夫. 自己的角落：洛扎诺夫文选［M］. 李勤，译. 上海：学林出版社，1998：207.
④ ［俄］洛扎诺夫. 自己的角落：洛扎诺夫文选［M］. 李勤，译. 上海：学林出版社，1998：207.
⑤ ［俄］洛扎诺夫. 自己的角落：洛扎诺夫文选［M］. 李勤，译. 上海：学林出版社，1998：208.
⑥ ［俄］洛扎诺夫. 自己的角落：洛扎诺夫文选［M］. 李勤，译. 上海：学林出版社，1998：211.

超过他。因此，我们看到，这篇文章实际上并未超出罗赞诺夫最初的观点。

在《为什么果戈理的纪念像不成功？》（1909）一文中，罗赞诺夫认为，不可能以宏大的雕塑手法来传达果戈理的实质。所有人认为，纪念像没成功是因为雕塑家安德烈耶夫①描绘了晚年的果戈理。"不由自主地抓住果戈理的'死亡'，也就是烧掉《死魂灵》的第二卷、疯癫和死亡。"②按他的意见，纪念像应该表达出"被塑者和创造者的'统一'。而果戈理就其本性而言既是抒情诗人，又是自然主义者，这一概念只能结合在一个词语中，而不是在青铜中"③。罗赞诺夫讽刺性地询问："为什么不能在某处并排建立阿波罗与天琴星座？"④。果戈理在某种程度上是"无肉体的精神"，他只有"一个完整人的假象"。⑤ 他从未改变过，只是"变成了奇怪的自我孤独，自己疯狂、自己苦恼"⑥。果戈理的真正纪念像是他坟墓上的黑色墓碑。

还是在《论理解》（1886）一书中，罗赞诺夫把果戈理确定为一个精神堕落的人，这个人丧失了心理生活的完整性。在上述这篇文章中，这种思想得到了进一步发展，罗赞诺夫将天才与癫狂做对比。按罗赞诺夫的意见，"天才的某些形式，或者，更准确些，天才的'开场白'与癫狂相似"。但是，罗赞诺夫所理解的癫狂不是经典的神经错乱，而是"所有感觉的慌乱，非同寻常的内在不安，心灵的'火灾'"。在上述文章中，罗赞诺夫得出结论，恰恰是果戈理形而上学的疯狂，成为他的创作对俄罗斯社会造成反面影响的原因。在这里，罗赞诺夫实际上去掉了在《米·尤·莱蒙托夫》（1901）一文中所使用的"恶魔性"的引号。

①　Николай Андреев Андреевич，1873—1932，俄罗斯雕塑家。

②　Розанов В. В. Отчего не удался памятник Гоголю？［M］// Николюкин А. Н. Мысли о литературе М. : Современник，1989. С. 294.

③　Розанов В. В. Отчего не удался памятник Гоголю？［M］// Николюкин А. Н. Мысли о литературе М. : Современник，1989. С. 296.

④　Розанов В. В. Отчего не удался памятник Гоголю？［M］// Николюкин А. Н. Мысли о литературе М. : Современник，1989. С. 296.

⑤　Розанов В. В. Отчего не удался памятник Гоголю？［M］// Николюкин А. Н. Мысли о литературе М. : Современник，1989. С. 297.

⑥　Розанов В. В. Отчего не удался памятник Гоголю？［M］// Николюкин А. Н. Мысли о литературе М. : Современник，1989. С. 296.

在《莫斯科果戈理纪念日》（1909—1913）一文中，罗赞诺夫把果戈理置于普希金之后的第二位。他写道，"我们的错觉所创造的生活并不比真正的事实少"①。罗赞诺夫重新返回有关果戈理被文学批评家所误读的思想，他指出，"类似的理解等同于完全不理解"，但是恰恰是不理解"向果戈理转交了折断铁棍的巨大力量"②。果戈理指出俄罗斯的无生命"带有那样不可思议的力量和鲜明，观众们产生错觉……不理解，当然，在活生生的生活中和在完满的活生生的生活中没有与《死魂灵》相类似的"③。因此，在这篇文章中，又出现了罗赞诺夫有关果戈理在俄罗斯社会发展中的地位和作用的最初认识。

果戈理与莫泊桑出人意料的对比出现在《"永恒春天"的歌手之一》（1909）一文中。罗赞诺夫认为，《死魂灵》是一部光明的作品。按罗赞诺夫的意见，"果戈理描绘的只有生活琐事，莫泊桑描绘的是生活中的无耻"④。俄罗斯文学与西方文学的主要区别在于俄罗斯作家们主要关注的是人的命运和人的灵魂。因此，若与国外文学典型代表如莫泊桑对比时，果戈理实际上是一位刻画人活生生灵魂的作家。

我们看到，罗赞诺夫对果戈理创作的第二种阐释形成之后，真正变得矛盾和荒谬起来，当时两种观点开始相互渗透、共存和融合。《形式的天才》（1909）一文主要是在第一种观点影响下创作的，因此，果戈理的作用实际上是消极的，这种态度在《果戈理及其对戏剧的作用》（1909）、《莫斯科果戈理纪念日》（1909—1913）中得以延续。在《果戈理之谜》（1909）一文中第二种观点占了上风，因此，罗赞诺夫对果戈理的历史意义进行了正面的评价。第二种观点在《果戈理魔法般的一页》（1909）中得以发展，在其中

① Розанов В. В. Гоголевские дни в Москве ［М］// Николюкин А. Н. Мысли о литературе М. : Современник, 1989. С. 289.

② Розанов В. В. Гоголевские дни в Москве ［М］// Николюкин А. Н. Мысли о литературе М. : Современник, 1989. М. : Современник, 1989. С. 289.

③ Розанов В. В. Гоголевские дни в Москве ［М］// Николюкин А. Н. Мысли о литературе М. : Современник, 1989. М. : Современник, 1989. С. 289.

④ Розанов В. В. Один из певцов《вечной весны》［М］// Николюкин А. Н. О писательстве и писателях М. : Республика, 1995. С. 359.

通过罗赞诺夫有关家庭和性关系的神秘主义实质来观察果戈理的创作。因此，在《可怕的复仇》中罗赞诺夫把充分的证明看作是自己的猜想，那么果戈理的意义又重新变成了命中注定的。《罗斯和果戈理》（1909）一文过高地评价了果戈理的词语技巧威力，也就是说，遵循有关果戈理的词语有不可思议力量的最初观点。在《为什么果戈理的纪念像不成功?》（1909）这篇札记中，第二种观点导致了有关果戈理对俄罗斯发展具有否定影响的结论，恰恰是由于果戈理灵魂深处的神秘主义，才使得罗赞诺夫严肃地说起果戈理的恶魔性。最终，在文章《"永恒春天"的歌手之一》（1909）中，在与莫泊桑相对比的情况下，果戈理实际上是一位善于表达俄罗斯元素、敏锐洞察人类灵魂的作家。

第三节　论莱蒙托夫

莱蒙托夫在罗赞诺夫的文学等级谱系中占有特殊地位。西尼亚夫斯基指出，对于罗赞诺夫而言，"只有普希金和莱蒙托夫自身带有某种正面元素"[1]。按尼科留金的意见，罗赞诺夫认为，莱蒙托夫与普希金的不同在于"容易冲动、新形象以及新艺术视角"[2]。

早在大学期间，罗赞诺夫就对莱蒙托夫的创作产生了兴趣。在札记《莫斯科的普希金小屋》中，罗赞诺夫回忆道，当时"逃希腊语课背会了莱蒙托夫的几乎所有作品"[3]。但是在19世纪90年代末之前，罗赞诺夫对莱蒙托夫的回忆并不多。关于莱蒙托夫的第一篇文章是《永恒悲伤的决斗》（1898），其中，罗赞诺夫反对把文学划分为"普希金流派"和"果戈理流派"，因为这样就忽视了莱蒙托夫的作用。在罗赞诺夫看来，"莱蒙托夫身上的文学桂

---

[1] Синявский А. Д. 《Опавшие листья》 Василия Васильевича Розанова ［М］. М.：Захаров，1999. С. 292.

[2] Николюкин А. Н. Розанов ［М］. М.：Мол. гвардия，2001. С. 191.

[3] Розанов В. В. Домик Пушкина в Москве ［М］ // Николюкин А. Н.　Среди художников. М.：Республика，1994. С. 343.

冠被摘除……尽管主干未被损坏，只是次要枝干被损坏"①。为了说明这一点，罗赞诺夫把莱蒙托夫的诗和果戈理、托尔斯泰、陀思妥耶夫斯基的作品进行了对比，并得出结论：所有这些作家"都与莱蒙托夫有相似之处……他们进一步发展了莱蒙托夫身上已有的萌芽"②。由此，罗赞诺夫认为，莱蒙托夫比普希金有天赋，他的诗歌是俄罗斯文学所有重大现象的开端。在这篇文章中，罗赞诺夫还首次确立了对待文学的新标准，分析了莱蒙托夫创作中的自然力元素（стихия），并从这一角度重新建构了自己的文学等级谱系。显然，从这一角度来讲，莱蒙托夫的创作自然而然居于首位，因为诗人"了解从自然到上帝，从自然力到天空的秘密"③。如果说在罗赞诺夫的文学等级谱系中普希金曾经是典范和标准，那么现在，莱蒙托夫则取代了普希金而成为诗人典范，而普希金实际上是俄罗斯文化以往发展时期的天才终结者，而且现在的俄罗斯文学并未与果戈理有任何瓜葛。在这篇文章中，拥有自然力的莱蒙托夫、果戈理和陀思妥耶夫斯基与简单、易懂、阿波罗式的普希金是始终相对立的。

在《50年影响（别林斯基纪念日）》（1898）一文中，罗赞诺夫把莱蒙托夫归为"心灵中带有明显女性构造"的作家之列，而且"这些作家死后留下了深深的痕迹"④。罗赞诺夫还借助于自己已经形成的性理论尝试解释莱蒙托夫个性的矛盾性。在他看来，"一个人天生就会有超验的、神秘的、宗教的属性"，因此，莱蒙托夫与托尔斯泰和陀思妥耶夫斯基"都关注世界上创造生命的元素：神秘性、超验性、宗教性"⑤。在这里，罗赞诺夫以这种直接接受超验事物的能力来解释年轻的莱蒙托夫为什么会拥有古老智慧。

---

① Розанов В. В. Вечно печальная дуэль［М］// Николюкин А. Н. Легенда о Великом инквизиторе Ф. М. Достоевского М.：Республика, 1996. С. 289.

② Розанов В. В. Вечно печальная дуэль［М］// Николюкин А. Н. Легенда о Великом инквизиторе Ф. М. Достоевского М.：Республика, 1996. С. 296.

③ Розанов В. В. Вечно печальная дуэль［М］// Николюкин А. Н. Легенда о Великом инквизиторе Ф. М. Достоевского М.：Республика, 1996. С. 294.

④ Розанов В. В. 50 лет влияния（Юбилей В. Г. Белинского）［М］// Николюкин А. Н. Легенда о Великом инквизиторе Ф. М. Достоевского М.：Республика, 1996. С. 303.

⑤ Розанов В. В. Из загадок человеческой природы［М］// Николюкин А. Н. В мире неясного и нерешенного М.：Республика, 1995. С. 37.

罗赞诺夫不止一次地关注莱蒙托夫的诗《每逢黄澄澄的田野泛起麦浪》。在《历史的最伟大时刻》（1900）一文中，罗赞诺夫肯定地说："在这首诗中，诗人所看到的上帝无论如何不是耶稣。"①

每逢黄澄澄的田野泛起麦浪，
凉爽的树林伴着微风歌唱，
园中累累的紫红色的李子
在绿树的清荫下把身子躲藏；

每逢嫣红的薄暮或金色的清晨，
银白的铃兰披着一身香露，
正在殷勤地从树丛下边
对着我频频地点头招呼；

每逢清凉的泉水在山谷中疾奔，
让情思沉入迷离恍惚的梦乡，
对我悄声诉说那神奇的故事，
讲的是它离开了的安谧之邦；

此时我额上的皱纹才会舒展，
此刻我心头的焦虑才会宁息，
我才能在人间领略幸福，
我才能在天国看见上帝……

（1837）②

---

① Розанов В. В. Величайшая минута истории ［М］// Николюкин А. Н. В мире неясного и нерешенного М. : Республика, 1995. С. 342.

② ［俄］莱蒙托夫. 莱蒙托夫抒情诗选 ［М］. 顾蕴璞, 选译. 北京：外语教学与研究出版社，1982：62.

在另一则札记中，罗赞诺夫引用了莱蒙托夫的诗《我独自一人出门启程》。莱蒙托夫有意把"上帝"（бог）这个词小写。按罗赞诺夫的意见，诗中谈论的不是耶稣。罗赞诺夫把莱蒙托夫这个上帝"无力的早期形象"称为"恶魔"。后来，罗赞诺夫依然喜欢这一点，一直表达这个主题，开始称这个"恶魔"为"上帝"，逐渐表现出亲近。①

一

我独自一人出门启程，
夜雾中闪烁着嶙峋的石路；
夜深了。荒原聆听着上帝，
星星们也彼此把情怀低诉。

二

天空是如此壮观和奇美，
大地在蓝光幽幽中沉睡……
我怎么这样伤心和难过？
是有所期待，或有所追悔？

三

对人生我已经无所期待，
对往事我没有什么追悔；
我在寻求自由和安宁啊！
我真愿忘怀一切地安睡！

四

但我不愿做墓中的寒梦……

① Розанов В. В. К лекции г. Вл. Соловьева об Антихристе [М] // Николюкин А. Н. Во дворе язычников М. : Республика, 1999. С. 101.

我是想永远这样地安息；

让生命仅仅在胸中打盹，

让胸膛起伏，微微呼吸；

五

让醉人的歌声娱悦我耳朵，

日日夜夜为我唱爱情的歌，

让那茂密的橡树长绿不败，

俯下身躯对着我低声诉说。

（1841）①

在《米·尤·莱蒙托夫》（1901）一文中，罗赞诺夫把莱蒙托夫和果戈理进行对比，认为他们是俄罗斯精神发展史中非同一般的现象，他们看见的是不被其他人所接受的一切，例如，"巫师""恶魔""魔鬼"。就像以前所说的，果戈理和莱蒙托夫的特点是脱离大地，而善于捕捉现实中的"不易被察觉的事物"。按罗赞诺夫的意见，莱蒙托夫的长诗《恶魔》是"希腊与东方神话形而上学及心理上的一把钥匙"②。罗赞诺夫在莱蒙托夫那里发现了个人和宇宙的神奇结合，因为在每首诗中"每个人最深刻的个性感受"扩展成为"最广泛的图景……不知为什么会关心全世界"③。诗人会把"这里"和"那里"、尘世和天国结合成唯一的整体。此外，罗赞诺夫指出莱蒙托夫身上的"对大自然的独特感受"，"他好像知道大自然主要的和普遍的规律"。④

---

① ［俄］莱蒙托夫. 莱蒙托夫抒情诗选［M］. 顾蕴璞，选译. 北京：外语教学与研究出版社，1982：115.

② Розанов В. В. М. Ю. Лермонтов［M］// Николюкин А. Н. О писательстве и писателях М.：Республика，1995. С. 75.

③ Розанов В. В. М. Ю. Лермонтов［M］// Николюкин А. Н. О писательстве и писателях М.：Республика，1995. С. 76.

④ Розанов В. В. М. Ю. Лермонтов［M］// Николюкин А. Н. О писательстве и писателях М.：Республика，1995. С. 76.

文章《米·尤·莱蒙托夫》和《永恒悲伤的决斗》主要思考莱蒙托夫创作中的自然力元素问题，但又与先前文章不同，以前的文章把自然力作为俄罗斯文学发展的普遍原则，但此时，罗赞诺夫关注的则是莱蒙托夫的内心世界。他在莱蒙托夫那里找到了天生接受超验性的先天本能，恰恰是这种本能导致了莱蒙托夫创作中开始出现古老神话的特征。解决了莱蒙托夫的身世之谜后，罗赞诺夫把"他身上超自然的紧张和鲜明的感受最终变成了个人微小的超自然性"①。

在这些评论文章中，罗赞诺夫并没有提及神秘元素与性的关系。但是在涉及性理论问题的文章中（如《论人的本质之谜》），他用莱蒙托夫的创作证明一个人天生具有深刻宗教性这一思想。而在文章《历史的最伟大时刻》和《去听索洛维约夫有关反耶稣的讲座》中，罗赞诺夫肯定地说，莱蒙托夫作品中的小写"上帝"（бог）不可能成为大写的耶稣（Иисус Христос），在与基督教的论争中，还把莱蒙托夫的诗句作为论据。

在《终结与开端，"神的"与"魔鬼的"，上帝与恶魔（论莱蒙托夫的主要题材）》（1902）一文中，按罗赞诺夫的意见，莱蒙托夫与恶魔"部分地融合"。罗赞诺夫把对"恶魔"的复杂和详尽的描绘，时而看作是真事，时而看作是童话，目的是为了在《圣经》中无法找到相似的情节。罗赞诺夫认为，长诗的情节反映出了古老的神话。罗赞诺夫对古埃及感兴趣，他肯定地说，可以用埃及的画来说明莱蒙托夫的诗，要知道在莱蒙托夫那里就如同在埃及。"到处都是上帝，所有人都是上帝"②。古人认为，诞生是神圣的，不是邪恶的，而在罗赞诺夫看来，对于一个现代人而言，"罪孽和性是等同的，性是原罪，罪恶的源泉"③。恰恰因此，莱蒙托夫把古时人们称之为"上帝"的称为"恶魔"。

罗赞诺夫的性理论把天与地联结起来："这里有男性元素和女性元素，

① Розанов В. В. М. Ю. Лермонтов ［М］// Николюкин А. Н. О писательстве и писателях М.：Республика，1995. С. 77.

② Розанов В. В. Концы и начала … ［М］// Николюкин А. Н. О писательстве и писателях М.：Республика，1995. С. 82.

③ Розанов В. В. Концы и начала … ［М］// Николюкин А. Н. О писательстве и писателях М.：Республика，1995. С. 84.

在'那里',在星星的构造中,在光的构造中,在仙境中,在磁性中,在电中,均有'勇敢'、'力量',也有'怜悯'、'温柔'、'可爱'。"① 莱蒙托夫很好地在自己的创作中表达了这一联系。现在,罗赞诺夫开始全面考察男性和女性元素的结合:"到处是乌云和悬崖,到处是分离的苦恼或者对相会的期待;到处是爱情故事,到处天与地融合在一起的生活元素。"② 这种创作实际上是与性向往直接联系的,因为基督教改变了对性的态度,认为诞生是"罪孽"的。对罗赞诺夫而言,基督教变成了死亡的宗教。在这种情况下,传达古人处世之道的莱蒙托夫实际上成了反基督教的诗人。

在《莱蒙托夫的〈恶魔〉和他的古老氏族成员》(1902)一文中,罗赞诺夫继续思考有关诗人的神话思维,诗人在大自然中洞察"样子像人的东西"③。罗赞诺夫认为,有两条宗教河流,一个是古代宗教所固有的,是真理的开端,而另一个是罪孽的开端,是基督教所特有的,莱蒙托夫则是这两条宗教河流的交汇点。"身体优美和具有吸引力的恶魔"被耶稣战胜,因此"爱情变成了生理上的,星星变成了鹅卵石,动物和植物变成煎牛排和木柴"④。按罗赞诺夫的意见,实际上,没有什么死去,只是评价发生了变化。罗赞诺夫在莱蒙托夫的创作中找到了"古代的返祖现象",即是一个证明。毫无疑问,对神圣元素带有特殊感受的莱蒙托夫与罗赞诺夫本人很相近,是罗赞诺夫性的神秘意义理论的关键人物。在上述理论框架中,罗赞诺夫把莱蒙托夫的宗教感阐释为古代宗教所特有的。此外,莱蒙托夫作为歌颂生活的"返祖"诗人,实际上是与罗赞诺夫在基督教中所观察到的颠倒的价值体系相反。

在后来的文章中,罗赞诺夫认为,莱蒙托夫诗歌的宗教性依然很突出。

---

① Розанов В. В. Концы и начала … [М] // Николюкин А. Н. О писательстве и писателях М. : Республика, 1995. С. 87.

② Розанов В. В. Концы и начала … [М] // Николюкин А. Н. О писательстве и писателях М. : Республика, 1995. С. 89.

③ Розанов В. В. 《Демон》Лермонтова и его древние родичи [М] // Николюкин А. Н. О писательстве и писателях М. : Республика, 1995. С. 95.

④ Розанов В. В. 《Демон》Лермонтова и его древние родичи [М] // Николюкин А. Н. О писательстве и писателях М. : Республика, 1995. С. 102.

罗赞诺夫分析了《梦》一诗，并不再把诗人与多神教祭祀相比较，而是与莫斯科时期的神圣"癫僧"相比较。

梦

在正午炎热下，达格斯坦山谷里，
我胸膛里带着颗铅弹躺着不动；
深深的创伤在微微地冒着热气，
我的血在一滴一滴不停地流渗。

我独自一人躺在山谷的沙土上；
四围高耸着那层层叠叠的山峰，
太阳燃烧着它们的黄色的峰巅，
也燃烧着我，——但我沉入死亡之梦。

我仿佛梦见了灯火辉煌的晚宴，
在我那离别已久的可爱的故国。
宴会上有许多戴着鲜花的女郎
正在快活地兴致勃勃地谈着我。

但有一个女郎沉思地坐在一旁，
她没有参与这愉快欢畅的谈论，
只有上帝才知道，她那年轻的心
为什么沉入了悲伤沉痛的梦境：

她仿佛梦见了达格斯坦的山谷：
在山谷里躺着一具熟识的尸首；
他胸前的伤口冒着气，已经发青，
他逐渐冷却的血在慢慢地渗流。

（1841）①

同时，罗赞诺夫不止一次地重提莱蒙托夫天生拥有古老智慧这一想法。按罗赞诺夫的意见，莱蒙托夫、果戈理和陀思妥耶夫斯基的特征在于"失去对生活的兴趣，对现实的爱"，"和人们分离，与人们失去亲近感"。② 在《别林斯基》（1911）一文中，罗赞诺夫肯定地说："莱蒙托夫以自己的丰富智慧、神秘的心灵比别林斯基更有经验、更成熟。尽管实际上他对生活的了解，可能，比别林斯基还要少。"③罗赞诺夫认为原因在于"某种观察生活的能力，观察人的能力，可以理解别林斯基直到死也无法理解的人身上的某种东西"④，也就是凭借自古以来的直觉认识。

在罗赞诺夫的随笔作品中，莱蒙托夫与普希金通常被并列提及，但莱蒙托夫是为了揭示存在于俄罗斯文学"黄金时代"的这一理想人物——普希金而服务的。但是在《萨哈尔纳》（1913）的一则札记中，罗赞诺夫不仅把莱蒙托夫与普希金相对比，而且还把莱蒙托夫与果戈理做对比。他指出，如果莱蒙托夫不死于决斗中，那么"俄罗斯会获得重大意义，果戈理和自己的'乞乞科夫们'依然只能被藏于老鼠洞内"⑤。在这种情况下，文学中"果戈理的批判倾向被战胜，而在莱蒙托夫之后的杜勃罗留波夫和车尔尼雪夫斯基被人们抛到脑后"⑥。此外，对《米·尤·莱蒙托夫》中说出的有关莱蒙托夫和果戈理一致的观点，罗赞诺夫在此又做出了相反的评价。相较于果戈理，罗赞诺夫认为，莱蒙托夫更善于描绘活生生的灵魂和弱化俄罗斯文学中的批判倾向，这种矛盾可以用罗赞诺夫对果戈理创作阐释的特点来解释，尽管第二阶段的果戈理实际上与莱蒙托夫很像，但第一阶段的果戈理与莱蒙托

---

① 莱蒙托夫. 莱蒙托夫诗歌精选［M］. 太原：北岳文艺出版社，2010：210.

② Розанов В. В. Одна из замечательных идей Достоевского［M］// Николюкин А. Н. О писательстве и писателях М.：Республика，1995. С. 471.

③ Розанов В. В. Белинский［M］// Николюкин А. Н. О писательстве и писателях М.：Республика，1995. С. 504-505.

④ Розанов В. В. Белинский［M］// Николюкин А. Н. О писательстве и писателях М.：Республика，1995. С. 504-505.

⑤ Николюкин А. Н. Сахарна［M］. М.：Республика，1998. С. 239.

⑥ Николюкин А. Н. Сахарна［M］. М.：Республика，1998. С. 239.

夫却是完全矛盾的。

在《普希金和莱蒙托夫》（1914）一文中，这两位作家的相互关系被罗赞诺夫呈现为"人类堕落的历史"。在罗赞诺夫看来，普希金是和谐平衡状态的最好体现者，而在莱蒙托夫身上则表现出人类追求的变换，他"以自己的存在，自己所有的诗，包括童年时期的诗，向我们阐释，为什么世界会'跳起来和逃亡'"①。而俄罗斯文学之所以比其他文学更加幸福与和谐，是因为"在俄罗斯文学中'和谐'表现得那么成功和完整，那么地彻底和崇高，就像'不协调'一样"②。对罗赞诺夫而言，这是对人类道德、精神运动的一种重要解释。在这篇文章中，罗赞诺夫不是把莱蒙托夫和肯定生活相联系，而是与否定生活相联系，就像从前在性神秘作用理论的框架内一样。

在札记《论莱蒙托夫》（1916）一文中，罗赞诺夫依然更喜欢把莱蒙托夫与普希金相对比。罗赞诺夫称普希金的作品是"有预见的小册子"和"我们金色的福音书"，而莱蒙托夫则与普希金完全不同，他完全"不是我们的"，他是"全新的、出乎意料的、没有被说出的"③，因为不满意文学现实，而"走向了荒漠"，成了"人民的精神领袖"。在《俄罗斯文学批评发展的三个阶段》（1892）中，罗赞诺夫曾说过，莱蒙托夫至今无法摆脱拜伦的影响，但是在这篇文章中，罗赞诺夫却否认了自己以前的观点，他肯定地说："矫揉造作的拜伦不会与严肃和纯洁的莱蒙托夫相附和。"④

在《最后的叶子》（1916）中，罗赞诺夫唯一一次批评了莱蒙托夫。在他看来，莱蒙托夫的"抒情诗"对俄罗斯过于不感兴趣，他没有成功地描绘真正的高加索，诗人所转达的只有"他们如何在皮亚季戈尔斯克⑤喝水"。⑥

---

① Розанов В. В. Пушкин и Лермонтов [М] // Николюкин А. Н. Легенда о Великом инквизиторе Ф. М. Достоевского М. : Республика, 1996. С. 603.

② Розанов В. В. Пушкин и Лермонтов [М] // Николюкин А. Н. Легенда о Великом инквизиторе Ф. М. Достоевского М. : Республика, 1996. С. 603.

③ Розанов В. В. О Лермонтов [М] // Николюкин А. Н. Легенда о Великом инквизиторе Ф. М. Достоевского М. : Республика, 1996. С. 642.

④ Розанов В. В. О Лермонтов [М] // Николюкин А. Н. Легенда о Великом инквизиторе Ф. М. Достоевского М. : Республика, 1996. С. 643.

⑤ 俄罗斯城市。

⑥ Николюкин А. Н. Последние листья [М]. М. : Республика, 2000. С. 166.

此外，在文章《论古老性》（1917）一文中，罗赞诺夫论及莱蒙托夫对性问题的关注，莱蒙托夫的所有诗歌"是把性问题扩大到了整个宇宙的范围"①，而在总结性的文章《从千年金字塔上看（思考俄罗斯文学进程）》（1918）中，莱蒙托夫的诗歌则重新表现为"星星""神话般的""相对于他的年龄以及经验来说不可思议的"。② 在《我们当代的启示录》（1918）一书中，莱蒙托夫又成为"返祖的人"，"从莱蒙托夫的心底升起一个古老的'梦'，十分古老的真理"。③

由此可见，尽管罗赞诺夫天性矛盾，但他对莱蒙托夫创作的阐释十分合情合理和完整。早在19世纪90年代末，罗赞诺夫就对莱蒙托夫产生兴趣，当时他正以俄罗斯文学作品为基础研究自然力元素和静态元素两种创作元素。在《永恒悲伤的决斗》（1898）和《米·尤·莱蒙托夫》（1901）中，罗赞诺夫把莱蒙托夫阐释为一位深刻的神秘主义者，一个以自己的天性感受另一个世界的人。以莱蒙托夫的具体创作为例，来讨论性的神秘实质，事实上，罗赞诺夫在古人宗教中所观察到的对性的态度，实际上也是莱蒙托夫所固有的。因此，对罗赞诺夫而言，诗人的创作从前是"英雄的"和"永远直冲云霄的"，而现在变成了两性彼此追求的"浪漫故事"。由于基督教推翻了"性是'神圣的'价值体系"的观点，因此，莱蒙托夫合情合理地变为了反基督教的诗人。在文章《米·尤·莱蒙托夫》一文中，罗赞诺夫把莱蒙托夫和果戈理做对比，得出二人存在一致性的结论，如两位作家都被上天喜爱，都有深刻的神秘主义实质等。二人的区别在于，彼此的艺术形象体系的倾向不同，莱蒙托夫身上没有丝毫污点，而果戈理的创作则是满足一个人需要的恶作剧。但是在《萨哈尔纳》（1913）一书中，罗赞诺夫不是简单地把莱蒙托夫与果戈理相对比，而是提出如果这个诗人不死于决斗中，那么他会成功地在俄罗斯社会中超过果戈理的影响。如果罗赞诺夫对果戈理的第二种阐释

① Розанов В. В. Из седой древности ［М］// Николюкин А. Н. В мире неясного и нерешенного М. : Республика, 1995. С. 363.

② Розанов В. В. С вершины тысячелетней пирамиды ［М］// Николюкин А. Н. О писательстве и писателях М. : Республика, 1995. С. 672.

③ Николюкин А. Н. Апокалипсис нашего времени ［М］. М. : Республика, 2000. С. 355.

实际上与莱蒙托夫相似，那么恢复对果戈理创作的第一种视角，使罗赞诺夫宣布他们是完全矛盾的。在 1916 至 1918 年期间，尽管罗赞诺夫对文学持普遍批评的态度，但是他对莱蒙托夫只批评了一次。

第四节　论屠格涅夫

中国屠格涅夫研究专家王立业在《今日俄国屠格涅夫研究概观》（1998）一文中从屠格涅夫权威文集的出版，到比较文学领域、体裁研究领域、戏剧研究领域、学位论文领域、生平传记领域，再到屠格涅夫学术研讨会，对俄国屠格涅夫研究给予了全方位的概述。遗憾的是，却未曾提及罗赞诺夫对屠格涅夫的评论观点。王立业后来又在《"白银"诗人读屠格涅夫》（2002）一文中阐释了象征派领袖人物梅列日科夫斯基、象征主义诗人巴里蒙特、古米廖夫和阿赫马托娃夫妇、勃留索夫、谢维里亚宁、勃洛克对屠格涅夫的崇赏之情以及上述人物对屠格涅夫的追随和借鉴。我们注意到这篇文章中的一句话："另如莫斯科学者费契研究指出，安年斯基的《感伤的回忆》、罗赞诺夫的《落叶》和《转瞬即逝》，布宁的《一封信》《前夜》和《鹤》都弥漫着浓厚的屠格涅夫散文诗的情韵。"① 可见，俄国学者终于将罗赞诺夫与屠格涅夫联系起来，不过却是分析屠格涅夫对罗赞诺夫文体风格的影响。纵观中俄屠格涅夫学研究现状，我们发现，中俄学者对罗赞诺夫文学批评视野中的屠格涅夫鲜有涉足，这为我们的后续研究留下了拓展空间。

罗赞诺夫是白银时代俄国宗教哲学批评家中独具特色的一位。他的文学批评观点并非人云亦云，高度个性化，主观色彩浓厚，以个人趣味和主观感受为价值尺度，缺乏理性思辨，他的目的不是以客观阐释作品为己任，只是记录他个人的印象。颇有意味的是，罗赞诺夫的这种随性评论揭示了被职业批评家遮蔽的视线，而且这种个性化的阐释也激发了许多新发现。《论宗教大法官的传说》（1891）《文学随笔》（1899）《隐居》（1912）《落叶》（两

---

① 王立业."白银"诗人读屠格涅夫［J］.俄罗斯文艺，2002（2）：48.

章，1913—1915）《文学流亡者》（1913）《在艺术家中间》（1914）《我们当代的启示录》（1917）《论作家与创作》（1995）等论著，均包含强烈的批评因素。在这些论著中，罗赞诺夫历数了俄罗斯伟大的经典作家和世界精神文化领域里的精英人物，他以与众不同的批评趣味对文化现象进行了独特的再创造，颠覆与重构了俄罗斯古典作家形象和经典作品，做出了令人耳目一新的深刻解读，但其中也不乏偏激片面的言辞，我们应该立足于新时代语境中辩证地看待批判性地接受。

19 至 20 世纪之交俄国发生了一场深刻的思想危机，这种状况促使俄国独出的宗教哲学复兴，由此产生了白银时代的新宗教意识。俄国宗教哲学的复兴对罗赞诺夫的文学批评产生了很大的影响，他将自己的宗教哲思融入文学批评之中。我们解读他对屠格涅夫所发表的鲜明倾向性的观点，辨析出其背后的思想依凭，旨在从整体上探寻他的文学主张。

一、"观察艺术家"

屠格涅夫的个性和创作在罗赞诺夫的批评论著中占有相当重要的地位。罗赞诺夫从事文学批评活动之初就对屠格涅夫感兴趣。在《论理解》（1886）一书中，罗赞诺夫就把屠格涅夫列入了自己的文学等级谱系之中，确定屠格涅夫为"观察艺术家"。在此书中，罗赞诺夫给出了"观察艺术家"（ходожник-наблюдатель）和"心理艺术家"（психолог-наблюдатель）的定义：观察艺术家是一个完整的人，与内在的不协调格格不入，因此可能爱生活和人，却没有感觉到做人和生活的痛苦；心理艺术家都是病态的人，精神堕落，心理失衡，有的甚至达到精神失常、癫狂的程度。普希金及其追随者都是"观察艺术家"，"屠格涅夫、冈察洛夫、奥斯特洛夫斯基和博博雷金，正是完全停不下来的普希金的'传声筒'"。①而普希金则是这一谱系的顶峰，"他精彩地席卷了一切，一泄千里，涌带出我们文学的 40、50、60、70 年代，诞生了屠格涅夫、冈察洛夫，及整整一辈杰出人物 —— 俄罗斯日

---

① Николюкин А. Н. Легенда о Великом инквизиторе Ф. М. Достоевского ［М］. М. : Республика，1996. С. 296.

常生活的讲述者，平静生活的幻想家和旁观者。"①罗赞诺夫认为，上述所有作家最典型的特点是缺少"风暴与激情"，他们只是客观展现俄罗斯过去和现在的样子。在后来的论著中他又继续发展了这一思想。比如，在《俄罗斯文学批评发展的三个阶段》（1892）一文中，他认为屠格涅夫的诸多中篇小说均"对我们生活的这一时期给予了进一步的评论，突出了这一时期的个性化特征，特殊面孔和非同一般命运的人物被烘托出来。例如，罗亭和巴扎洛夫"②。

（一）应景之作

在《论宗教大法官的传说》（1891）中，罗赞诺夫对屠格涅夫的创作进行了详细研究。一方面，罗赞诺夫把屠格涅夫列为果戈理的继承者，因为他们都描绘现实生活。另一方面，他们所描绘事物的本质又不同，果戈理描写"死魂灵"，而屠格涅夫则描写活的生命。"在屠格涅夫的一系列短篇小说中那些树木、田野和道路，可能是《死魂灵》中的主人公所走过的，那些县城小镇，则是自己的私人城堡所在地。但是在屠格涅夫笔下所有这一切都是活的、在呼吸和颤动、在享受和爱着。"③ 这一特点尤其体现在对大自然的描绘上。屠格涅夫喜爱大自然："他作品中的许多详尽描写，显然，钻进了他的心里，他在描绘这些风景时，尽管可能是无意识的。"④ 而在果戈理的风景描写中，"你会感受到一个从不用好奇眼光看大自然的人"⑤。

在讨论狄更斯时，罗赞诺夫把狄更斯与屠格涅夫相对比。他认为，尽管狄更斯有更多的天赋和文学技巧，但由于缺乏社会反响，其作品的意义比屠格涅夫的要小得多。罗赞诺夫还认为，屠格涅夫作品的影响有以下两点：第

① Николюкин А. Н. О писательстве и писателях ［М］. М.：Республика，1995. C. 139.

② Николюкин А. Н. Легенда о Великом инквизиторе Ф. М. Достоевского ［М］. М.：Республика，1996. C. 243.

③ Николюкин А. Н. Легенда о Великом инквизиторе Ф. М. Достоевского ［М］. М.：Республика，1996. C. 21.

④ Николюкин А. Н. Легенда о Великом инквизиторе Ф. М. Достоевского ［М］. М.：Республика，1996. C. 141.

⑤ Николюкин А. Н. Легенда о Великом инквизиторе Ф. М. Достоевского ［М］. М.：Республика，1996. C. 141.

一，在解放农奴过程中，《猎人笔记》起到了巨大作用；第二，俄罗斯妇女运动恰恰是从屠格涅夫开始的，他扩展了传统妇女的兴趣范围，让妇女学会严肃阅读，"迫使妇女思考大事件"①。之所以有如此影响，是因为屠格涅夫拥有"掌握自己周围所有美好的和善良的、精致的和高尚的事物的能力"②，"在他身上全世界和俄罗斯结为一体，变得亲近起来"③。

与果戈理和狄更斯相对比，屠格涅夫的意义无疑是正面的，但在整体上罗赞诺夫对其创作持批评态度。屠格涅夫在欧洲享有盛誉，有意味的是，于他而言，欧洲知名度后来变成了一种障碍："当他获得了欧洲声誉后，他已经没有时间再追求什么，他突然发现自己丢失了重大价值，取得的是最小成绩。"④罗赞诺夫认为，屠格涅夫的突出特征是他的创作具有某个时代的烙印，也就是说，是一种"应景之作"。在后来的文章中，罗赞诺夫对屠格涅夫创作的这种批评观点做了进一步发展。在1903年屠格涅夫逝世20周年前，他为其献上了《伊·谢·屠格涅夫（纪念屠氏逝世二十周年）》（1903）一文，其中，罗赞诺夫提到屠格涅夫与19世纪中叶的紧密联系，并在古老的老爷式俄罗斯生活方式中找到了屠格涅夫的世界观源泉。在罗赞诺夫看来，屠格涅夫的创作已与自己的时代一起成为了过去："他的塑像被放置在俄罗斯荣誉的万神殿中，明显而永恒地放置着，活人审视他的塑像，但是却不能与他的塑像交谈有关任何活的东西。"⑤在《我们学生时代的涅克拉索夫》（1908）一文中，他同样涉及这一点："现在不可能出现屠格涅夫的《父与子》现象，因为没有意义，不符合现实。"⑥

（二）语言精致，内容苍白

屠格涅夫十分喜爱纯艺术，但是屠格涅夫不顾忌自己的天性倾向，"对

---

① Николюкин А. Н. О писательстве и писателях [M]. М.：Республика，1995. C. 295.

② Николюкин А. Н. О писательстве и писателях [M]. М.：Республика，1995. C. 141.

③ Николюкин А. Н. О писательстве и писателях [M]. М.：Республика，1995. C. 140.

④ Николюкин А. Н. Легенда о Великом инквизиторе Ф. М. Достоевского [M]. М.：Республика，1996. C. 40.

⑤ Николюкин А. Н. О писательстве и писателях [M]. М.：Республика，1995. C. 138.

⑥ Николюкин А. Н. О писательстве и писателях [M]. М.：Республика，1995. C. 247.

人产生了极大的兴趣"①。罗赞诺夫称屠格涅夫是"一个空虚和软弱的人"，他的词语世界是迷人的，但是他的人物思想苍白。这些人物形象"在当时可以被理解，现在却只剩下艺术魅力了。作为鲜活的人物形象，我们喜欢他们，但是在他们身上我们没什么可思考的。"② 在罗赞诺夫看来，长篇小说《处女地》是这种反常创作的第一步。罗赞诺夫称屠格涅夫的长篇小说《处女地》是"一部无力和不清楚的作品"③。如我们所知，这部反映 70 年代的民粹派运动的长篇小说，从文学角度看是完全失败的。罗赞诺夫对屠格涅夫文学才能的总体评价是"不是很有天赋，但是非常优美"④。的确，屠格涅夫是优美的，这种优美体现在他的词语技巧当中："他的语言，除了绝对的正确和精致外，还温暖和温柔。"⑤ 罗赞诺夫又把屠格涅夫与托尔斯泰和陀思妥耶夫斯基相比较，按照他的分类，托氏和陀氏是心理艺术家，关注的不是"外在形式"，而是人的内在的宗教生活和神秘主义生活。如其所说，与托尔斯泰和陀思妥耶夫斯基的作品相比，屠格涅夫的不足之处在于："他的语言有些过于平静，令人乏味地均衡，在整个创作中缺乏生气。"⑥"屠格涅夫写了什么？这个'精致'的屠格涅夫。"⑦在罗赞诺夫看来，尽管托尔斯泰和陀思妥耶夫斯基的语言整体水准有时比屠格涅夫要差，但是他们的作品有"狂喜地紧张"的特点，这一点十分吸引读者，也正因如此，"陀思妥耶夫斯基厚厚的长篇小说现在读来比屠格涅夫的短篇小说更鲜活、更有趣。"⑧

---

① Николюкин А. Н. Легенда о Великом инквизиторе Ф. М. Достоевского ［М］. М. : Республика，1996. С. 40.

② Николюкин А. Н. Легенда о Великом инквизиторе Ф. М. Достоевского ［М］. М. : Республика，1996. С. 28.

③ Николюкин А. Н. Когда начальство ушло… ［М］. М. : Республика，1997. С. 17.

④ Николюкин А. Н. О писательстве и писателях ［М］. М. : Республика，1995. С. 140.

⑤ Николюкин А. Н. О писательстве и писателях ［М］. М. : Республика，1995. С. 139.

⑥ Николюкин А. Н. О писательстве и писателях ［М］. М. : Республика，1995. С. 139.

⑦ Николюкин А. Н. Апокалипсис нашего времени ［М］. М. : Республика，2000. С. 337.

⑧ Николюкин А. Н. О писательстве и писателях ［М］. М. : Республика，1995. С. 140.

二、爱情无果和无肉体性

罗赞诺夫对日常生活非常迷恋，正因为他喜欢日常生活中的琐事，注重日常生活的细节，所以他才被称为"庸俗的天才"，他曾说：

> 我对琐碎的东西有一种本能的崇拜。"琐碎的东西"就是我的"神灵"。我每天都要跟它们打交道，日复一日。
>
> 如果没有它们，我的面前将是一片荒漠。我害怕荒漠。①

罗赞诺夫创建了独有的"生活宗教"，他的文学批评观点皆透过生活之棱镜折射出来。罗赞诺夫认为性是人生活及生命中极为重要的一部分，生命的至福在于性。他认为，性是爱情、婚姻、家庭的基础，他的家庭是自己生命中的一座圣殿，是作为一种信仰的家庭。他指责基督教不接受家庭，禁欲，无性受孕（指圣母玛利亚由圣灵受孕生下耶稣）。于是，他关注到屠格涅夫的作品中很少有"日常生活、人们之间的成熟联系"，认为屠格涅夫作品所体现的是"无果"和"无肉体性"的爱情，也正因此他诠释了屠格涅夫身上所体现的基督教"无性"精神。

（一）无果的爱情

罗赞诺夫认为，爱情主题在屠格涅夫的创作中最有意义。可以说，他"没有另一个主题，除了爱情，他的全部主题就是爱情之歌"②。屠格涅夫喜欢描写爱情，尤其是富有浪漫色彩的爱情，但是在他的创作中，爱情经常夭折，男女主人公不会因爱结婚，建立家庭。"在屠格涅夫的短篇小说和中篇小说中，我们进入了富有俄罗斯色彩的某种骑士理想主义的世界中。"③ 屠格涅夫《贵族之家》中的拉夫列茨基和丽莎是"爱情专一的理想人物"，但是因种种原因有情人未能终成眷属，他们并未结合成立自己的家庭。屠格涅

---

① ［俄］洛扎诺夫．落叶集［M］．郑体武，译．昆明：云南人民出版社，1998：264.

② Николюкин А. Н. О писательстве и писателях［M］. М.：Республика，1995. C. 541.

③ Николюкин А. Н. О писательстве и писателях［M］. М.：Республика，1995. C. 144.

夫所描写的女性常常为了爱奋不顾身（阿霞、克拉拉、薇拉、娜塔丽娅、杰玛、季娜伊达），却往往经不起爱情的一丝风吹草动，脆弱地放弃爱情。男女主人公一旦"交火"，爱情随即死亡；爱情一旦进入其归途——婚姻，爱连同美本身便会灰飞烟灭。

对罗赞诺夫而言，作家生活与创作是紧密关联的。因此，罗赞诺夫在屠格涅夫的经历中找到了他对爱情那种态度的原因。屠格涅夫和波利娜·维亚尔多①之间没有结成正果的精神爱情，这对屠格涅夫的文学创作产生了强烈的影响。一如鲍罗维茨卡娅在其《人尽曲终——屠格涅夫传》（1992）这部屠格涅夫传记力作中所说：

> 维亚尔多并非人们想象的美貌脱俗，她的艺术生命极为短暂，只是凭借了屠格涅夫她才闻名至今。她的长相远谈不上漂亮，且工于心计，俗气，她对屠格涅夫与其说是出于爱情，倒不如说是出于个人得失的考虑，这一切的一切给屠格涅夫苦苦追求的爱情罩上神秘悲楚的光晕。屠格涅夫是俄罗斯走向欧洲文坛的第一人，其间离不开维亚尔多丈夫的周旋，甚至屠格涅夫与维亚尔多间的红线由他牵起；屠格涅夫与列夫·托尔斯泰的决斗，并非因为文学纷争和思想分歧，而是在托尔斯泰看来屠格涅夫搅乱了他妹妹宁静的生活。屠格涅夫一生屡涉爱河，但终扬不起一叶生活的劲帆，无力地徘徊在别人的港湾边，痛任青春流逝，了度残生。②

在《维亚尔多和屠格涅夫》（1910）和《谜一般的爱情（维亚尔多和屠格涅夫）》（1911）中，罗赞诺夫对两位伟大人物关系的实质也给出了自己的阐释。他认为，这场爱情是没有回应的，只有屠格涅夫是真正地爱过，"整个故事没有为自身获得如此的光环，如此的声望……假设这是一场双方

---

① Pauline Viardot，西班牙人，法国著名歌唱家，丈夫路易·维亚尔多是巴黎意大利歌剧院经理，屠格涅夫与她相恋 40 年，从 25 岁到生命结束，但始终未走入婚姻结为夫妻。

② 王立业.今日俄国屠格涅夫研究概观［J］.俄罗斯文艺，1998（2）：25.

都幸福的爱情"①。同时，他还指出这种爱情的静态性："这种爱情在自身中没有'进展'，没有运动，而只有原地不动。"②恰恰因此，这种爱情永远年轻，甚至在屠格涅夫死后也并未消失。"他老了、死去了，但是却像在 25 岁热恋时死去的。"③在《这里有某种秘密》（1904）一文中，罗赞诺夫提及屠格涅夫善于"热烈地、忘我地、理想地、像年轻小伙子一样去爱"④。

（二）无肉体性的爱情

罗赞诺夫对爱情有自己独特的认识，对他而言，爱情是一种伟大的、神圣的、"富有创造力的、有刺激作用的情感"⑤。在《曾经著名的一部长篇小说》（1905）一文中，罗赞诺夫把屠格涅夫与托尔斯泰做对比，"托尔斯泰笔下的爱情是破碎的、谄媚的、胆小的、被玷污的和令人厌恶的"⑥。而屠格涅夫的"爱情像是'一种尽人皆知的感受'，像是冉冉升起和坠落的星星，像是盛开和凋落的花朵"⑦。罗赞诺夫以屠格涅夫和维亚尔多的爱情关系为例，试图弄清楚爱情的实质。在他看来，爱情是身体的奥秘，"充满生机的身体在爱情的秘密中被开启，当身体进入'繁盛时期'爱情会降临，当身体衰老时爱情会离去。"⑧ 罗赞诺夫对屠格涅夫和维亚尔多的爱情给出了两种解释。第一，他们生理特点有差异。他们之间存在"血液方面的差异"。"在她的身上是稠密的、暗色的血块，而屠格涅夫的血是浅色的、稀薄的、浓度小的……就是这种血液反差点燃了久久地、痛苦地燃烧的火焰。"⑨ 第二种说法是，屠格涅夫把维亚尔多的肉体形象视为上帝的化身。这种"修道士般的

---

① Николюкин А. Н. О писательстве и писателях［M］. М.：Республика，1995. С. 437.
② Николюкин А. Н. О писательстве и писателях［M］. М.：Республика，1995. С. 437.
③ Николюкин А. Н. О писательстве и писателях［M］. М.：Республика，1995. С. 540.
④ Николюкин А. Н. Во дворе язычников［M］. М.：Республика，1999. С. 309.
⑤ Николюкин А. Н. О писательстве и писателях［M］. М.：Республика，1995. С. 296.
⑥ Николюкин А. Н. О писательстве и писателях［M］. М.：Республика，1995. С. 191.
⑦ Николюкин А. Н. О писательстве и писателях［M］. М.：Республика，1995. С. 191.
⑧ Николюкин А. Н. О писательстве и писателях［M］. М.：Республика，1995. С. 441.
⑨ Николюкин А. Н. О писательстве и писателях［M］. М.：Республика，1995. С. 544.

爱情，禁欲主义的爱情，自我排斥的爱情，自我否定的爱情"①的特征是"无肉体性"。这就是为什么屠格涅夫笔下的女性形象那么不讨人喜欢的原因，他笔下飘缈似仙的女性无论如何是与肉欲绝缘的，他作品中的妇女和姑娘仿佛都不能生孩子，也不能哺乳。用罗赞诺夫的话来说就是，"屠格涅夫不敢实现自己的情欲"②，更准确地说，他不是不敢，而是他不想"实现自己的情欲"，因为屠格涅夫在基督教中看到一种崇高的非肉体的东西。在《论屠格涅夫纪念像》（1908）一文中，罗赞诺夫又把屠格涅夫的创作和"不成熟的文学小辈阿尔志跋绥夫和卡缅斯基③"做对比④。如其所言，萨宁是"一匹马"⑤，自由不羁，拈花惹草，性欲强烈。恰恰是在这种对待"生育元素"的态度中，罗赞诺夫在屠格涅夫身上找到了基督教的"无性"精神。正如罗赞诺夫所说："基督教是一种精神，甚至几乎是一门特殊的、个性的生理学，是终止在'未婚夫妻的关系'上，根本不会过渡到夫妻生活的生理学。"⑥

结束语

如上所述，罗赞诺夫建构了自己的文学等级谱系，在他看来，"心理艺术家"的地位高于"观察艺术家"，他从一开始就确定屠格涅夫是一位"观察艺术家"。他把屠格涅夫与果戈理相比较，认为屠格涅夫是俄罗斯的风景大师，所描绘的大自然栩栩如生，而果戈理的风景描写呈僵死之状。他又将屠格涅夫与狄更斯相比，指出屠格涅夫的社会影响要大得多，他不仅促进了俄国农奴解放运动，还倡导了俄国妇女解放运动。后来又指出屠格涅夫的作品是当时时代的应景之作，很快会过时，失去意义。屠格涅夫是一位出色的文体家，语言达到了罕见的精致完美，但其作品与托尔斯泰和陀思妥耶夫斯

---

① Николюкин А. Н. О писательстве и писателях [M]. М.: Республика, 1995. С. 440.

② Голубкова А. А. Критерии оценки в литературной критике В. В. Розанова [D]. М., 2005. С. 161.

③ 卡缅斯基，1884—1961，苏联俄罗斯诗人。

④ Николюкин А. Н. О писательстве и писателях [M]. М.: Республика, 1995. С. 294.

⑤ Николюкин А. Н. О писательстве и писателях [M]. М.: Республика, 1995. С. 294.

⑥ Николюкин А. Н. О писательстве и писателях [M]. М.: Республика, 1995. С. 545.

基这两位"心理艺术家"相比，缺乏思想深度，只是被赋予精致的语言外壳。罗赞诺夫对屠格涅夫作品的优点与不足的评论观点与文学史教材中对屠格涅夫的评论有相符又有相悖之处，我们应该立足当下对其重新审视，合理吸纳。罗赞诺夫从其宗教哲学的立场出发，认为屠格涅夫作品中男女主人公的爱情通常是无果和无肉体性的，他从屠格涅夫这种"玻璃式的爱"① 中找到了其身上的基督教"无性"精神。对此，极少有批评家提到，这是罗赞诺夫的独创新论，值得深入探析。由此可见，罗赞诺夫对屠格涅夫的评论观点实际上一直没有改变，这一点与他对其他作家的批评观点有所不同，例如，罗赞诺夫对莱蒙托夫或者果戈理的创作评论观点经常前后矛盾。另外，虽然罗赞诺夫将屠格涅夫与其他作家相比较，肯定了屠氏创作的正面意义，但在整体上罗赞诺夫对屠格涅夫的创作持批评态度。上述罗赞诺夫的评论观点拓宽了我们的屠格涅夫研究视野，深化了我们对屠格涅夫的认识和理解，对屠格涅夫学的全面发展是一种有益的补充。

第五节 论赫尔岑

长期以来，我们习惯于以单一思维看待赫尔岑的生平与创作、文学观、哲学观、政治、社会历史观，而经典的意义正在于常读常新，在俄国思想史上赫尔岑并不是一位能被简单界说的人物，其人其文其思有无数的宝藏可供挖掘。本节通过梳理罗赞诺夫对赫尔岑的评论文章，归纳总结出罗赞诺夫对赫尔岑的一种赞成与反对二律背反性的评价，并对此做出自己的价值判断。在文坛全盘肯定赫尔岑的历史语境背景下，罗赞诺夫独树一帜，冒天下之大不韪，以非传统的批判眼光对赫尔岑做出更多真正意义上的全新批评话语。这是经典与奇葩的博弈，传统与非传统的对峙，颇有讨论价值和启发意义。两位巨臂会碰撞出何种炫目、灿烂的火花，主流与非主流孰是、孰非，这些问题着实让人期待。

---

① 刘光耀，杨慧林. 神学美学（第4辑）［C］. 上海：上海三联书店，2011：66.

一、肯定与否定的悖论变奏

（一）创作评价：非凡的文学家 VS 敲钟的"老爷"

一方面，罗赞诺夫将赫尔岑列为仅次于普希金、莱蒙托夫、果戈理、屠格涅夫、托尔斯泰、陀思妥耶夫斯基的俄国文学大师，与其并肩的还有卡拉姆津、茹科夫斯基、冯维辛、格里鲍耶托夫、奥斯特洛夫斯基、列斯科夫、别林斯基，高于康杰米尔、杰尔查文、巴丘什科夫、杜勃罗留波夫这些罗赞诺夫所认为的作家。罗赞诺夫认为，赫尔岑在出国前和出国后的最初时期还能创作"美好的文学"，写出了《一个青年人的札记》（1840—1841）、《谁之罪》（1841—1846）、《克鲁波夫医生》（1847）和《偷东西的喜鹊》（1848）等具有深刻洞察力的优秀作品，在群星闪耀的 19 世纪俄国文坛留下了浓重的一笔。1833 年，赫尔岑莫斯科大学毕业后以莫须有的种种罪名屡遭迫害，先后在彼尔姆、维亚特卡、弗拉基米尔和诺夫哥罗德等地被流放近十年（1833—1842）。1842 年重返莫斯科，这期间（1842—1847）基于流放时的丰富生活积累，创作出大量哲学、政治、文学作品，尤其在文学讲坛上发出自己心灵的呼唤。但另一方面，罗赞诺夫指出，在各种运动蓬勃发展的 19 世纪 60 年代，"赫尔岑却不善于从事任何一种活动，甚至不善于从事文学方面的活动。手握笔杆的赫尔岑无法使自己适合其中任何一种活动"①。在罗赞诺夫看来，这是因为作家不能离开故土，这样的创作方式对赫尔岑的命运产生了悲剧性影响。从 1947 年赫尔岑开始长达二十余年的侨民生涯，先后游历法国巴黎和尼斯、英国伦敦、瑞士日内瓦。赫尔岑长时间侨居国外与俄罗斯的现实生活严重脱节。远离祖国、脱离人民，使他并不能亲身感受到俄国人民的疾苦，无法创作出时代所需的先进作品。在《赫尔岑》一文中，罗赞诺夫指出："他是一位令人惊叹不已的、了不起的文学家，无人能与之媲美。但他却不是一个生活中的人，他身上的一切都越出了这个无法丈量的概念这

---

① Розанов В. В. Герцен［M］// Николюкин А. Н. О писательстве и писателях М.：Республика，1995. С. . 526

一范畴。"① "他甚至使自己摆脱了在苦涩真理中的'人'的概念，没有亲自用自己的双手耕过一垄地。"②赫尔岑从未在土地上辛勤地劳作，没有考察过伦敦的监狱，没有深入民巷，自始至终是一个令人生厌的"老爷"。而在这一点上，托尔斯泰做得比赫尔岑好得多。托尔斯泰贵为公爵，身为庄园主，却经常亲自下田耕种务农。"我一直自豪地认为，'civis rossicus sum'（拉丁语：我是个罗马公民）。我家的餐桌旁坐着十个人，还要加仆人。人人都靠我的劳动吃饭，人人都在我的辛苦边找到了自己在世界上的位置。civis roma-nus（拉丁语：罗马公民）全然不是'赫尔岑'，而是'罗赞诺夫'。赫尔岑可是'悠哉游哉'……"③ "他绝对没有'亲手触摸'任何东西，而一切都出于他的杜撰！！"④ "在这些话里没有具体的内容、没有明显的物质上可以触摸的东西……是没有内容的纯粹文学，没有任何内涵……这是夜莺在闭着眼睛歌唱，勉强以'轻盈的手指'触碰主题。"⑤ 罗赞诺夫还指出，在赫尔岑的文章中没有一个实例，"一切都是图解，一切都是思想，到处都是激情，到处都是钟声。这样一种音乐归根结底使人厌恶。赫尔岑令人叹服赞美，但是这种赞美的特质只有一个星期。一年之后他变得令人无法忍受"⑥。

（二）思想评价：尼古拉时代的思想家 VS 亚历山大时代的空谈家

一方面，罗赞诺夫认为，赫尔岑为 19 世纪 60 年代社会思潮的高涨做了准备。赫尔岑是 19 世纪前半叶后期最大的革命家，在俄国思想史上占有重要地位。他创作于 19 世纪 40 年代的"美好文学"向落后的农奴制发出了振

---

① РозановВ. В. Герцен［M］// Николюкин А. Н. О писательстве и писателях М.：Республика，1995. С. . 524

② РозановВ. В. Герцен［M］// Николюкин А. Н. О писательстве и писателях М.：Республика，1995. С. . 525

③ ［俄］洛扎诺夫. 隐居及其他：洛扎诺夫随想录［M］. 郑体武，译. 上海：上海远东出版社，1997：2.

④ РозановВ. В. Герцен［M］// Николюкин А. Н. О писательстве и писателях М.：Республика，1995. С. 525.

⑤ РозановВ. В. Герцен［M］// Николюкин А. Н. О писательстве и писателях М.：Республика，1995. С. 527.

⑥ РозановВ. В. Герцен［M］// Николюкин А. Н. О писательстве и писателях М.：Республика，1995. С. 528.

聋发聩的质问。在流亡期间，赫尔岑于伦敦创建"自由俄国印刷所"（1853年），创办辑刊《北极星》（1855—1869，共八册），又与挚友奥加辽夫（Н. П. Огарёв，1813—1877）发行周报《警钟》（1857—1867），这一切都对俄国革命运动发挥了一定的催生作用。因此，列宁在《纪念赫尔岑》一文中称赞道："赫尔岑在国外创办了自由的俄文刊物，这是他的伟大功绩。……奴隶般的沉默被打破了。"① 而另一方面，罗赞诺夫强调，"在赫尔岑身上，俄国革命产生了也死掉了"②。因为赫尔岑是"四十年代的人"，在尼古拉统治时期他是一个持不同政见者，但他仍不失为尼古拉统治时期的人，但到了五六十年代，他已明显过时、老朽了，落后于 60 年代的"新人"。按罗赞诺夫的定义，赫尔岑是语言领域里语言自足的最后一个莫希干人。赫尔岑对自己的政论十分满意，然而在解放农奴、地方自治和实行新的法庭制度的时代，他已然是个"极端保守分子"："所有这些是已经老朽不堪的亚历山大·伊万诺维奇的胡说八道。让这些都见鬼去吧！……太枯燥乏味了！这些言论……没有一点水分、也没有一点湿气、没有沼泽、没有草墩。"③ 简直是思想荒芜的惊世喟叹。罗赞诺夫主要指责的是，赫尔岑滔滔不绝地说漂亮话却不干实事。在 19 世纪 60 年代，俄国各种活动蓬勃发展起来，赫尔岑却把整整一条空话组成的河流引入俄国，空话如银河般向俄国倾泻，他以为这就是"政治"，这就是"历史"。"赫尔岑是政治空话连篇的奠基人，开政治空话的先河者。"④ 罗赞诺夫写道："只是在尼古拉时代荒芜的苍穹上赫尔岑才能那样辉煌壮丽。在这个时代人们写过许多诗，但是也有过很多宪兵，没有任何散文，没有任何思想。就在这个时候，伴随着他那些好像泉水般喷出的理念和非常睿智的散文，赫尔岑翱翔在天空中。"⑤ 但这是"思想的市场"，却

---

① 于宪宗. 俄罗斯文学史（古代——十九世纪四十年代）［M］. 西安：陕西人民出版社，1995：506.

② Николюкин А. Н. Уединенное ［M］. М.：Политиздат，1990. С. 334.

③ Розанов В. В. Герцен ［M］// Николюкин А. Н. О писательстве и писателях М.：Республика，1995. С. 528.

④ Николюкин А. Н. Уединенное ［M］. М.：Политиздат，1990. С. 276.

⑤ Розанов В. В. Герцен ［M］// Николюкин А. Н. О писательстве и писателях М.：Республика，1995. С. 529.

没有一个"刻骨铭心、抓得住人的深刻思想"。罗赞诺夫就写了赫尔岑几行文字，后来收入《落叶》中。"一个人就组成了一个市场，这就是赫尔岑。由此写了好多东西，但是没有读者对赫尔岑任何一页深思冥想（他写得肤浅），姑娘不会哭。不会哭、不会留下深刻印象、不会叹息，很贫乏，赫尔岑既是富人也是穷人，没有丰富广阔的思想。"① 同时，罗赞诺夫把赫尔岑比作是一把向木桩射击的"手枪"，他到处开枪，对什么都不欣赏，并不具有从事政治宣传的能力，他不是一个政治上的斗士，也不是一位政治人物，而是没有核心支点的、大杂烩式的"肤浅之人"，基于此，在 40 年代获得短暂成功之后，他便从"最初的成功者"沦落为"最终的多余人"。

（三）个人评价：富翁 VS 穷人

一方面，罗赞诺夫认同赫尔岑很有教养、有才华、有天赋、活跃、机敏、天资秀出。赫尔岑出身于莫斯科的豪门望族，虽然是私生子，却并未因此而遭受冷落。他接受了正规的贵族教育，受过系统的欧式教育，深入研究黑格尔哲学，具有欧洲头脑，父亲死后又为其留下了一份可观的遗产，也就从来没有挨过饿。"赫尔岑没有工作过，只是个富有的、有才华的人"②，罗赞诺夫如是说。另一方面，罗赞诺夫认为，赫尔岑虽然物质上富有，有极大的天赋，但因缺乏爱心、恻隐之心，实际上赫尔岑又是一个精神上的穷人，缺乏真正的、永恒的才华。罗赞诺夫说道："在你（赫尔岑）身上没有永恒之物。爱是永恒的，但你没有。"③在法国尼斯期间，赫尔岑家庭出现了第三者，赫尔岑的妻子娜塔丽雅·亚历山大罗夫娜与德国流亡革命家海尔维格（1817—1875）有染，关系十分暧昧，以致引发了极大的家庭情感危机。与此同时，赫尔岑家里又发生了一件不幸的事，赫尔岑的母亲带着他的儿子从巴黎走海路到尼斯途中，轮船与另一艘客轮相撞，祖孙俩落海遇难。罗赞诺夫因为崇拜家庭，所以不可能接受赫尔岑这个人，他痛骂赫尔岑道："母亲和儿子淹死了，心里一点也不悲伤。一个人遇到这种事是会发疯的，心情简

① Николюкин А. Н. Уединенное［М］. М. : Политиздат, 1990. C. 211.

② Николюкин А. Н. Сахарна［М］. М. : Республика, 1998. C. 205.

③ Николюкин А. Н. Сахарна［М］. М. : Республика, 1998. C. 256.

直糟糕透顶。赫尔岑只不过是给法国空想社会主义者浦鲁东写了一封‘悲惨的信’。"①此外，在《孤独》一书中，赫尔岑不帮助经济上拮据的朋友也使罗赞诺夫颇有微词。罗赞诺夫写道："我读了格·乌斯宾斯基痛苦的、恐怖的生活，1700卢布的债务让他喘不过气来。放高利贷的女人紧随其后，无论在莫斯科还是彼得堡都不让他安宁。格·乌斯宾斯基曾是涅克拉索夫与米哈伊洛夫斯基的朋友。他们显然不只是尊重，而且喜欢他（米哈伊洛夫斯基在信中说过）。但是当时为什么他们不帮助乌斯宾斯基呢？有一个很难猜的原因吗？就像百万富翁赫尔岑不帮助别林斯基一样。"②相较于杜勃罗留波夫而言，赫尔岑也是略逊一筹的，因为他没有对于亲爱的一切，按照亲人的方式做出反应。虽然作为评论家的杜勃罗留波夫只写过一首诗，但这首诗表达了对祖国的忠贞与敬爱，整个俄罗斯都出现在这首诗中，整个俄罗斯都在杜勃罗留波夫的面前，而在《赫尔岑全集》中，就连那样的八行诗都没有。杜勃罗留波夫和基列耶夫斯基比赫尔岑贫，但在另一个非常重要的方面，即对祖国土地的爱，对乡村歌曲、乡村大门的爱，他们又无可比拟地比赫尔岑更有才华，他们都是与人民血脉相通的。同时，罗赞诺夫强烈谴责赫尔岑的不谦虚。对罗赞诺夫而言，判断作家的个性特点永远最有决定意义。"说实话，在文学中我最敌视的正是在人身上我最反感的自满自足。我就像上校斯卡罗祖勃一样，在同等程度上反对自满自大的赫尔岑。"③ 正因如此，罗赞诺夫推崇基列耶夫斯基和杜勃罗留波夫，在他看来，车尔尼雪夫斯基与杜勃罗留波夫给整个俄罗斯社会输入了钢铁般的硬度，而赫尔岑只是软铁。在罗赞诺夫心里，"沉默使太阳发光，沉默孕育果实，沉默供养根基……越沉默成绩就会越多"④。所以，他欣赏的是像基列耶夫斯基这样的"俄罗斯孤独的思想家"，而不是像赫尔岑那样极尽释放自己，如暴风雨般夸夸其谈，吹吹嘘嘘，他甚至主张"把赫尔岑从文学中驱赶出去，不是他这个人，而是他的吹

---

① Николюкин А. Н. Уединенное [М]. М. : Политиздат, 1990. С. 120.

② Николюкин А. Н. Уединенное [М]. М. : Политиздат, 1990. С. 45.

③ Николюкин А. Н. Уединенное [М]. М. : Политиздат, 1990. С. 144.

④ Розанов В. В. И. В. Киреевский и Герцен [М] // Николюкин А. Н. Легенда о Великом инквизиторе Ф. М. Достоевского М. : Республика, 1996. С. 562.

牛、自恋、罪孽"①。"你就在日内瓦过你的好日子吧，俄罗斯没你的位置，俄罗斯根本不需要你。"②

二、罗赞诺夫对赫尔岑的双重评价探因

罗赞诺夫"是"与"非"的二律背反式评价，激发了俄罗斯思想和俄罗斯文学中的许多亮点，他对赫尔岑的矛盾态度，对赫尔岑进行多维度的思考，为我们重新全方位审视赫尔岑提供了全新的视角。罗赞诺夫为我们呈现出"两幅面孔"的赫尔岑：在创作方面，赫尔岑既是非凡的文学家，同时也是敲钟的"老爷"；在思想评价方面，赫尔岑既是尼古拉时代的思想家，同时也是亚历山大时代的空谈家；在个人评价方面，赫尔岑既是富翁，同时也是穷人。这种悖论评价揭示了人们长期忽视、视而不见的一面，揭去枯燥的概念化的标签，也前所未有地完成了对赫尔岑的去神圣化、脱冕、降格、揶揄以及重估，凸显了赫尔岑形象的复杂性，对赫尔岑研究起到十分有益的启示作用。罗赞诺夫在认同赫尔岑的同时，也表现了自己大胆的平视态度，不顾任何禁忌地道出自己想说的任何观点，敢于批判这位神圣化、理想化之人的精神可贵、可敬，可以说是一种狂欢化的批评态度。但与此同时，我们还应该认识到，在评论赫尔岑时，罗赞诺夫也存在着一定的主观倾向以及认识的历史局限性和误区，例如，因受同时代思想家梅列日科夫斯基主观批评以及现代派批评的颠覆与反拨总体倾向的影响，罗赞诺夫对赫尔岑的评论过于严厉，有些揶揄评论也是不完全公平的、不十分客观的"是其所是，非其所非"。因此，我们应当辩证地吸纳其中的合理性成分，立足当下，做出自己的价值判断。

---

① Николюкин А. Н. Сахарна [M]. М.：Республика, 1998. C. 256.
② Николюкин А. Н. Сахарна [M]. М.：Республика, 1998. C. 256.

本章小结

本章考察罗赞诺夫文学批评的实践，包括罗赞诺夫对普希金、果戈理、莱蒙托夫、屠格涅夫、赫尔岑令人耳目一新的个性解读。罗赞诺夫认为普希金是多变的；对果戈理的品评呈现出幻想家和现实主义者的对峙与混合；认为莱蒙托夫是俄罗斯文学的诗人典范；屠格涅夫的创作特点是语言精致、内容苍白、爱情无果；赫尔岑是矛盾的。

第三章

罗赞诺夫文学批评的体裁

罗赞诺夫是一位语言大师，是独特新体裁的创造者，同时，他还是一位天才的文学批评家，以观点大胆、独特的文学批评而吸引众人的眼球，甚至常常让读者感到气恼和吃惊，例如，在《新时代》报中将文学、教育、哲学类文章与极不体面的描写女性大腿的杂文并排刊载。

罗赞诺夫文学批评的主题多样，有关于作家、诗人、哲学家、学者的文章，对已出书籍的评论文章，对俄罗斯文化生活的述评文章，还有回忆友人的文章。罗赞诺夫批评随笔的体裁形式多样，他不仅仅使用某一种批评体裁，而且在同一文学批评文本内使用不同体裁。

罗赞诺夫的第一本书《论理解：对作为一种完整知识的科学之本质、界线和内部结构的研究》（1886）表达了对"理解"范畴的强烈关注。然而这本书并没有获得成功，因为人们普遍认为这本书内容枯燥、语言晦涩，这对于一个刚刚形成自己个性风格标准的人来说，无疑是一个严重打击。由此，罗赞诺夫发生了巨大改变，从哲学体裁转向了文学体裁。斯特拉霍夫建议初出茅庐的罗赞诺夫写"豆腐块"文章："你思想旺盛、叙述轻松，这不应该是什么难事，可以把长文章改写成短文章，但反过来却不行。问题在于，总是可以刊载短文章，而长文章就比较困难。如果您想靠写作赚钱，那么这对您来说是一个重要的建议。"①罗赞诺夫非常尊重自己的老师，但并没有遵从

① Евграфов Г. Р. Литературные изгнанники: Воспоминания. Письма. ［M］. М.：Аграф, 2000. С. 108.

老师的意见，在后来的《文学流亡者》（1913）一书中，他刊载了斯特拉霍夫给自己的信，并做了注释，他写道："建议很好，但难以完成。……我无法创作!! 地方太小了!! 精神无法呼吸。……越长，越容易呼吸。……短的话，憋得慌，呼吸困难。"① 之后，罗赞诺夫相继创作了《论宗教大法官的传说》（1891）、《历史的美学理解》（1892）、《教育的昏暗》（1893）等长篇论著，从中可见斯特拉霍夫所给出的意见并没有被付诸实践，他还是坚持了自己的"精神呼吸"。他对斯特拉霍夫所给出的"由长的可以改写成短的"这一建议做出了如下回应："不不不……完全不是那么回事!"②

罗赞诺夫决定改头换面。1888 至 1889 年，他与彼尔沃夫③一同翻译了亚里士多德的《形而上学》，随后，他满含愤怒地回忆到，俄罗斯有修养的社会并未给予他在哲学领域的努力与探索以任何关注。当时的情况是，没有一个人读普希金，对经典作家、作品一点也不感兴趣，人们更喜欢读轻松读物，唯有罗赞诺夫对此发出警告，强烈反对拜金主义、不道德的、唯利是图的大众文化，在《转瞬即逝》中他激愤而痛心地写道："下流的俄罗斯社会在折磨俄罗斯。"④

从 19 世纪 90 年代起，罗赞诺夫以文学批评家和政论家的身份出现，这是他积极寻求越来越新的体裁形式的形成阶段。1891 年，《俄罗斯通讯》报发表了罗赞诺夫的《论宗教大法官的传说》，这是继《论理解》失败后他发表的首部文学批评作品，尼科留金、费佳宁、梅德维杰夫等研究者都对这部作品的体裁问题进行过分析。比如，尼科留金认为，"这部作品与其说是文学批评，不如说是对人的哲学思考。"⑤费佳宁确定，"《论宗教大法官的传说》是一部综合性的论著，因为实际上除了形而上学的问题和对《卡拉马佐

---

① Евграфов Г. Р. Литературные изгнанники：Воспоминания. Письма. ［М］. М.：Аграф，2000. С. 108.

② Евграфов Г. Р. Литературные изгнанники：Воспоминания. Письма. ［М］. М.：Аграф，2000. С. 108.

③ Первов Павел Дмитриевич，1860—1929，叶列茨中学的老师，俄罗斯翻译家。

④ Николюкин А. Н. Когда начальство ушло… ［М］. М.：Республика，1997. С. 513.

⑤ Николюкин А. Н. В. В. Розанов—литературный критик ［М］// Мысли о литературе М.：Современник，1989. С. 20.

夫兄弟》两章的具体分析以外，这本书还触及许多类似的主题……"①梅德维杰夫在其副博士论文《瓦·瓦·罗赞诺夫关于陀思妥耶夫斯基和托尔斯泰的随笔（理解问题）》（Медведев А. А. Эссе В. В. Розанова о Ф. М. Достоевском и Л. Н. Толстом（Проблема понимания））中着重分析了罗赞诺夫对陀思妥耶夫斯基和托尔斯泰创作的看法，最终得出结论："罗赞诺夫的形式是随笔式的，这是在与他者对话中个性的自我描写，独特开采真理的一种形式。"②的确，"对话体裁"成了罗赞诺夫艺术创作的主要形式之一，叙述的对话性渗透进罗赞诺夫的批评杂文、三部曲，以及发表在报刊上的所有作品中。可以说，《论宗教大法官的传说》是罗赞诺夫开掘独有体裁之路的第一步。

　　1899 年，罗赞诺夫成为俄罗斯著名的《新时代》报的编制内工作人员，这成为他开展文学批评活动的重要路标。罗赞诺夫的同时代人——白银时代著名代表格里弗佐夫写道："罗赞诺夫是一个理想的报纸工作者，这是一种不可替代的报纸风格。在清楚地捕捉住琐事与细节的同时，有抽象尖锐的思想和复杂的概括总结。"③此外，罗赞诺夫将 19 世纪 90 年代已经发表的文章汇编成集：《教育的昏暗》（1893）《文学随笔》（1899）《宗教与文化》（1899），这些文集反映了罗赞诺夫的文学、教育、哲学观，也成为罗赞诺夫初期文学批评的阶段性总结。

　　在罗赞诺夫的文章中，可以看到批评体裁的全部表现手法：常常变为科学研究文章的问题型体裁，对新书和文化生活事件的评论体裁，常常带有印象式手法的文学肖像体裁，还有从别林斯基那时起就获得普及的述评体裁和书信体裁。

---

① Федякин С. Р. Комментарии［M］// Николюкин А. Н. Легенда о Великом инквизиторе Ф. М. Достоевского М.：Республика，1996. C. 639.

② Медведев А. А. Эссе В. В. Розанова о Ф. М. Достоевском и Л. Н. Толстом（проблема понимания）.［D］. М.，1997. C. 200.

③ Грифцов Б. А. Три мыслителя. В. Розанов, Д. Мережковский, Л. Шестов［M］. М.：В. М. Саблин, 1911. C. 11−12.

第一节 问题型体裁

罗赞诺夫常常处于社会政治和文学事件的中心，对当今社会所面临的问题给予积极回应，因此他关注问题型体裁并非偶然。问题型体裁的特征是试图解决当前所面临的社会、经济、宗教、文化等问题。耶格罗夫（Б. Ф. Егоров）指出："在批评实践中，大概，不可能有纯粹的那种体裁。……很难找到一篇从一开始就只是连续的事实描写，而之后只是对问题的总结这种文章。"[1]《文学随笔》文集中的《为什么我们拒绝 60—70 年代的遗产？》（1891—1892）《60 至 70 年代遗产的主要缺陷是什么？》（1891—1892）《欧洲文化和我们对待欧洲文化的态度》（1891—1892）及《宗教与文化》文集中的《关于象征主义者和颓废主义者》，以上文章正是这种问题型体裁的典型例子。

罗赞诺夫是能够最先看到俄罗斯知识分子内部发生新变化的人，比如，《为什么我们拒绝 60—70 年代的遗产？》这篇文章中讲的正是这一点，比《路标》文集的作者们还要早 20 年。在 19 至 20 世纪之交，许多人处于十字路口，对此罗赞诺夫说道："事实上，由'60 年代人'抚育长大的孩子们拒绝自己父辈的遗产，拒绝与他们团结一致，而去寻求某种新的生活道路，另一个'真理'，相对于他们长久习惯了的那个真理而言……"[2]这句话里包含着俄罗斯民族性格的一个准则：追求真理，并期望获得真理。

在《60 至 70 年代遗产的主要缺陷是什么？》这篇文章中，罗赞诺夫对"60 至 70 年代遗产的主要缺陷是什么"这一问题的回答是："可怕的思想贫乏，没有任何思考，这就是历史上最可怜，而且无天赋的这一辈人身上最让我们吃惊的地方。"[3] 人与自然性被简化的公式所替代。革命民主知识分子

---

[1] Егоров П. А. В. В. Розанов – литературный критик: проблематика, жанровое своеобразие, стиль. [D]. М., 2002. С. 81.

[2] Николюкин А. Н. Легенда о Великом инквизиторе Ф. М. Достоевского [M]. М.: Республика, 1996. С. 159.

[3] Николюкин А. Н. Легенда о Великом инквизиторе Ф. М. Достоевского [M]. М.: Республика, 1996. С. 175.

活动家们认为，恰恰是他们，也只有他们，再无他人能够理解历史的意义。"对于应该抱怨自己，同时也应该埋怨他人的这一代人来说，诗歌、宗教和道德世界变得让人无法理解，总是封闭的。"①

在《欧洲文化和我们对欧洲文化的态度》一文中，罗赞诺夫触及了俄罗斯发展历史道路的选择问题，这个问题后来成为西欧主义者和斯拉夫主义者之间争论的焦点。在文中，罗赞诺夫为斯拉夫主义者辩护，并且对文学和哲学中的革命民粹派和西欧派的活动给予了尖锐评价。他这样写道："确实，斯拉夫主义者以天赋的力量和多样、思想的丰富和复杂、对欧洲的尊重、对祖国的强烈热爱，鲜明地看到我们社会的黑暗。纵使西欧派人数再多，早晚西欧主义者不得不屈服于这些被拣选的天性。"② 也就是说，斯拉夫派作为一个思想流派比西欧派更加富有生命力，这是因为斯拉夫派有继承人，其中包括别具一格的哲学家丹尼列夫斯基③和列昂季耶夫④，他们勇敢地指出欧洲文明不合理的一面，同时，又折服于欧洲文明的精神价值。以这些思想为基础罗赞诺夫得出了一个结论，"我们对欧洲的真正尊崇恰恰表现在把欧洲的无价之宝（经典文学、艺术和哲学杰作）送给了自己，并以欧洲的无价之宝为基础，培养和发展自己，逐渐成为历史上当之无愧的继承人。"⑤

被收入《宗教与文化》文集当中的《论象征主义者和颓废主义者》这篇文章讲述了艺术中的新现象，而这种新现象在 20 世纪初引起了非常多的争论。当时，罗赞诺夫进入了颓废派的圈子，并成为文学家与艺术者聚会的组织者，在其住所中举行的"星期天"聚会氛围轻松，聚集了彼得堡的上流社会知识分子，影响很大。作家安德烈·别雷曾回忆道，他很快就常去罗赞诺

① Николюкин А. Н. Легенда о Великом инквизиторе Ф. М. Достоевского [М]. М. : Республика, 1996. С. 178.

② Николюкин А. Н. Легенда о Великом инквизиторе Ф. М. Достоевского [М]. М. : Республика, 1996. С. 179.

③ Николай Яковлевич Данилевский, 1822—1885, 俄国哲学家、社会学家、自然科学家、泛斯拉夫主义思想家。

④ Леонтьев Константин Николаевич, 1831—1891, 哲学家、政论家，泛斯拉夫主义思想家。

⑤ Николюкин А. Н. Легенда о Великом инквизиторе Ф. М. Достоевского [М]. М. : Республика, 1996. С. 184.

夫家的"星期天",以逃避无聊的索洛古勃星期日义务劳动。"星期天"聚会办得荒唐、不和谐却又愉快,热情好客的主人常常解开症结,在狭小的白色食堂里并未感到拥挤。尽管罗赞诺夫曾是"自己人",但他对白银时代的许多东西怀有敌意,正如戈列尔巴赫所言,与其说罗赞诺夫属于20世纪,不如说罗赞诺夫更大程度上属于19世纪的经典文学,相较而言,他对20世纪有许多不了解的地方。比如,罗赞诺夫对颓废派的意义的回答是十分坚定的,在他看来,颓废派世界就是一个消灭人的利己主义世界,而莫泊桑、左拉、福楼拜、巴尔扎克的作品乃至尼采的哲学则是文化堕落的肇始者。如其所言:"某种程度上,尼采已经可以算作人类思想的颓废派分子。至少在某种程度上,可以认为莫泊桑是人类感觉终结的颓废派,莫泊桑、尼采最后神经错乱,恰好在两个人的印象中消失了……他们两位已经是'超人',他们身上缺乏人身上必需的东西。"①在这里,罗赞诺夫的话具有了某种预见性,在人类利己主义发展的现阶段,利己主义会导致人个性的退化。

问题型体裁文章在罗赞诺夫的创作中占有重要地位,而且此类文章的话题是一个独立的、具有现实意义的主题,需要进行专门的、充分的研究。

第二节　评论体裁

评论是批评家罗赞诺夫最喜爱的体裁,换言之,评论体裁是罗赞诺夫批评遗产的重要组成部分,这类批评文章通常是对刚刚问世的文学艺术作品的评价鉴定,鲜明地呈现出所研究材料的艺术特色。

显而易见,文学哲学和历史著作是罗赞诺夫评论的主要对象,这包括:对俄罗斯著名学者弗·奥·克柳切夫斯基②和巴尔苏科夫③出版的历史著作的反馈意见;对文艺学领域的论著(《关于托尔斯泰和陀思妥耶夫斯基的新

---

① Егоров П. А. В. В. Розанов - литературный критик: проблематика, жанровое своеобразие, стиль. [D]. М., 2002. C. 86.

② Ключевский Василий Осипович, 1841—1911, 俄罗斯历史学家。

③ Николай Платонович Барсуков, 1838—1906, 俄罗斯历史学家, 古文献学家。

作》和《关于费特的新研究》）的评论；对符·索洛维约夫诗歌的细腻评价（《在诗歌和哲学的界限上》），以及对革命民主派代表的评价等。在一系列论争中，罗赞诺夫始终站在保守立场上，这从他对车尔尼雪夫斯基的长篇小说《怎么办?》、对《杜勃罗留波夫全集》的评论可以看出。

在《关于托尔斯泰和陀思妥耶夫斯基的新作》①　（*Новая работа о Толстом и Достоевском*）中，罗赞诺夫关注的是，在分析作家们的内心世界时必须要使用作家的日记和书信这一问题。他还指出，梅列日科夫斯基的力量在于他没有对托尔斯泰和陀思妥耶夫斯基两位伟大作家的天才视而不见，并以之为基础进行了深刻的宗教哲学探寻。

1915 年，《俄罗斯思想》杂志刊登了达尔斯基②有关费特的文章，这篇文章引起了罗赞诺夫的关注。"俄罗斯和俄罗斯人民要感谢俄罗斯文学。"③他认为，在俄罗斯社会面前的任务是创造俄罗斯文学史，在这个方向上迈出的每一步都应该得到赞成和拥护，而达尔斯基关于费特的这则材料就是其中的一步，达尔斯基不仅成功地捕捉到了费特创作构思的实现过程，而且使其构思变得清晰。"对于传记作家来说，奇怪的、几乎是无法解释的诗歌与实践两种天性的融合，实际上不仅仅彼此间没有共同之处，而且无疑一个排除另一个。"④

诗人天生的矛盾性引起了读者与批评家的诸多争论，在罗赞诺夫看来，恰恰是达尔斯基能够解释这种内在的矛盾性。达尔斯基曾说，"我们当中的每一个人身上，都有两个因素存在并起作用，父亲的和母亲的……费特的母亲是犹太人，父亲是俄罗斯人，一个是可怜、不幸的人，另一个是有权有势

---

① 这篇文章是评论梅列日科夫斯基的论著《托尔斯泰与陀思妥耶夫斯基》，1900 年到 1902 年连载于《艺术世界》。参见：梅列日科夫斯基 . 托尔斯泰与陀思妥耶夫斯基》（两卷本）［M］. 杨德友，译. 北京：华夏出版社，2009.

② Д. Дарский，1883—1957，文艺学家。

③ РозановВ. В. Новое исследование о Фете［M］// Николюкин А. Н. О писательстве и писателях М. : Республика，1995. С. 614.

④ РозановВ. В. Новое исследование о Фете［M］// Николюкин А. Н. О писательстве и писателях М. : Республика，1995. С. 614.

的人。"①罗赞诺夫引用达尔斯基的话说道："费特和申申（Шеншин）很接近，但是并不能将两者混为一个人物……费特是位诗歌的神秘主义者和六翼天使，申申是位企业单位的会计。"②因此，针对费特而言，无论在什么情况下，日常生活所关心的琐事都不曾触及诗人形象诞生的奥秘，而在其他作家和诗人那里现实和创作理想之间并不存在这种不协调。"达尔斯基细腻地察觉到，这个音乐的，有些疯癫的天才在最高程度上为自己找到了平衡，在他每日的实践中，在对大地、需要、服务的关心中。"③对罗赞诺夫来说，这个思想意味着很多，因为他认为日常生活琐事比政治党派纲领、文学争论和汇合到一起的多卷本学术著作更加重要。由此也可看出，罗赞诺夫不仅对艺术文本颇为关注，而且对有个性的文本作者也十分感兴趣，并将其最高价值呈现给我们。与其相对的，是那些对理论争论感兴趣、喜欢引用各种时髦"学说"的一些文艺学家，他们认为研究传记是过时的、少有成效的，并在分析作品时脱离作家个性，这无疑是一种片面的谬见。

　　毫无疑问，罗赞诺夫是一个爱思考的读者，一个客观的批评家，同时，也是一个细腻的心理学家，这一点尤其体现在对弗·索洛维约夫诗歌的评价上。罗赞诺夫经常提到这个俄罗斯独具一格的哲学家、神学家的名字。的确，用文学史家莫丘里斯基的话来说，罗赞诺夫有些关于索洛维约夫的见解很像"毫不留情的鉴定"，比如，罗赞诺夫说道："索洛维约夫是一个光彩熠熠的、冷血的、坚强的人。可能，'神性'在他身上，就像他所抱怨的，或者，按罗赞诺夫的定义，深刻的恶魔性，恰恰是地狱性，但是他身上一点人性也没有。索洛维约夫很奇怪，是一个具有多方面天赋的、可怕的人。"④对罗赞诺夫而言，索洛维约夫是孤独的和在自身中能够感受到神秘力量的"奇

---

① Розанов В. В. Новое исследование о Фете［М］// Николюкин А. Н. О писательстве и писателях М.：Республика，1995. С. 616.

② Розанов В. В. Новое исследование о Фете［М］// Николюкин А. Н. О писательстве и писателях М.：Республика，1995. С. 616.

③ Розанов В. В. Новое исследование о Фете［М］// Николюкин А. Н. О писательстве и писателях М.：Республика，1995. С. 617.

④ Егоров П. А. В. В. Розанов － литературный критик：проблематика，жанровое своеобразие，стиль.［D］. М.，2002. С. 92.

怪的人"。

在文章《曾经著名的一部长篇小说》（1905）中，罗赞诺夫表达了自己的不安和担心。"在书铺的橱窗中包着崭新绿书皮的车尔尼雪夫斯基的长篇小说《怎么办?》出现了。'童年的朋友'，我这样认为这本书，因为我是在中学五年级时读到它的。"①一方面，这本书很鲜活、很鲜明；另一方面，这本书又很荒诞，甚至"在当时这部长篇小说已经过时无趣"②。罗赞诺夫所言并不矛盾，因为类似内容的书早已出现，尽管在 19 世纪 60 年代车尔尼雪夫斯基能够表达多数人的世界观。在后文中，罗赞诺夫又完全脱离谈论对象，深入到自己喜欢的男女相互关系这一主题，出现在家庭内的问题，等等，对车尔尼雪夫斯基的姓氏及其长篇小说的分析仅占了其全部评论的不到四分之一。从 60 年代青年人的思想导师车尔尼雪夫斯基出发，罗赞诺夫得出了独一无二的结论：事物的这一自然过程不能用任何漂亮的召唤来改变，不能把人的个性实质与确定的心理图解相等同，应提早设计未来生活，就像是长篇小说《怎么办?》的创造者所幻想的那样。

尽管与解放运动领袖在政治、哲学、道德方面看法不同，但是罗赞诺夫依然把他们视为杰出人物，尊重他们的激情，对《杜勃罗留波夫文集》的评论最鲜明地体现了这一点。在《杜勃罗留波夫的纪念性出版物》（"Юбилейное издание Добролюбова"）一文中，罗赞诺夫对俄罗斯传奇式批评家做了这样公允的评论："杜勃罗留波夫永远是 60 年代最纯粹的人物；也许是完全纯粹，要知道在文学中很难说谁是纯粹的……杜勃罗留波夫恰恰抓住了 60 年代最早的、最理想的时期。当时，一切都在'希望之中'，而且一切还都没有开始'实现'……杜勃罗留波夫的评论是现实的、富有政论性的，还是在农奴解放和改革的时代！……幸福的时代，在其中扮演幸福角色的人很幸福，杜勃罗留波夫扮演的就是这个幸福角色。"③

---

①　Розанов В. В. Когда-тознаменитый роман ［М］// Николюкин А. Н. О писательстве и писателях М. : Республика，1995. С. 184.

②　Розанов В. В. Когда-тознаменитый роман ［М］// Николюкин А. Н. О писательстве и писателях М. : Республика，1995. С. 184.

③　Розанов В. В. Юбилейное издание Добролюбова ［М］// Николюкин А. Н. О писательстве и писателях М. : Республика，1995. С. 556.

　　罗赞诺夫自认为自己不仅仅是文学批评家，而且还是艺术评论家，因为他还创作了关于音乐的一系列评论文章，收录在《在艺术家中间》（1914）一书中。按罗赞诺夫传记的作者戈列尔巴赫所言，这本书是"一部完整的艺术百科全书"，其特点在于激情的印象式评定，表明了罗赞诺夫与职业艺术家不同的看待艺术问题的观点。在我们面前，罗赞诺夫常表现为一个普通人、观众、听众，但同时也是一个美好事物的细腻评论者，其文学批评因为是他内心所思所想的直观坦露，并不考虑什么"理论和流派"，反而获得了特殊意义。

　　在罗赞诺夫看来，观众对艺术家、歌手、音乐表演者天赋的认可很重要，因此，售票处写有"票已全部售出"的题词是夏里亚宾①所获成绩的一种标志。而在讲述由安德烈耶夫②指挥的俄罗斯巴拉莱卡琴手的音乐会时，罗赞诺夫又对极其兴奋的国际听众进行了细致观察和反思。他认为，伟大的波兰女歌手玛尔切蕾·泽姆布丽赫③久未在俄罗斯进行巡回演出，可谓真正的民族污点，也是俄罗斯社会艺术发展中的一个损失，因为对于一个人和一个民族而言，所有人都去听音乐会，关注类似的独一无二的艺术大师，是强于参与一些没有真正价值的，有时是微不足道的、不需要的、让人愤怒的政治事件的。

　　关于夏里亚宾和安德烈耶夫的创作意义，罗赞诺夫认为，他们能够指出俄罗斯人擅长什么，不仅能够了解俄罗斯，而且也能让欧洲了解俄罗斯文化的杰作，比如，当我们回想起夏里亚宾时，我们面前立刻出现了他依据自我感受和触动所创造的令人惊奇的"辽阔俄罗斯"④形象，而当谈及安德烈耶夫的著名乐队时，这个音乐家将"酒鬼工具"——巴拉莱卡琴⑤变成世界艺术品做出了忘我劳动，让听众和专家信服巴拉莱卡琴有传达俄罗斯和外国最

---

① Ф. И. Шаляпин，1873—1938，俄国著名的男低音歌唱家。

② 瓦西里·瓦西里耶维奇·安德烈耶夫，1861—1918，音乐家，巴拉莱卡琴大师。

③ Марчеллы Зембрих，1858—1935。

④ Розанов В. В. На концерте Шаляпина［М］// Николюкин А. Н. Среди художников. Итальянские впечатления М. : Республика，1994. С. 222.

⑤ 一种俄罗斯民间节日酒宴的典型乐器。

复杂的音乐作品的功能。罗赞诺夫感叹道：“巴拉莱卡琴在沙沙作响！！！”①
在晚期的一篇文章中他还写道，这使得罗斯母亲高兴。

通过上述例子，我们可以得出结论：在罗赞诺夫心中，评论作为一种文
学批评体裁，对理解艺术、哲学、科学作品的思想、风格和语言，以及更加
完整地认识艺术大师们的美学观点是非常有价值的。

第三节　文学肖像体裁

罗赞诺夫以文学肖像大师的身份走进了俄罗斯文学批评史，重建了文
化、科学、宗教活动者的精神面貌。在创作文学肖像的过程中，罗赞诺夫独
有的个人回忆和观察成了重要来源，当然，他对他所谈论对象的文学、哲学
和科学遗产也非常了解。正如别林斯基所说，肖像艺术是一门挖掘人的内心
面貌的艺术，是指出“独一无二心灵的艺术”，文学肖像成了艺术家所追求
的阐释时代倾向以及这个时代的工具，而罗赞诺夫成功地将上述所有元素结
合为一个整体，创建了诗人、散文家、哲学家、批评家和社会、宗教活动家
的形象画廊。例如，斯特拉霍夫、别林斯基、契诃夫、波别多诺斯采夫②、
科罗尼什塔次基③，还有国外作家，例如，歌德、狄更斯、莫泊桑等。

一、19 世纪俄国作家

肖像素描在罗赞诺夫最初的文学批评试笔中就已出现，比如，《尼·尼
·斯特拉霍夫的文学个性》（Литературная личность Н. Н. Страхова，1890）
这篇文章就独特地融合了对俄罗斯著名批评家斯特拉霍夫的文学研究与心理
评定。用罗赞诺夫自己的话来说，斯特拉霍夫是“十字架之父”和“文学监

---

① Розанов В. В. Великорусский оркестр В. В. Андреева ［М］// Николюкин А. Н.
Среди художников. Итальянские впечатления М. : Республика, 1994. С. 211.
② Победоносцев Константин Петрович, 1827—1907, 俄罗斯国务活动家，作家，翻
译家。
③ Иоанн Кронштадтский, 1829—1908, 神父。

护人"，他有着广泛兴趣，从文学批评和哲学开始，以自然科学和政治问题结束，而"沉思是斯特拉霍夫才能的主要特点，沉思是他作品的主要魅力"①。此外，斯特拉霍夫的作品风格简朴，但并不是简化，而是"思想透彻"，仿佛与读者娓娓而谈。值得注意的是，罗赞诺夫以 19 世纪下半叶俄罗斯动荡的社会政治状况为背景，这是与斯特拉霍夫的生活和活动不可分割的。此外，斯特拉霍夫和他的战友们也并不是在俄罗斯和俄罗斯民族圣地之外思考自身，比如，格里戈里耶夫、陀思妥耶夫斯基、丹尼列夫斯基都是斯拉夫主义者创作上的继承人，也都对普希金非常崇拜，正如我们在罗赞诺夫那里读到的："这个诗人的清晰与安静刚好是他（斯特拉霍夫）喜欢的范围，也更符合斯拉派这一脉的正面性格……普希金成为斯拉夫主义者喜欢和阐释的中心。在普希金的著名诗篇《重生》中，他们看见了每个多少有点才华的俄罗斯心灵已说出的命运。为追求理想而长时间漂泊，对其他民族上帝的狂热无止境崇拜。当筋疲力尽之时，重返本民族的理想。"②

ВОЗРОЖДЕНИЕ

Художник-варвар кистью сонной

Картину гения чернит

И свой рисунок беззаконный

Над ней бессмысленно чертит.

Но краски чуждые, с летами,

Спадают ветхой чешуей;

Созданье гения пред нами

Выходит с прежней красотой.

---

① Розанов В. В. Литературная личность Н. Н. Страхова［M］// Николюкин А. Н. Легенда о Великом инквизиторе Ф. М. Достоевского М. : Республика, 1996. C. 209.

② Розанов В. В. Литературная личность Н. Н. Страхова［M］// Николюкин А. Н. Легенда о Великом инквизиторе Ф. М. Достоевского М. : Республика, 1996. C. 209.

Так исчезают заблужденья

С измученной души моей,

И возникают в ней виденья

Первоначальных, чистых дней.

(1819)

重生

拙劣的画家糊里糊涂

拿起笔在天才的绘画上涂鸦，

在那上面胡乱地作起

他那幅全属非法的图画。

然而随着岁月的流逝，

异己的色彩碎鳞般剥落；

那天才的创作在我们面前

现出从前美妙的本色。

那些迷误也是这样，

从疲乏不堪的心中消散，

于是那最初纯洁岁月的

幻象又在心灵中浮现。①

　　这句话为我们呈现出了斯特拉霍夫的完整印象。在罗赞诺夫的眼里，斯特拉霍夫是一个富有创造力、百科全书式的有教养的人，在各种大名鼎鼎人物中间不迷失方向，坚持自己的观点，努力保持自我，并力求使其他人也具

---

① 普希金．普希金抒情诗全集［M］．冯春，译．上海：上海译文出版社，2009：390.

有这种品质，更准确地说，是力求教会人们思考。考虑到爱国主义者的传统，为祖国服务的公民义务，是俄罗斯作家创作的标准，斯特拉霍夫勾勒出了俄罗斯文学今后的发展任务在于提高俄罗斯人民的精神道德面貌，巩固文化和国家基础，毋庸置疑，斯特拉霍夫的这一个性特征不仅让人印象深刻，而且与罗赞诺夫本人相近。

文学肖像体裁的另一个例子是《50 年影响（别林斯基纪念日）》［50 лет влияния（Юбилей В. Г. Белинского），1898］这篇文章。尽管这篇 19 世纪 90 年代的文章属于罗赞诺夫的早期作品，其中仍可见罗赞诺夫探寻新的文学手法和逐渐接近印象式的片断体裁，但并没有以前文章中的那种科学性和纯理论，他尝试借助于印象主义艺术家所使用的手法，创造一种艺术画面，以反映出作者最细腻的主观感受、瞬间的情绪和印象。呈现在我们面前的画卷是独一无二的，似乎也没有外在联系，但是都有着意义上的内在联系，保持着对作品新鲜、直接和情感丰富的阐释。因此，所挑选的这篇文章最适合于"印象式的文学批评"这样的名称。当然，上述路径摆脱了教条主义，但也缺乏对艺术现实的完整研究。印象主义艺术家的手法来源于思想的独特个性与主观倾向，甚至是心理状态，相应的，文学中的印象主义流派给自己设定的任务是，依赖于艺术家的本性和气质，依据个人经验的具体事实，来确定创作过程的自我满足，确定作者世界观的独特性。另一方面，罗赞诺夫挑选事件和引文的主观主义也强调了印象主义方法的特征，比如，在开篇他就发现了《隐居》的体裁特征：

> 1848 年 5 月 26 日圣彼得堡的"春水"冲破防线，带走了别林斯基用以抓住大地的最后一部分力量。"罗亭"的最后几页不适合于任何人，包括别林斯基。①

> "……灯尽油干了，灯破了，灯芯眼看就要灭了……死，兄弟，

---

① Николюкин А. Н. Легенда о Великом инквизиторе Ф. М. Достоевского ［М］. М. : Республика, 1996. С. 300.

会使一切彻底和解……"

"……我相信，就在今天，就在此刻，你一定会像一个青年人那样，准备重新着手去干新的工作。"

"不，兄弟，现在我累了，"罗亭说，"我已经干够了。"

……

两个朋友拥抱了。罗亭很快地走了出去。

列日涅夫久久地在室内来回走着，后来在窗前站下，沉思了一会，低声说："可怜的人！"便在桌旁坐下，开始给妻子写信。

但是外面却起风了，风声不祥地哀号着，重重地、凶狠地打得窗玻璃作响。漫长的秋夜来临了。在这样的夜晚，能安然坐在自家的屋顶下，有一个温暖的角落的人，是幸福的……愿上帝保佑天下无家可归的流浪者！①

可见，罗赞诺夫是一位擅长描写抒情感受的作家（由此，可以确定作家作品的体裁为"抒情哲理散文"），所以，他选择了大概是长篇小说中最触动人心的一处。在上述情况下，屠格涅夫《罗亭》中的片段起到预先检验的作用，使读者了解了叙述"主人公"。随着别林斯基的死，整个时代离去了，这个人经历了短暂而又完整的一生。有关"无家可归的漂泊者"的话并非偶然，就像罗赞诺夫所写，别林斯基"带着瘪瘪的'小箱子'走进了生活，在十字路口有人割裂了小箱子。别林斯基孤身一人，只有睿智的头脑，只有双手；如果准许夸张，他的血有100度，每分钟脉搏跳动200次。带着被割裂的小箱子，别林斯基生活在'半层楼'上"②。他的一生是为社会事业忠心服务的象征，虽然短暂，但鲜明丰富。也因此，阿克萨科夫、杜勃罗留波夫、格里戈里耶夫、斯特拉霍夫认为别林斯基是19世纪俄罗斯文学的杰出代表，他曾是许多作家和诗人的老师，担负着建构文学规则的艰巨任务。在

---

① ［俄］屠格涅夫. 屠格涅夫文集（第二卷）［M］. 丰子恺，等译. 北京：人民文学出版社，2001：151-154.

② Николюкин А. Н. Легенда о Великом инквизиторе Ф. М. Достоевского［M］. М.：Республика，1996. C. 300-301.

罗赞诺夫看来，别林斯基个性中最实质的方面在于："在自己存在的每一分钟都在向往美好，对于他来说，反对因循守旧，反对祖国麻木不仁的'教育'是最好的品质。"①

二、20 世纪俄国作家

批评家罗赞诺夫不仅对 19 世纪的文学艺术感兴趣，同时代人托尔斯泰、契诃夫、高尔基、梅列日科夫斯基、别尔嘉耶夫、安德列耶夫、库普林、阿尔志跋绥夫等也在罗赞诺夫的批评视阈内。罗赞诺夫对他们都做了细致的研究，但是这些研究并未得到关注，例如"高尔基和罗赞诺夫"这一主题。尽管两位作家从未见过面，他们却对彼此的文学经验满怀着极大的兴趣，他们频繁通信多年，二人有一些明显的共同点。比如，他们都对知识分子和人民、知识分子和国家的相互关系问题感兴趣，都关注在古今社会中艺术的命运，追求思考世纪之交精神危机条件下人退化的过程，但是，他们对所触及问题的立场又并不相同，高尔基极力反对精神上的市侩习气，为了人民的利益而战，因立场消极而责备自己的交谈者，而罗赞诺夫同意他的看法，但是他首先尝试弄清楚人的心灵，其中包括弄清楚自己的感受和对已发生事件的评价。

在讨论官方认可对创作个性的影响问题上，他们展开了激烈争论。罗赞诺夫在信中（1911 年 6 月）写道："您的天性好斗，从童年起就反抗现状，直到您'表示异议的'天性说出了金言……把您抬高到肩上。天性给您创造了辉煌成就，当您与牢房告别，来到了'蜂蜜'之中，自然，您的声音力量就枯竭了，因为痛苦、昨天的（社会主义的）耻辱的消失等等。"②在回信中（不晚于 1911 年 7 月 8 日），高尔基对罗赞诺夫进行了反驳："我从不觉得自己是'软绵绵'的，何况，我有想放肆的想法，我想一生一世亲自带领大家，我的同路人们，时至今日我还在带领着我的同路人。我的嗓音会让体育

---

① Николюкин А. Н. Легенда о Великом инквизиторе Ф. М. Достоевского [М]. М.: Республика, 1996. С. 304.

② Николюкин А. Н. Мысли о литературе [М]. М.: Современник, 1989. С. 518.

场变安静，难道这是变软弱了吗？我不那么认为。"①

毫无疑问，高尔基与罗赞诺夫都是独具一格的狂热思想家，二者之间出现争论是不可避免的。他们的交往是持有两种世界观的人之间富有成效对话的一个例证，这种书信对话也同时证明了永远处于文化与政治事件中心的两位艺术家对广阔的社会和艺术问题的共同兴趣。

罗赞诺夫对 20 世纪初的文学有自己的独特观点，按戈列尔巴赫的证明，罗赞诺夫几乎没有读过"新作家""年轻作家"的作品，而且对他们很冷漠，但是，有一次他从办公室带了一捆勃留索夫的书到食堂，放在戈列尔巴赫面前，说道："看看，有什么好玩意，您知道对此的看法，我一点也不懂。"②尽管如此，罗赞诺夫死后还是留下了非常好的有关这些"新作家"和"不让人理解"的作者们的一系列文章，有关契诃夫个性的文章就是其中之一。

罗赞诺夫一直认为，不仅作家本人重要，而且引起作家创作的"共鸣"元素也同样重要，只有被读者所接受和评价的文学作品才能成为作者的名片，成为进入文学的独特通行证，契诃夫就成功地获得了这个通行证，"平庸的观众喜欢上了'安东·契洪特'，这个带着夹鼻眼镜的、普普通通的人"③。当罗赞诺夫开始讲契诃夫的永恒意义时，他所使用的"普通人"这个词的意义就变得再清楚不过了，这句话的意义在于，作家会把我们的视线引向普通的司空见惯的生活层面，研究人自然存在的艺术家独一无二天赋的根源或许就在于此。

文章中出现普希金的诗《诗人和群众》中的片段不是偶然的：

> Напрасно ухо поражая,
>
> К какой он цели нас ведет?

---

① Николюкин А. Н. Мысли о литературе ［М］. М. : Современник，1989. C. 578.

② Голлербах Э. Ф. Из воспоминаний о Розанове ［М］// Фатеев В. А. В. В. Розанов：pro et contra. Личность и творчество Василия Розанова в оценке русских мыслителей и исследователей. （Книга I）СПб. : РХГИ，1995. C. 232.

③ Николюкин А. Н. Легенда о Великом инквизиторе Ф. М. Достоевского ［М］. М. : Республика，1996. C. 552.

О чем бренчит? чему нас учит?①

发着无益的震耳的音响，

他要把我们引到什么地方？

他弹些什么？教给我们什么？②

　　罗赞诺夫是首批关注契诃夫创作与普希金遗产关系的人之一。在他看来，许多研究者说契诃夫是普希金传统的继承者，这是正确的，这涉及的不仅是艺术形式问题，还有追求创作简练、避免多余装饰的问题。契诃夫把简洁和朴素的普希金文本视为自己的典范，看到了普希金文本的思想主题。按罗赞诺夫的观点，在契诃夫创作的短篇、中篇和戏剧作品中，虽然很难找到像在普希金那样的纲领、口号或者 20 世纪初俄罗斯知识分子领域中的"政治"问题，但契诃夫生活和创作之路的主要内容在于他成功地跟随着普希金，为开掘俄罗斯人的精神做出了自己的贡献，如其所言："俄罗斯爱上了自己，无人能像他那样表达出俄罗斯的综合面貌。不仅是在自己的作品中，甚至是在自己的面庞、身型、举止中，还有在生活方式和行为中。"③

三、外国作家

　　罗赞诺夫创作了一系列外国作家的文学肖像，这一主题需要专门研究。

---

① Николюкин А. Н. Легенда о Великом инквизиторе Ф. М. Достоевского［М］. М. : Республика，1996. С. 552.

② ［俄］普希金. 自由颂：普希金诗歌精粹［М］. 查良铮，译. 北京：人民文学出版社，2008：169-171.

③ Розанов В. В. Наш《Антоша Чехонте》［М］// Николюкин А. Н. Легенда о Великом инквизиторе Ф. М. Достоевского М. : Республика，1996. С. 553.

在这里，我们仅以罗赞诺夫对约翰·沃尔夫冈·歌德①和查尔斯·狄更斯②的两篇重点文章为例来阐述这一问题。罗赞诺夫不仅评价了他们的创作，而且还从文化历史语境出发评价了作家的个性。

在《在歌德的小屋里》（В домике Гете，1910）一文中，罗赞诺夫描绘了德国作家和思想家歌德的肖像。在这里，罗赞诺夫对任何一个细节、物品都很感兴趣，因为这些物品能够比同时代人和传记作者的一卷回忆录更多地讲述一个人，他仿佛一位导游，领着参观者从一个房间到另一个房间，沿楼梯慢慢地来到下一层，关注屋中能证明大师生活的室内陈设物品。罗赞诺夫对歌德出生房间的激动人心的描写让人震惊，在描写这个没有家具的房间时，他补充道："没有家具的卧室算什么？"还得出了一个结论："所有的一切都紧挨着，昏暗无光。"③为了后代，需要保持"原样"，需要保持最初的模样，罗赞诺夫虔诚而细致地再现了当时歌德在屋内所渡过的生活景象，在他的想象中，这个屋子的主人好像几分钟前刚刚出去过，但很快就投入到了习以为常的事务当中。在他看来，物品虽是静默的，但能够讲述很多东西，例如：

> 在这里，现在有一个木制发黑的大灯笼，灯笼里面留有放两根
> 蜡烛的地方：18 世纪晚上，大街上没有一点亮光。晚上外出，要获

---

① 歌德，1749—1832，伟大的德国作家，代表作品为《少年维特之烦恼》《浮士德》，出生在法兰克福。歌德故居坐落在德国魏玛市弗拉恩普兰大街的拐弯处，是一幢米黄色的 3 层楼房。从 1782 年到 1832 年，歌德在这里生活了 50 个年头。故居的 16 个房间分为两部分，一部分装饰考究，富丽堂皇，是歌德接待达官显贵的地方，如黄色接待室，用来接待、宴请显贵、应酬交际；朱诺室曾接待过黑格尔、海涅和门德尔松等人，这些房间现在都按歌德生前的原样陈列。而另一部分用于家庭生活的房间，则陈设非常简朴，有小客厅、藏书室、卧室和工作室等。歌德说过："一切涉及舒适的事宜都与我的天性相违背。您在我的房间里找不到沙发，我总是爱坐那张老式木椅。舒适豪华的陈设会扰乱我的思维，使我陷入一种迟钝怠惰的状态。"他的工作室里只有书桌、椅子和几件家具。

② 狄更斯，1812—1870，19 世纪英国批判现实主义小说家，代表作品有《匹克威克外传》《雾都孤儿》《双城记》《艰难时世》《小杜丽》《远大前程》《我们共同的朋友》。

③ Николюкин А. Н. О писательстве и писателях ［М］. М.：Республика，1995. С. 453.

得"老爷"和"太太"的许可，再带上点燃的灯笼……蜡烛的数量是按照礼仪规定的，地位高于歌德太太的女士的灯笼里有三或四只蜡烛，而地位比歌德太太低的"七等文官"或者"文官的妻子"的灯笼里不能多于1只蜡烛……①

罗赞诺夫以从传统民间口头创作借用过来的句子结束有关歌德故居的文章，总之，"'那个时代的'人们就是'那样生活'"②。然而，在墨守成规的结尾后，罗赞诺夫式的真正尖锐问题出现了：歌德的天赋从哪里来？这种才华以及他性格的这些特征从哪里来？罗赞诺夫将歌德的个性定为"和谐、理性、睿智"，当然，罗赞诺夫式出人意料的回答也相应出现了：

从天上来。尽管他讲述关于自己："健全头脑和务实精神继承于父亲，而对歌曲和童话的爱继承于母亲。"但是，我认为，歌德身上主要的不是遗传所得，而是"第三种途径"。上帝知道每个孩子的由来，在自身上没有一点母亲和父亲的遗传，然后以非凡的顽强精神成长。恶习和罪行常常是这样的。歌德身上有着普照大地的天才，他的名字是值得颂扬的……值得所有民族颂扬的。③

在罗赞诺夫的一些批评文章中，狄更斯的名字也时常出现，这与俄罗斯是狄更斯作品的第二故乡有关。1901年，在关于莱蒙托夫的随笔中，罗赞诺夫认为狄更斯的一个主人公"匹克威克"是杰出的，而在1911年的《关于"俄罗斯思想"》一文中又包含了以下看法：

狄更斯的主人公们是引人入胜的，但是所有人都是陀思妥耶夫斯基笔下的"穷人"，甚至是果戈理的《外套》中的卑微的主人

---

① Николюкин А. Н. О писательстве и писателях ［M］. M.：Республика，1995. C. 454.

② Николюкин А. Н. О писательстве и писателях ［M］. M.：Республика，1995. C. 455.

③ Николюкин А. Н. О писательстве и писателях ［M］. M.：Республика，1995. C. 455–456.

公。……狄更斯自己是祖国的背叛者，"简直是个俄罗斯作家"……
由此罗斯大地上的人们喜爱他。①

这位英国作家的完整肖像出现在《在书籍市场和文学市场上（狄更
斯）》［*На книжном и литературном рынке*（Диккенс），1908］②一文中。
浪漫主义者狄更斯的活跃期是在 19 世纪 30 年代末至 50 年代中期，当时他创
作了著名的《匹克威克外传》（1837）《雾都孤儿》（又译《奥列佛·特维斯
特》，1837）《老古玩店》（1841）《董贝父子》（1848）《大卫·科波菲尔》
（1850）《荒凉山庄》（1853）《艰难时世》（1854）《小杜丽》（1856）等等，
这些作品对 19 世纪下半叶的俄罗斯文化，尤其是对陀思妥耶夫斯基的创作
产生了重大影响，对此，罗赞诺夫尤为关注。他联系俄罗斯现实来研究狄更
斯的创作，比如他这样评价狄更斯的长篇小说《小杜丽》："你们记得'滴
血的心之庄园'吗？我认为，陀思妥耶夫斯基从那里抄来自己的《被欺凌的
与被侮辱的》和《穷人》。"③当然，狄更斯对陀思妥耶夫斯基艺术世界的影
响问题相当复杂，不能像罗赞诺夫这样轻易地就给解决了。不可忽视的是，
罗赞诺夫指出了这两位伟大作家世界观的亲缘关系，以及在挖掘普通和渺小
人物形象时他们惊人的心理分析和人道主义精神。在他们的作品中，这些小
人物也在捍卫自己做人的尊严，追求善良、真理和公正的理想典范。罗赞诺
夫的独特之处就在于，他不是以出人意料甚至让人不快的观点来证明这个局
部特征，而是触及大师本人的个性局部特征。众所周知，狄更斯是一位自己
作品的杰出朗诵者。在这个领域他的成绩非同一般，而在罗赞诺夫看来，另
一种情况更令人感兴趣：因为狄更斯在文学圈中已经获得了广泛的认可，所
以他朗读"不是为了慈善募捐和妇女培训班的利益，就像普通的朗诵者一
样，才几百卢布，好像是一晚上不超过一千卢布"④。作家自传当中关于节
俭的一段话成了罗赞诺夫认为狄更斯吝啬的依据，这一结论富有争议：

---

① Николюкин А. Н. Мысли о литературе［М］. М.：Современник，1989. С. 267.
② 这篇文章于 1908 年 7 月 23 日发表在《新时代》报上。
③ Николюкин А. Н. О писательстве и писателях［М］. М.：Республика，1995. С. 289.
④ Николюкин А. Н. О писательстве и писателях［М］. М.：Республика，1995. С. 292.

狄更斯，与自己的父亲相反，总是很认真，在金钱方面很节俭。对我来说，这个事实有另一个意思：狄更斯天生就很吝啬！……狄更斯在《大卫·科波菲尔》中讲述了自己童年的遭遇，后来他挥霍无度，赶走了自己的父亲。……他把自己给毁了，还毁了自己的家庭：童年时期狄更斯日子过得很苦。①生活经历与天生禀赋产生了第一次共鸣，尽可能少地花钱，尽可能多地获取。……我认为，"狄更斯是欧洲的一个贫穷、善良的天使，确实是对人类心灵说出那样美好话语的欧洲天使！寄生虫已经在他的心中扎根下来，他无力摆脱，寄生虫就以侮辱性的方式吸食他。"②

对罗赞诺夫的上述话语我们应该有自己的价值判断和补充，狄更斯的"吝啬"，更准确地说，应该称作节俭。作家有一个大家庭，相应就有一笔数目不小的开支，尤其是20世纪50年代离婚后，他还需要抚养孩子，随着他的创作活跃程度日渐下降，稿费已不够维持生活开销，狄更斯只好靠做朗诵者赚钱，而这是与他真正的演员天赋相吻合的。我们似乎也可认为，在当时，罗赞诺夫对狄更斯的全部生活经历并非完全知晓。

此外，我们也不能忽略罗赞诺夫对德高望重的俄罗斯和外国作家类似的尖锐评论。罗赞诺夫本身就是一个极具天赋的富有洞察力的语言艺术大师，他喜欢冷嘲热讽、幽默地对待自己的不足，允许自己以类似的形式讲述自己的作家同行。他常常从主观评价原则出发说："我喜欢或者我不喜欢"，希望独特地、"有品味"地接受艺术以及它的创作者，他的这种与社会公认的观点和准则不相符的、特立独行的愿望，反而使他的评价更真实、更公正，对此，巴拉霍夫（В. С. Барахов）当时就写道，"相信自我一贯正确使罗赞诺夫

---

① 10岁时全家被迫迁入负债者监狱，11岁就承担起繁重的家务劳动。曾在黑皮鞋油作坊当童工，每天工作10个小时，15岁时在律师事务所当学徒。
② Николюкин А. Н. О писательстве и писателях［M］. M.：Республика, 1995. С. 293-294.

开始关注'孤独交谈'体裁"①，其所引用的例子也极好地强调了罗赞诺夫文学肖像的独一无二性。总之，罗赞诺夫的文学肖像可以洞察人心灵的隐秘愿望和创作主题，堪称肖像体裁的最高典范。

第四节　文学述评体裁

罗赞诺夫文学批评创作中所使用的文学述评体裁发轫于别林斯基所开创的传统，这种传统的特点在于，研究文学过程中的某一时期，呈现这一时期文学发展的历史规律，确切表达新文学现象的基本特征。

《俄罗斯文学批评发展的三个阶段》这篇文章就属于文学述评体裁。按罗赞诺夫的观点，在俄罗斯批评传统中应该关注三个主要流派。第一个是别林斯基流派，这一流派为自己设定的任务是"在文学作品中将美与平庸区别开来，弄清楚美学优点"②。第二个流派与杜勃罗留波夫的名字紧密相连，其实质在于追求尽可能充分地捕捉生活过程，加强文学与当前大众所关心问题的联系。正是在这个流派占主导地位时期，作家及其作品开始被理解为社会政治和社会文化生活的最重要因素。但是，遗憾的是，这种批评不可避免地陷入了对文学作品带有倾向性的片面阐释。第三个流派的代表是格里戈里耶夫和斯特拉霍夫。这一流派与前两个流派不同，其特点是科学地开掘作品特色和确定该作品在过去和将来的地位。由上，罗赞诺夫为三个流派起了相符的名称：别林斯基流派——美学流派，杜勃罗留波夫流派——伦理流派，格里戈里耶夫和斯特拉霍夫流派——科学流派，他同时强调，必须尽快避免三个流派彼此间的敌对关系，应该融合一切正面因素以达到对艺术文本的完整分析。

在《25年期间的俄罗斯思潮流派》（"Умственные течения России за 25

---

① Егоров П. А. В. В. Розанов － литературный критик：проблематика，жанровое своеобразие，стиль．［D］．М．，2002．С. 106．

② Николюкин А. Н. О писательстве и писателях［M］．М．：Республика，1995．С. 244．

лет")① 一文中，罗赞诺夫所考察的时间段是 19 世纪最后 25 年。这段时间是政论作品的繁荣期，特别值得注意，虽然不能说出现于 19 世纪最后 25 年内的其他文学形式已经有了自己的最高典范，但是可以说政论作品在 19 世纪 60 年代就已出现，而在 19 世纪最后 25 年期间才获得了明确的划分和定义。在当时，屠格涅夫、陀思妥耶夫斯基、托尔斯泰都参加到了政治争论当中。按罗赞诺夫的意见，在屠格涅夫的《处女地》、陀思妥耶夫斯基的《卡拉马佐夫兄弟》、托尔斯泰的《安娜·卡列尼娜》等作品中都包含了强烈的政论因素，在罗赞诺夫看来，政论作品给自己设定的任务是理解当代社会生活中亟待解决的问题，19 世纪末的政论作品中不仅包含政治问题，而且还包括教育、宗教和其他问题。同时，上述文学作品的出现是件好事，可以看清作者的特点和基调，直到所有作品中充满社会浪潮，仿佛社会浪潮在最后两部作品中变成了哲学和宗教问题的综合。罗赞诺夫描述了上述情况，并把这些作品界定为政论作品。

独一无二的哲学思想慢慢地诞生于文学沙龙、思辨对话、俄罗斯作家们的创作探寻之中，"我们期待了很久，我国是否会出现，何时出现自己的'纯理性批评'"。②事实上，当出现俄罗斯哲学时，人们并未察觉到，因为俄罗斯哲学的内容和形式都非同寻常，正如罗赞诺夫所言："大家都在争论，《伊万·伊里奇之死》的实质，不是在作品的情节范围内，而也是在死亡问题范畴中，这是个哲学和宗教问题。"③他继而总结到，俄罗斯民族的思想看上去是神经质的，但是西方对俄罗斯民族思想不构成影响，任何一个西方学说也都不能感染我们，而只是留下印象。

因此，在阐释哲学性质问题时，述评体裁提供了一个巨大的标准，这也符合罗赞诺夫本人的天性。在这一体裁中，罗赞诺夫追求掌握大量事实，尝试创造过去和现在的独特图景，预测俄罗斯文化将走什么道路。

---

① 于 1900 年 3 月 21 日发表在《新时代》报上。

② Егоров П. А. В. В. Розанов – литературный критик: проблематика, жанровое своеобразие, стиль. [D]. М., 2002. С. 108.

③ Егоров П. А. В. В. Розанов – литературный критик: проблематика, жанровое своеобразие, стиль. [D]. М., 2002. С. 108.

第五节 书信体裁

在罗赞诺夫的批评遗产中，书信体裁占有重要地位。在罗赞诺夫看来，恰恰是在书信中包含着人的真正的、真实的生活。比如，在文章《19 世纪期间俄罗斯社会和文学的文化编年史》（1895）中，罗赞诺夫谈到了俄罗斯历史学家波戈金的档案，他写道，这份档案的价值就在于恰好是书信，"半个世纪的生活隐藏于灰尘和褪色的墨水背后"。

罗赞诺夫将书信体裁作为一种争辩手段。在 1900 年的材料中记载，罗赞诺夫把署有"从椅子上跌倒"笔名的信寄往《新时代》报编辑部，在这封信中，罗赞诺夫讲述的是他去听索洛维约夫的课，后来从椅子上跌倒的事情。罗赞诺夫这样解释自己的"跌倒"：他占了右起第六排的一个圈椅，感到有点困，为了更平衡一些，把左脚垫在下面。当他昏昏欲睡之时，突然身下发出了可怕的折断声，他感到他的背陷了下去。让他吃惊的是，他没有离开课堂，而是从椅子上滑下来睡醒了，之所以发生这样的事情，罗赞诺夫认为，这是因为索洛维约夫的思想太无聊，他除了睡觉简直没有其他选择。

在《作家们论书信》（1909 年）一文中，罗赞诺夫把书信理解为表达人类情感的最好的一种文字形式，他称书信是"文学的一个特殊部分"。罗赞诺夫如此定义"书信"，使 20 世纪初以前的文学传统开始发生变化。当时许多作家和诗人都在为掌握邻近的风格形式而寻找新手法，试图将哲学、艺术学和政论经验融合成为一个整体，这些试验的基本任务是返还到最初的话语，要求"真实性"。而在罗赞诺夫看来，真实性只有在一个人给另一个人的信中才有可能，因为信中只存在两个人：作者和收信人，这样才会挖掘出心灵隐秘的层面。由此，罗赞诺夫这样预测了对文学今后的发展，"对文学作品形式的兴趣越来越小。而对作者的内心，也就是对作者内心思想的兴趣会增长，作者带着这种内心想法创作了自己的作品"[①]。也就是说，在将来，

[①] Николюкин А. Н. О писательстве и писателях［М］. М.：Республика，1995. С. 430.

文学史不再是文学流派、思潮、文学团体史，而是作家个性史。文学批评家会研究潜意识对艺术创作的影响问题。罗赞诺夫看到了普遍公认的文学形式，如长篇小说、中篇小说、随笔和书信之间的差别。"作者的作品是作者的思想产物，作者的书信则就是他本身。"① 书信中没有艺术性的、杜撰的、典型的情节和形象。作为作家和批评家的罗赞诺夫并没有满足于口头宣传。在《落叶》中，他编排了自己朋友的书信，在《文学流亡者》中，他又编排了给斯特拉霍夫和戈沃卢希—奥特罗克②的信。顺便说一下，《文学流亡者》这本书以神甫巴维尔·弗洛连斯基的话作为卷首题词："我所承认的唯一的文学形式就是书信。甚至在'日记'中作者也会装腔作势，书信通常是在疲惫之中匆忙所写，所以不会做作。这是唯一的一种坦率的书写形式。"③借助于书信，罗赞诺夫创造了一系列人物肖像，可以说，罗赞诺夫实现了书信体裁和文学肖像体裁的综合。

本章小结

研究证明，在罗赞诺夫的文学批评遗产中，呈现出文学批评的所有体裁形式：问题型文章、评论、文学肖像、述评、书信。为了回答某个问题，他常使用不同的体裁形式元素。当然，在文学批评中同时融合几种体裁也是罗赞诺夫所特有的，这种体裁综合法是罗赞诺夫批评随笔的重要特点，而这是与他追求创造19至20世纪之交俄罗斯社会和文化生活的整体形象相符的。

---

① Николюкин А. Н. О писательстве и писателях ［М］. М.：Республика，1995. С. 431.

② Говоруха-Отрок Юрий Николаевич，1851—1896，文学批评家。

③ Евграфов Г. Р. Литературные изгнанники：Воспоминания. Письма. ［М］. М.：Аграф，2000. С. 6.

第四章

罗赞诺夫文学批评的方法

"俄国宗教哲学家们从其无所不包的世界观体系出发建立的文艺美学思想，以及以此为基础进行的文艺批评实践，对社会和文学产生了连他们自己也未曾料到的效果。白银时代俄国宗教哲学家们对 19 世纪俄国经典文学和经典作家的批评，极大地揭示了俄国文学的精神品位，使其成为一种国际性现象和世界文学的高峰之一。他们的批评所遵循的原则和方法，也与俄国 19 世纪占据主流地位的革命民主主义美学和文艺批评截然不同，呈现出一派新的气象。"①下面我们来研究罗赞诺夫的文学批评方法，对这一问题当代研究者没有形成统一的答案，本章我们通过论证会对上述问题提出自己的观点。罗赞诺夫文学批评方法的演变可以划分为两个阶段：第一阶段，19 世纪 90 年代（1891—1899）为宗教哲学批评阶段；第二阶段，20 世纪初头 20 年（1900—1919）为印象主义批评阶段。确定罗赞诺夫文学批评方法的来源，并追踪考察其文学批评方法的演化过程，在当今仍有现实意义。我们认为，对批评方法的界定有助于理解罗赞诺夫个性化的文学批评遗产。

---

① 张冰. 白银时代俄国文学思潮与流派 ［M］. 北京：人民文学出版社，2006：4-5.

第一节　宗教哲学批评
（религиозно-филосовская критика）

一、20 世纪初文学与哲学的联姻

20 世纪初是俄罗斯宗教哲学的新阶段，在这一时期新宗教意识应运而生，创建者将其称之为"新基督教"。这种新的意识类型不渴望回到母亲般的教会怀抱，而是探寻新的发现，向前走。与此同时，一批杰出的俄罗斯宗教哲学思想家（Вл. Соловьев，Дм. Мережковский，В. Розанов）也随之出现。他们主张在哲学与艺术之间建立联系，并在自己的创作中形成了以哲学、宗教、艺术的交融为基础的新哲学，这正是俄罗斯宗教思想的重要特点。可以说，"哲学与文学的交媾是白银时代俄国文化的一个显著特征。这种交媾是在探索更新世界观和俄罗斯文化'复兴'的基础上发生的"①。在罗赞诺夫的创作中，哲学与艺术的交融更加深入与生动，这充分体现在他的首部文学批评论著《论宗教大法官的传说》中。正如研究者所言："在世纪之交的俄国，诗人成为哲学家，哲学家成为诗人。哲学果断地改变了自己的修辞外衣，使之更与文学相称。哲学家不再以智者和严密体系的创造者自居，退而进入冒险的'灵魂漫游'，玩弄起形象与讽刺，悖论与格言。可见，像洛扎诺夫或舍斯托夫那类思想家的著作被人们称为文艺哲学，是不无道理的。"②

在 20 世纪初，文化和宗教结合的思想获得青睐。作为作家的陀氏在自己的作品中讨论宗教问题，由此，新基督徒把陀氏理解为新宗教的先知，称

---

① 郑体武. 危机与复兴——白银时代俄国文学论稿［M］. 成都：四川文艺出版社，1996：8.
② 郑体武. 危机与复兴——白银时代俄国文学论稿［M］. 成都：四川文艺出版社，1996：9.

他的创作为"神圣的文学"与新《西卜拉神谕集》①。因此,"先知"这个词具有宗教哲学属性。陀氏"已经出离了文学家和文学的框架",也完全超出了自然人的界限成为一个未卜先知、狂热的"传教士"。其个性和创作遗产以不同方式被接受,对于俄罗斯宗教思想的代表来说,陀氏无疑是"先知"与"精神领袖"。在19世纪末至20世纪初,陀氏成为俄罗斯精神发展的中心,而罗赞诺夫有关陀氏的思想也被载入时代文化之中。

罗赞诺夫将陀氏的作品视为俄罗斯文化最鲜明的现象,他最感兴趣的是陀氏作品中所包含的宗教哲学观点。在第一本书学批评论著《论宗教大法官的传说》中,罗赞诺夫成了陀思妥耶夫斯基的批评家,相似的世界观立场拉近了两位语言大师对同一主题的认识,即人的存在主题,尝试窥探人心灵的"黑暗面"。正如费佳宁(С. Р. Федянин)所写:"恰恰在创作有关陀思妥耶夫斯基的作品时,准确地说,以陀思妥耶夫斯基作品为基础,培养了罗赞诺夫的形而上学,罗赞诺夫作为一个毋庸置疑的杰出人物走进了俄罗斯文化。"②

在19世纪末至20世纪初,不只是罗赞诺夫对陀氏的创作感兴趣,许多文学家和哲学家都对陀氏的个性产生了兴趣,准确地说,在当时发生了陀氏"第二次降临"俄罗斯文化,出现了白银时代的"陀氏阐释热"。阐发陀氏的宗教思想成为"新宗教运动"的焦点话题,几乎所有新宗教运动的代表们都撰写了关于陀思妥耶夫斯基的论著,比如,罗赞诺夫著有《论宗教大法官的传说》(1891),梅列日科夫斯基著有《托尔斯泰与陀思妥耶夫斯基》(2卷,1901—1902),舍斯托夫著有《陀思妥耶夫斯基与尼采:悲剧的哲学》(1903),别尔嘉耶夫著有《陀思妥耶夫斯基的世界观》(1923),等等。对陀氏思想遗产的开掘成为当时的基本主题,而罗赞诺夫的《论宗教大法官的传说》是那场精神更新运动中的开山之作,因为他最先从宗教哲学视角阐释陀氏的思想意义,对后人的陀氏研究产生了巨大影响,作为用宗教哲学观点

---

① 罗马时代官方占卜书。

② Федякин С. Р. Комментарии [М] // Николюкин А. Н. Легенда о Великом инквизиторе Ф. М. Достоевского М. : Республика, 1996. С. 639.

评析文学作品的先驱之一，"梅列日科夫斯基曾公开宣布自己是步索洛维约夫和罗扎诺夫后尘的"①。诚如国内学者所评价的："罗赞诺夫由宗教大法官的传说对整部《卡拉马佐夫兄弟》的宗教哲学意义以及作者作为宗教思想家的内在特质所做的深入挖掘与阐发，不仅深化了人们对陀思妥耶夫斯基其人其作的认识，而且在研究视角和方法上给同时代和以后的文学批评（如舍斯托夫、别尔嘉耶夫和形式主义理论与批评）以直接的影响。"②

二、陀氏对罗赞诺夫宗教哲学观的影响

罗赞诺夫第一部批评论著《论宗教大法官的传说》就是献给陀思妥耶夫斯基的，也是罗赞诺夫由哲学创作失败转向文学领域的转折点。在论著中，罗赞诺夫不仅对陀氏做了深刻的个性解读，而且对其他作家也做了富有激情的阐释。在罗赞诺夫与陀思妥耶夫斯基之间，似乎是存在隐秘联系的。

罗赞诺夫曾是一个"非本时代的人"，从童年起就感受到了"可怕的孤独"。在《隐居》中可以找到以下思索：

> 我的心理的一个奇怪的特征在于，我总是强烈地感到我身边空无一人——周围和到处都是空无一人，没有言语，没有存在——我隐约知道，隐约相信，隐约认为可能其他人是与我"同时"的。③

这似乎是不可能的和荒诞的，但事实上就是这样的。从青年时代起，罗赞诺夫就在寻找"亲人"，起初在以往时代的文学中获得，然后在上帝和家庭中获得。

按罗赞诺夫自己的话来说，文学"就像裤子"，这一形象的表达准确地传达了他对文学的态度，就如同是自己感受到的亲近的人。如果普希金、莱

---

① 刘锟. 圣灵之约：梅列日科夫斯基的宗教乌托邦思想［M］. 哈尔滨：黑龙江人民出版社，2009：182.

② 张杰，汪介之. 20世纪俄罗斯文学批评史［M］. 南京：译林出版社，2000：83.

③ ［俄］吉皮乌斯. 往事如昨：吉皮乌斯回忆录［M］. 郑体武，岳永红，译. 上海：学林出版社，1998：148.

蒙托夫、果戈理和其他作家从童年起就已熟知于心，那么，他首次真正了解陀思妥耶夫斯基却是在青年时代。最初罗赞诺夫并不喜欢陀思妥耶夫斯基，但是恰恰是这位作家成了罗赞诺夫的终生老师。就像尼科留金所指出的，在中学六年级时，为了完善自己的教养，罗赞诺夫利用圣诞节假期开始读《罪与罚》，决定了解陀思妥耶夫斯基。这个值得纪念的读《罪与罚》的圣诞节前夜，在罗赞诺夫给列昂季耶夫的信中有所体现，同时在《为什么我们感到陀思妥耶夫斯基很亲切》一文中也可以找到。当时，罗赞诺夫就被陀氏震慑到了：

> 我记得，让我在被子里吓得浑身发抖的是拉斯科尔尼科夫对拉祖米欣说的那番话，当时他们俩正经过灯光阴暗的走廊：
>
> "现在你猜到了吧？……"
>
> 拉祖米欣"不问"也明白了，他所寻找的"凶手"，就是他的好朋友"罗佳"。他们停了一秒钟：善良而粗鲁的高年级大学生拉祖米欣突然全明白了。他怎么会明白的——就是这份压缩成了几个字的"无线电报"（陀思妥耶夫斯基的高超艺术，他的"秘密"）——迫使我浑身发抖。我一直抖个不停，微微地，无力地……①

从这时起，罗赞诺夫称陀氏为"我的陀思妥耶夫斯基"。

> "我的"这两个字，也许表达了事情的实质，即孜孜不倦地、完全心平气和地阅读的原因。你无论如何不会说："我读我的托尔斯泰"，"我读我的高尔基"，"我的施皮尔哈根"……？②

---

① ［俄］索洛维约夫. 精神领袖：俄罗斯思想家论陀思妥耶夫斯基［M］.［俄］阿希姆巴耶娃，编. 徐振亚，娄自良，等译. 上海：上海译文出版社，2009：251-252.

② 郑体武. 危机与复兴——白银时代俄国文学论稿［M］. 成都：四川文艺出版社，1996：252.

陀思妥耶夫斯基成了罗赞诺夫的永恒旅伴，而追求理解陀思妥耶夫斯基创作技巧的秘密也成为他一生的事业。在某种程度上，这正是罗赞诺夫娶苏斯洛娃的原因，在苏斯洛娃身上，罗赞诺夫找到了《被欺凌与被侮辱的》中的贵妇人、《罪与罚》中的杜尼娅、《白痴》中的阿格拉娅的原型。他惊叹苏斯洛娃心灵的放纵，并在与妻子的交谈中了解她与陀思妥耶夫斯基的关系，由此，他为自己找到了研究陀氏个性与创作的全新领域。罗赞诺夫晚年时曾写道："相比作家们的创作，我对作家们的'家务事更感兴趣'。"罗赞诺夫的年轻朋友戈列尔巴赫回忆道："罗赞诺夫坚信不能把'作家个性'和'人'割裂开来，因为这么做太奇怪了。"可以说，在罗赞诺夫的生活中不能没有与苏斯洛娃的婚姻，这场婚姻证明了罗赞诺夫作为一个天才语文学家的天性，他真心追求感受陀思妥耶夫斯基是如何生活的、如何呼吸的。

显而易见，陀思妥耶夫斯基在罗赞诺夫的宗教观点形成中起到了决定性的作用，使其由无神论者转变为宗教信徒。罗赞诺夫在自传中写道："毫不夸张地说，上帝与我同在。"这种"上帝感"使罗赞诺夫后来不仅创造了独一无二的宗教哲学，而且以新方式看待陀思妥耶夫斯基的创作以及整个俄罗斯文学。戈列尔巴赫曾说过："90 年代是罗赞诺夫一生中十分特殊的一段时期。"对罗赞诺夫而言，80 年代青年人的欣赏时期过去了，认真研究伟大作家话语的时期来临了。1890 年代是他认真研究陀氏话语的时期。90 年代的典型特征是反对以实证主义、理性主义、功利主义来理解艺术，而新运动的代表则反对由杜勃罗留波夫、车尔尼雪夫斯基、皮萨列夫、米哈伊洛夫斯基所创造的俄罗斯 19 世纪 60 至 70 年代的遗产，罗赞诺夫成为这次暴动的积极参与者。总之，1890 年代是罗赞诺夫"狂飙突进"的时期，是他经常与老一代批评家和新思潮代表展开论战的黄金时代。

从 90 年代初罗赞诺夫开始从事文学批评活动起，文学批评活动就成为他哲学不可分割的一部分。但如前所述，罗赞诺夫 1890 年代最初的作品《论理解》和《形而上学》并未得到同时代人的正确评价。斯特拉霍夫建议罗赞诺夫："随便写点有关文学，有关陀思妥耶夫斯基、屠格涅夫、托尔斯泰、谢德林、列斯科夫、乌斯宾斯基的东西。你可以多说些好话，大家都会听。"罗赞诺夫接受自己"老师"的意见，于是就有了《论宗教大法官的传说》①的问世，这成了这一时期的首个成果，作为最先认真研究 19 世纪最伟大作家和思想家陀思妥耶夫斯基创作的论著之一，为罗赞诺夫带来了声誉。在这部作品中，罗赞诺夫首次尝试批评家的角色，以陀氏的基督教世界观为背景分析陀氏的作品。

三、《宗教大法官的传说》的重要性

陀思妥耶夫斯基与屠格涅夫、托尔斯泰一起被誉为俄罗斯文学中的"三巨头"，为俄罗斯文学与世界文学奉献了珍贵的文学遗产。陀思妥耶夫斯基的绝唱《卡拉马佐夫兄弟》（1879—1880）作为陀氏集大成的一部力作，汇集了作家所思考过的一切，承载了陀氏的生命个性和全部的生命精华最终使其成为堪与托尔斯泰的《战争与和平》相媲美的史诗性巨著。为了专心进行《卡拉马佐夫兄弟》的创作，陀氏曾中断了十分受欢迎的《作家日记》的出版。伊凡的叙事诗《宗教大法官的传说》②是这部小说中最富争议、最难解读的核心部分。20 世纪初，俄国精神哲学第二代代表人物叶夫多基莫夫（1900—1970）在其论著《俄罗斯思想中的基督》中，对《宗教大法官的传说》做出了完全正面的解读，他认为《宗教大法官的传说》"综合了陀思妥耶夫斯基的全部宗教思想，总结了他的杰出观点"③。而罗赞诺夫自己认为，《宗教大法官的传说》"是最具毒性的一滴毒液，它终于从我们已经走了两个世纪的精神发展阶段中流了出来，分离了出来。巨大的悲伤，巨大的绝望，我们还要补充说，在自己对自己的生活基础的否定里的伟大感，这一切我们不但从来都没有体验到，而且我们也不会体验到，对这一点是不能怀疑的。一般地说，《传说》是在某种意义上绝无仅有的"④。

---

① 1891 年在《俄罗斯通报》首次刊登，1894 年出版单行本，1901 年第二版，1904 年第三版。

② 也有的译本译作《宗教大法官》，本书通篇采用《宗教大法官的传说》。

③ ［俄］叶夫多基莫夫. 俄罗斯思想中的基督［M］. 杨德友，译. 谭立铸，校. 上海：学林出版社，1999：88.

④ ［俄］罗赞诺夫. 论宗教大法官的传说［M］. 张百春，译. 北京：华夏出版社，2007：169.

《论宗教大法官的传说》虽已有汉语译本，但对其解读深度却不理想，处于吃生饭，甚至吃生米的阶段，没有良好地消化。正如学者所言："罗赞诺夫行文恣肆汪洋，对'宗教大法官'的解释既高远又精深，难得要领。"①无论如何，我们把罗赞诺夫的《论宗教大法官的传说》作为对经典解读的一把钥匙，来开启对陀氏的再认识。罗赞诺夫是从思考艺术心灵的秘密开始此书的，这是出于领悟陀氏创作的类型归属的愿望。我们可以将《论宗教大法官的传说》视为罗赞诺夫"论作家与创作"主题的形成元素，这一主题被罗赞诺夫赋予了形而上的意义，并以深刻的心理分析见长，其巅峰之作（《隐居》及《落叶》（两章））的核心问题之一就是这个主题，可以说，"论作家与创作"这一主题是统领罗赞诺夫所有文学批评创作的主旋律。

前面已经说过，罗赞诺夫经历了由"人的宗教"转向"生育的宗教"的思想转向，两者之间的差别在于对基督教的理解，后者"把基督教理解为冷酷的只有精神没有肉体的宗教"②，而《论宗教大法官的传说》这本书写在罗赞诺夫转向之前。别尔嘉耶夫在对此书的书评中指出，该书创作于由虔诚的基督徒转向批判基督教之前，因为其中还充满着对基督以及基督教的颂扬情绪，并认为该书还存在着以下几个方面的问题：其一，虽形式优美，但思想分散，细节泛滥且无意义；其二，最有价值的观点是从宗教视角看待个性的绝对意义；其三，过多分析伊凡和阿辽沙谈话里的神秘主义辩证法，却搁置《宗教大法官的传说》本身；其四，忽视了宗教大法官外表的多样性；其五，附录中有关果戈理的文章有重大意义。斯特拉霍夫（Н. Страхов）也指出，罗赞诺夫以永恒的视角看待陀氏，对陀氏做出了概括总结。这是因为批评家是与被评论的作者相融合的，作者所感兴趣的问题，显然也是批评家所感兴趣的，无论是"地下室人"的主题，还是"赞成与反对"的问题，陀氏创作的每个层面几乎都被罗赞诺夫分析到了，并被罗赞诺夫非常个性地接受了。

---

① ［俄］罗赞诺夫. 论宗教大法官的传说［M］. 张百春，译. 北京：华夏出版社，2007：前言 8.

② 耿海英. 别尔嘉耶夫与俄罗斯文学［M］. 上海：上海书店出版社，2009：125.

四、《论宗教大法官的传说》的主要内容

《论宗教大法官的传说》是一部文本细读式的文学批评著作，对陀氏精彩绝伦的心理描写进行了细致评析。罗赞诺夫认为，陀氏的所有作品都表达了一种独特的痛苦思想，但陀氏所有作品的核心却并非人的心理分析，而是潜藏在心理分析背后的宗教哲学思想。虽然《论宗教大法官的传说》没有一个集中思想，但罗赞诺夫却由此提出了陀氏的几个思想主题，不是以清晰的哲学家式的形式，而是以独特的感悟方式，将思想的种子散落在这本书中，因此，与其说这是一部文学批评著作，不如说是一部哲学思想研究论著。正如理论家勒·韦勒克所言："瓦·瓦·罗赞诺夫几乎像研究宗教读物那样最先仔细研究了《宗教大法官》。"① 从而认为陀氏小说综合了"心理分析、哲学思想、宗教渴望与宗教怀疑之间的斗争"② 三方面的内容，"宗教性的痛苦"这一核心思想成为罗赞诺夫与陀氏共同的兴趣所在。

尽管《论宗教大法官的传说》是罗赞诺夫的最初纲领性作品，反映了罗赞诺夫文学批评的主要方法，但据所掌握的资料来看，其1890年代早期的文学批评遗产，其中包括《论宗教大法官的传说》并没有被哲学家们所解读。下面我们从不同方面来阐明罗赞诺夫文学批评遗产当中具有重大意义的这一"处女作"的主要内容。

《论宗教大法官的传说》一书由引子和22章构成，在前6章，罗赞诺夫分析了陀氏创作《宗教大法官的传说》之前的主要作品，其中包括与其他作家的对比；从第7章起进入对《宗教大法官的传说》的论述分析：这说明罗赞诺夫是以陀氏一生的创作发展之维、以整个俄罗斯文学发展历程为观照来论证陀氏创作的。

作为伟大的思想家和无与伦比的语言大师，陀氏从一开始就走进了罗赞诺夫的生活，其精湛的言说技能使罗赞诺夫叹服不已，实质上，罗赞诺夫的文学敏感性也使他成为陀氏艺术世界的最早开掘者。可以说，在罗赞诺夫的

---

① 耿海英. 别尔嘉耶夫与俄罗斯文学 [M]. 上海：上海书店出版社，2009：167.
② 耿海英. 别尔嘉耶夫与俄罗斯文学 [M]. 上海：上海书店出版社，2009：116.

创作中，对陀氏遗产的接受是最合情合理的。罗赞诺夫主要关注的是理解陀氏的创作心理，从引子部分第一页起就进入到这一主题中。他以回忆果戈理所讲述的"肖像"故事开始：

> 在一篇虚构的小说中，果戈理讲述了这样一个故事，年迈的高利贷者临死时把画家叫到自己跟前，一个劲地请求他为自己做个肖像；当这个工作开始后，画家突然觉得对自己正在做的事有一种难以遏制的厌恶之感，其中还夹杂着某种恐惧。然而，高利贷者一直注视着画家的工作，脸上流露出某种忧郁和不安——但当他看到，至少双眼已经画完了，在他这张脸上掠过一丝喜悦。画家后退了几步，要看一看自己的作品；他刚看了一眼，双膝就开始发抖：在这个刚开始的肖像的双眼里闪烁着生命，这是真正的生命，就是在肖像的原型中已经停止了的那个生命，借着某种神秘的魔法转移到了这个拷贝上。调色板和画笔从画家手中脱落，他惊慌地从房间里跑出去了。几个小时后，高利贷者死了。画家在修道院里结束了自己的一生。①

画家将生命转移到画作当中的这一故事情节，被罗赞诺夫提升到了形而上层面，成为讲述"艺术心灵秘密"的寓言。其实，所有伟大艺术家的命运都是如此，陀氏亦是如此，人们读他的文字，但没有人明白他这些文字的含义。大法官这一形象，仿佛一面镜子映照出陀氏的个性，使罗赞诺夫以另一种方式理解《宗教大法官的传说》在陀氏创作中的重要地位，这与列昂季耶夫和索洛维约夫不同，按其看法：

> 在艺术领域的几乎每个创造者那里我们都能够找到一个中心，有时是几个，但总是不多，其所有作品都聚集在这些中心周围：这

---

① ［俄］罗赞诺夫. 论宗教大法官的传说［M］. 张百春，译. 北京：华夏出版社，2007：1-2.

些作品仿佛是表达某种折磨人的思想的一些企图，当思想最终被表达出来时——就出现了作品，这作品因其创造者最崇高的爱而令人感到亲切，并充满对其他人而言永不消失的光，于是，他们的心和思想以无法遏止的力量爱慕他。歌德的《浮士德》、贝多芬的《第九交响乐》、拉斐尔的《西斯廷圣母》都是如此。这是心理活动的最高产物，人类喜爱它们，换言之，人类（根据它们而）知道自己最好的时刻能做什么，当然，在全世界历史上这样的时刻是罕见的，如同每一个生命中特别清醒的时刻是罕见的一样。①

罗赞诺夫倾向于把《宗教大法官的传说》看作是一个"单独的作品"，为此，他多次让读者注意《宗教大法官的传说》与整个长篇的情节之间的联系并不紧密，《宗教大法官的传说》的独立性从它的体裁上也可见一斑，陀氏是以长诗的形式将其嵌入作品中的。此外，罗赞诺夫把《宗教大法官的传说》当作传说来读，以此来强调发生时间的久远，同时也强调了这一"传说"的永恒性。

我们就想研究一个类似的作品，其中渗透着一种独特的痛苦，这和我们所选择的作家所有其他作品一样，和他的个性自身一样。这就是已故的陀思妥耶夫斯基的《"宗教大法官"的传说》。众所周知，这个传说只是他最后一部长篇作品《卡拉马佐夫兄弟》的一个片段，但它与这部长篇小说的故事情节的联系是如此之弱，以至于可以把它看作是一部独立的作品。尽管没有外部联系，但是在长篇小说和《传说》之间有内在联系：似乎只有《传说》才是整个作品的核心，作品只是围绕着这个核心，如同在自己主题周围的变化一样：作家隐藏在心中的思想留在了这个《传说》里，没有这个思想不但这部长篇小说不能被写出来，而且他的许多其他作品都写不出

---

① ［俄］罗赞诺夫. 论宗教大法官的传说［M］. 张百春，译. 北京：华夏出版社，2007：4.

来：至少在这些作品里所有最出色和最高尚的段落都不会出现。①

这种体裁反差更加凸显出《宗教大法官的传说》是陀氏创作的中心问题，耶稣和大法官的谈话正是陀氏关注的焦点所在。

罗赞诺夫在第一章指出《卡拉马佐夫兄弟》中典型人物形象的原型，这一点在陀氏给阿·尼·迈科夫的信里可以得到印证：

就《卡拉马佐夫兄弟》里所透露出来的典型人物而言，陀思妥耶夫斯基以前长篇小说的典型人物都可以被看作是预备性的：伊万·卡拉马佐夫只是这样一个人物的最后的和完整的表达者，这个人物有时偏向于一个方面，有时偏向于另一个方面，但在以前都向我们描述过，有时是作为拉斯科里尼科夫（Раскольников）和斯维德里盖洛夫（Свидригайлов）（《罪与罚》），有时是作为尼古拉·斯塔夫罗金（Николай Ставрогин）（《群魔》），部分等级还有韦尔西洛夫（Версилов）（《少年》）；阿辽沙·卡拉马佐夫的原型就是梅诗金公爵（《白痴》）。②

罗赞诺夫还观察到主人公阿辽沙在陀氏创作中的改变：

和阿辽沙一样，梅诗金公爵是纯洁的和完美无瑕的，没有内在的运动，但由于自己病态的本性，他丧失了强烈情感，不渴求任何东西，不去寻找任何东西并实现它；他只是观察生活，但不参与其中。所以，消极性是他（梅诗金公爵）的突出特征，相反阿辽沙的

---

① ［俄］罗赞诺夫. 论宗教大法官的传说［M］. 张百春，译. 北京：华夏出版社，2007：4.
② ［俄］罗赞诺夫. 论宗教大法官的传说［M］. 张百春，译. 北京：华夏出版社，2007：12.

本性首先是积极的，与此同时这个本性也是清楚的和安详的。①

罗赞诺夫继续关注一家之主——费多尔·卡拉马佐夫：

部分地还有在《被侮辱的和被损害的》里以其名义展开故事的那个人物：他们的父亲，"有一副衰落时代的古罗马贵族的面孔"，生了孩子又把他们抛弃了，是个爱好在"喝白兰地时"谈论上帝存在的人，但主要的是，他喜欢侮辱一切对人而言是隐秘和宝贵的东西，这是斯维德里盖洛夫和老公爵瓦里科夫斯基（Вальковский）（《被侮辱的和被损害的》）的形象的完成。②

只有德米特里、斯麦尔佳科夫是"新型人物"：

德米特里·卡拉马佐夫是怪诞的，但毕竟是个高尚的人，是善与恶的混合物，但这恶不是深刻的，只有他才是个新的形象；仿佛只有大尉列比亚德（Лебядкин）（《群魔》）这个永远匆忙的和兴奋的人才有可能多少像他，当然只是从外部看。第四个兄弟也是个新的人物。斯麦尔佳科夫（Смердяков）是费多尔·巴夫洛维奇和丽萨维塔·斯麦尔佳莎娅的不合法的产物，他是完整的人的一个片断，是精神上的卡西摩多（Квазимодо），是人的大脑和人的心里所拥有的全部仆人特征的综合。③

对罗赞诺夫而言，这种主要特征的重复是陀思妥耶夫斯基的最大特点：

---

① ［俄］罗赞诺夫. 论宗教大法官的传说［M］. 张百春，译. 北京：华夏出版社，2007：10.

② ［俄］罗赞诺夫. 论宗教大法官的传说［M］. 张百春，译. 北京：华夏出版社，2007：12-13.

③ ［俄］罗赞诺夫. 论宗教大法官的传说［M］. 张百春，译. 北京：华夏出版社，2007：13.

主要人物的这个重复性不但无损于《卡拉马佐夫兄弟》的价值，而且还抬高了它的意义：陀思妥耶夫斯基首先是个心理学家，他不向我们展示日常生活（我们总是在这个日常生活里寻找越来越新的东西），而只是向我们展示人的心灵及其难以捉摸的细微变化和过渡，在这些变化和过渡里我们首先可以观察到一种继承性，并希望了解，思想的某个流向，某种心情在哪里解决和在哪里结束。从这个观点看，作为最后一部作品，《卡拉马佐夫兄弟》具有无穷的意义。①

在这里，人物形象的阶梯式演化过程隐含着一个对"正在完善的作品"（《卡拉马佐夫兄弟》）的"不枯竭的兴趣"，还有对"上帝的存在问题"这一陀氏一生为之痛苦的追求。

在第二章，罗赞诺夫从反驳诸多批评家的意见开始，其中包括格里戈里耶夫等人，他们认为整个新文学来源于果戈理，而罗赞诺夫则集中论述了果戈理是形式的天才，描写的却是僵死的世界，他剥夺了人的尊严，把人描写为行尸走肉般的、麻木不仁的、无个性的可怜木偶。

有一个著名的观点认为，我们整个最新的文学都出自果戈理；更正确地应该说，它在自己的总体上是对果戈理的否定，是与他进行的斗争。如果从外部看问题，对艺术创作的方法、形式和对象进行比较，那么整个最新的文学是出自他。和果戈理一样，整个后来的作家行列，屠格涅夫，陀思妥耶夫斯基，奥斯特洛夫斯基，冈察洛夫，列夫·托尔斯泰，都只是与现实生活相关，而不是与在想象中创造的生活相关（《茨冈人》《见习修士》），与我们所有的人都处在其中的那个状态相关。但如果从内部看问题，如果在内容上把果戈理的创作与其假想的后继者的创作进行比较，那么必然会发现

①　[俄] 罗赞诺夫. 论宗教大法官的传说 [M]. 张百春，译. 北京：华夏出版社，2007：13.

他们之间的完全对立。是的，他的视线和他们的视线同样都指向生活：但他们在生活中所看见和描述的东西与他所看见和描述的东西没有任何共同之处。①

他是个善于描绘外部形式的天才作家，表现这些形式是其专门的特长，他魔法般地使这些表现具有这样的生命力，如同浮雕那样鲜明，以至于任何人都没有发现，在这些形式的背后实质上没有隐藏任何东西，没有任何心灵，没有这些形式的载体。②

果戈理就是用僵死的眼光看生活，他在其中看到的只是死魂灵。他在自己的作品里绝对没有反映现实，只是以惊人的手法给生活描绘出一系列讽刺画：这些讽刺画因此才如此深刻地被铭记，任何真实的形象也达不到这样的程度。③

同时，罗赞诺夫也不同意19世纪批评界普遍认同的对俄罗斯文学的观点，并讲述了自己的立场。这种立场有两种倾向：心理上的和讽刺性的，在下面的几章中，我们可以找到罗赞诺夫对俄罗斯文学的更加充分的类似看法，而在这里，罗赞诺夫只是暂时正确地指出了陀思妥耶夫斯基和果戈理创作原则上的区别。

第三部分主要讲的是陀氏在心理分析的代表中所占据的特殊地位。为了创建对陀氏更加周详的评定，罗赞诺夫主要以对比的手法对19世纪最伟大作家们进行了简练同时又形象的评价：

通过梦幻而思索的冈察洛夫，他拥有对人的优美的爱，在阳光

① ［俄］罗赞诺夫. 论宗教大法官的传说 ［M］. 张百春，译. 北京：华夏出版社，
　　2007：14.
② ［俄］罗赞诺夫. 论宗教大法官的传说 ［M］. 张百春，译. 北京：华夏出版社，
　　2007：14.
③ ［俄］罗赞诺夫. 论宗教大法官的传说 ［M］. 张百春，译. 北京：华夏出版社，
　　2007：16-17.

明媚的时刻，在神的无限世界里注视着其中的一个角落，并慢慢地
描绘着自己的图画，既没有发现这阳光，也没有发现这世界。还有
忙碌的和软弱的屠格涅夫，是个极有天赋的人，进行过许多思索，
把我们引入到自己迷人的语言世界，随随便便地表达自己的思想，
这些思想却深刻地为人铭记。他描绘出一系列人物形象，他们多少
有些贫穷，但总是吸引人的。最后还有托尔斯泰，他的威力仿佛是
无限的，他展现了人的生活的整个辽阔的全景，在这里，这个全景
最终获得了坚固的形式。我们在犹豫；尽管我们沉醉于实现自己的
使命，丝毫不溜号，但这些伟大的艺术家们强烈地把所有的人都引
向自己。①

呈现在我们面前的一组作家肖像更加衬托出陀氏的形象，另一种类型的
作家，不是歌颂"美丽世界"，而是讴歌人心灵的堕落，这种类型的作家感
受痛苦和接近理解人隐匿的实质，由此可发现，陀氏作品中存在着与罗赞诺
夫相似的深刻的主观性、狂热与病态。

在第三章，罗赞诺夫进一步强调了陀氏与果戈理的不同。陀氏关注人以
及人的心灵，比如，《诚实的小偷》"不可避免的是——为人的生命担忧，无
论这个生命离我们多么遥远，不再可能的是——对人的鄙视，无论我们在哪
里遇到他"②。罗赞诺夫还认为，人心灵的坠落、不和谐更引人关注：

> 无论美的世界有多么吸引人，还有某种比它更吸引人的东西：
> 这就是人的心灵的坠落，生活的奇怪的不和谐，这种不和谐深刻地
> 淹没了生活中为数不多的和谐音符。③

---

① ［俄］罗赞诺夫 . 论宗教大法官的传说 ［M］. 张百春，译. 北京：华夏出版社，
2007：28-29.
② ［俄］罗赞诺夫 . 论宗教大法官的传说 ［M］. 张百春，译. 北京：华夏出版社，
2007：21.
③ ［俄］罗赞诺夫 . 论宗教大法官的传说 ［M］. 张百春，译. 北京：华夏出版社，
2007：29.

无论是反映田园生活的《脆弱的心》、表现幻想家的《白夜》，还是研究儿童世界的《涅塔奇卡·涅茨万诺夫娜》和《圣诞树和婚礼》，都表达了十分"丰富的情感，都体现了对人应该理解的一切最重要的东西的多么深刻的理解。"①

在第四章，《冬天记的夏天印象》之后的《地下室手记》体现出对"我是人"的强烈呐喊。

> 地下室里的人——是个走进自己深处的人，他痛恨生活，恶毒地批判理性的乌托邦分子的理想，其依据是对人类本性的精确知识，他从对自己和历史的孤独和长期的观察中获得了这个知识。②

在这一章中，罗赞诺夫还指出了人是非理性的存在物：

> 就自己的完整本性来说，人是非理性的存在物；所以对人的彻底解释是理性所无法达到的，它也无法实现对人的需求的满足。无论思想的工作是多么顽强，它永远也不能覆盖整个现实，它将适合虚假的人，而不是现实的人。在人身上隐藏着创造的行为，正是这个行为把生命带给他，也给他带来痛苦和喜悦，理性既不能理解，也不能改变这些痛苦和喜悦。
>
> 与理性不同的是神秘。科学的探索和威力所不及的东西，宗教却可能达到。陀思妥耶夫斯基身上神秘的东西的发展，以及他的兴趣在宗教问题上的集中，就由此而来，我们在其活动的第二个，也是最主要的时期都能发现这一点，这个时期是由《罪与罚》开始的。③

---

① ［俄］罗赞诺夫．论宗教大法官的传说［M］．张百春，译．北京：华夏出版社，2007：23.

② ［俄］罗赞诺夫．论宗教大法官的传说［M］．张百春，译．北京：华夏出版社，2007：39.

③ ［俄］罗赞诺夫．论宗教大法官的传说［M］．张百春，译．北京：华夏出版社，2007：40-41.

《地下室手记》是陀氏世界观的第一条基本线索。在这里，罗赞诺夫明确提出了宗教问题。

在第五章，罗赞诺夫将托尔斯泰的"心灵辩证法"与陀氏的"最高意义上的现实主义"和"发现人身上的人"的心理分析进行了对比。托尔斯泰是生活完善形式的艺术家，陀氏却迷恋于病态的东西、不合理的东西、犯罪的东西。

罗赞诺夫还强调宗教问题是陀思妥耶夫斯基一直探索的问题，而《宗教大法官的传说》正是这一探索的高峰。人的个性意义只有在宗教里才能显现，在他看来，"在《罪与罚》里，陀思妥耶夫斯基第一次最充分地揭示了个性的绝对意义的思想。"①《罪与罚》是陀思妥耶夫斯基宗教世界观的第二块基石。

> 宗教问题后来在陀思妥耶夫斯基的作品里就不再消失了：在每部小说里他都涉及这个问题，而且他是这样做的，以至于我们真切地感觉到，他只能暂时地离开这个问题（直到某个时刻到来之前），直到他有能力这样做，没有外部的干扰，不慌不忙地，自由地。最后，这样的时刻到来了，《卡拉马佐夫兄弟》出现了。②

接下来的第 7、8 章是对《兄弟俩互相了解》中有没有上帝、有没有永生问题的觅寻；第 9、10 章是对《离经叛道》中人的本性问题的追问；第 11 至 19 章是对《宗教大法官的传说》中恶的代表红衣主教大法官的辩白与善的代表耶稣沉默相对峙的言说，其中包含对"和谐世界"里人的自由与奴役问题的看法；第 20 至 22 章是罗赞诺夫对《宗教大法官的传说》的概括总结。在文中，罗赞诺夫对《宗教大法官的传说》中存在的主题与特征总

---

① ［俄］罗赞诺夫．论宗教大法官的传说［M］.张百春，译. 北京：华夏出版社，2007：45.

② ［俄］罗赞诺夫．论宗教大法官的传说［M］.张百春，译. 北京：华夏出版社，2007：50.

结道：

> 这里指出的所有特征在《传说》里都被刻画了：传说是对宗教的最热烈的渴望和对宗教的完全的无能在历史上的唯一的一次综合。与此同时在传说里我们能够找到对人的弱点深刻的意识，这个意识与对人的轻蔑接壤，同时能够找到对人的爱，这种爱一直达到准备抛弃上帝和准备去赞同对人的贬低的程度，能找到人的极端残忍和愚蠢行为，同时还有人的痛苦。①

综上所述，罗赞诺夫提出了陀思妥耶夫斯基思想中有关人的主题、人的非理性的发现、人的个性痛苦的主题、自由的主题、恶的主题，这些都可以归结为宗教主题，为我们提供了陀氏创作中最有价值最有意义的思想问题。当然，罗赞诺夫并未对这些主题进行详细的、系统的论证，这正是罗赞诺夫的风格。

整体上来说，在 1890 年代，罗赞诺夫主要是从宗教哲学视角来阐释艺术，其文学批评的方法服从于这项任务。由《论宗教大法官的传说》开始，罗赞诺夫着手尝试全方位观察陀氏的艺术遗产，同时挖掘陀氏作品中的宗教哲学观点，这也让我们将罗赞诺夫的这种批评界定为宗教哲学批评。概而言之，罗赞诺夫的宗教哲学批评立足于自我的某些宗教视角对作家以及作品进行阐释解读，着眼于探寻批评对象的精神实质，是一种全新的形式，罗赞诺夫笔下的作家和作品正因此而生成了前所未有的意义。

---

① ［俄］罗赞诺夫. 论宗教大法官的传说［M］. 张百春，译. 北京：华夏出版社，2007：155.

第二节　印象主义批评

一、印象主义批评的基本特质

根据主观程度的不同，批评一般可以分为教条式批评（常规批评）和印象主义批评：教条式批评"主张依据理性的原则和规范化的美学标准对文学艺术作品的优劣长短进行分析和评价，他们崇尚理性，把人的理智当作衡量美丑、善恶的准绳，要求文学语言、文学体裁、文体风格要有严格的规范"①。而印象主义批评则向记录人的内心直觉世界迈进了一步，毋庸置疑，这一步是与实证主义思想危机和 19 世纪末 20 世纪初哲学和艺术领域中的主观主义发展相关联的。印象主义批评盛行于 19 世纪末、20 世纪初的西方，它主张依据审美直觉，展现批评家的主观印象，主张批评各是其是，否定同一、恒定的批评标准，其代表批评家有英国的查尔斯·兰姆（1775—1834）、威廉·赫斯列特（1778—1830）、沃尔特·佩特（1839—1894）、奥斯卡·王尔德（1856—1900），法国的朱尔·勒梅特（1853—1914），以及集大成者阿纳托尔·法郎士（1844—1924）。

西方印象主义批评的主要观念是"批评是灵魂在杰作中的冒险活动"。"所谓印象主义批评，并不是一个严格意义上的批评流派，而是一个相当松散的分类概念。运用这一批评方法的批评家之所以被划归在一起，主要是由于他们都强调直接感受重于抽象理论，主观印象重于客观剖析。在这种批评活动中，批评家不是把自己的判断建立在系统的理论基础上，通过对作品主题、结构、意象和风格的客观分析来阐释和评价一部作品，而是完全诉诸主观感受，试图用想象性的比喻去描写作品留给他的生动印象，用另一种表达方式去再现作品的总体风格。"②由此，我们归纳出印象主义批评有如下四个

---

① 程正民，王志耕，邱运华．卢那察尔斯基文艺理论批评的现代阐释［M］．北京：北京大学出版社，2006：78.

② 杨冬．印象主义批评的历史与评价问题［J］．文艺争鸣，1991（3）：70.

一般特征。第一，反理性，重直觉。印象主义批评家推崇内心的审美直觉，不凭借理性思考、不做判断、不重视逻辑推导、以刹那间艺术作品在自己内心所激发的情感强烈程度作为判断作品价值的尺度。第二，轻客观，重主观。重视读者身份的印象主义批评家不对作品进行客观分析，依据自己的主观好恶印象做出点评，有时同一个人在不同的情绪下甚至会做出矛盾的品评，这一点与教条主义批评直接对立。卢那察尔斯基曾指出："印象主义批评是直接趣味批评，以'我喜欢'，'我不喜欢'为判断之本。"①第三，诗化的表达。印象主义批评家不重分析，而是运用比喻、象征、对话、对比等多种艺术手法对自己的印象进行描述，具有鲜明的诗人气质，使读者陶醉在诗情画意的美文之中。第四，不成体系。印象主义批评方法总是与一定的不连贯性、片段性、瞬间性相联系，印象主义批评家只是记录下不完整的思想，既不建构成一定的体系，也不受条条框框的限制。

总之，印象主义者的座右铭是观察、感受、表达；印象主义批评在叙述时保持鲜活、直接的内心印象，不追求呈现对事物的完整观点，任意地将自己的片断观察结合在一起；批评家只注意到一个读者，就是他本身，只接受自己的情感；印象主义批评的体裁精致，叙述手法荒诞，这些特征也正是我们在罗赞诺夫的文学批评论著中所观察到的。罗赞诺夫自己曾写道："我简直没有形式，如一团乱麻。"②在否定传统教条批评的同时，罗赞诺夫在一定的文化语境下构建了属于自己的新文学批评方法。

二、从新宗教到新思维

19 世纪末 20 世纪初是俄罗斯复兴的大繁荣季节，以革新基督教为使命的新宗教意识运动（也叫寻神派）在此时兴起，罗赞诺夫正是其中的代表人物之一，其他重要成员还有列昂季耶夫（К. Леонтьев）、索洛维约夫（Вл. Соловьёв）、费多罗夫（И. Федоров）、梅列日科夫斯基（Дм. Мережковский）、别尔嘉耶夫

---

① 程正民，王志耕，邱运华．卢那察尔斯基文艺理论批评的现代阐释［M］．北京：北京大学出版社，2006：79.

② ［俄］洛扎诺夫．隐居及其他：洛扎诺夫随想录［M］．郑体武，译．上海：上海远东出版社，1997：8.

（Н. Бердяев）、布尔加科夫（С. Булгаков）、弗洛连斯基（П. Флоренский）、舍斯托夫（Л. Шестов）等等。有意思的是，洛斯基（Н. О. Лосский）在《俄国哲学史》一书中将罗赞诺夫列在"象征派诗人的哲学思想"这部分加以论述，他对此的解释是，罗赞诺夫不是诗人，但是就如象征派诗人一样也是寻神派。

这些宗教哲学家可以说是一种新型思想家，按西尼亚夫斯基（А. Синявский）的观点，这种新型思想家形成于精神颓丧、充满分裂、"奉不具备形式为神圣的"世纪之交，当时非理性因素得以加强成为民众世界观的中心，他们反对教条，并具有独特的思维方式；他们不创造严格的、经典的、平衡的价值体系，因为对于他们来说，首要的任务是拯救灵魂、生命与人类，他们的言语和观点很零散；他们提倡，眼睛机灵和耳朵灵光的人，请扔弃所有的工具，忘记任何方法只需尝试相信自己的直觉，忘记与大家共同看到的，学会看见别人看不见的。他们的共同出发点在于认为内心直觉是最重要的，并因此而转向自我、人的个性概念。在《无根据颂——非教条主义思维的一次尝试》中，列夫·舍斯托夫捕捉到了这种时代精神，并提出了与罗赞诺夫非常相近的纲领："批评界当然会认为对传统形式的破坏不是什么别的，而是奇思异想，让著作以一种无任何外在关联的一系列思想的形式出现……没有思想、没有概念、没有连贯性，有的只是矛盾，然而这恰恰正是我所要达到的目的，这一点读者可能从标题本身就已经猜到了。无根据，甚至是无根据颂，当我的全部任务恰恰在于要一劳永逸地摆脱伟大及不伟大的哲学体系的奠基者们可以理解的顽固强加给我的各类开端与终结的时候，还谈什么外在完整性呢？"①

新宗教孕育新思维，新思维又逐渐形成了特殊的叙述风格：第一，不应该有一个共同的统领所有内容的思想。如果你不想成为不能表达自己思想的奴仆，就应该千方百计地根除这种思想；第二，应该摆脱一成不变的开端和结尾，未完结的、无序的、混乱的无头无尾思想并不趋向于先前已定的目

---

① ［俄］舍斯托夫. 旷野呼告　无根据颂［M］. 方珊，李勤，张冰，等译. 上海：上海人民出版社，2004：180.

标，互相矛盾的思维，就像生活本身比体系更能贴近我们的心灵。这些新意识和新方式深刻地影响了罗赞诺夫的文学批评方法。

三、罗赞诺夫印象主义批评方法的美学渊源

首先，对别林斯基的借鉴。在文学批评方法上，罗赞诺夫对别林斯基有着直接的继承性。比如，我们在年轻的别林斯基和罗赞诺夫的批评方法中可以找到如下共同特征：追求从作家的个性特点出发，确定和描写作家的艺术方法，探寻理想人物，以神秘主义的眼光看待艺术创作的实质，对辩证思维的倾向性，与讽刺共存的抒情。这些特征正是浪漫主义美学的主要原则，因此可以说，两位文学批评家的共同点在于都定位于浪漫主义文学和批评传统。

其次，对根基派的承袭。19世纪文学批评是俄罗斯文化独一无二的现象，罗赞诺夫在继承19世纪俄罗斯文学批评成就的同时，创立了自己的独特方法。与其文学哲学观点最接近的是"根基派"批评家们，如陀思妥耶夫斯基（1821—1881）、格里戈里耶夫（1822—1864）、斯特拉霍夫（1828—1896）。

在本节当中"罗赞诺夫与陀思妥耶夫斯基"这一主题是我们研究的主要内容，因为对陀思妥耶夫斯基创作的师承使罗赞诺夫形成了许多重要的观点和主要的创作原则。如前所述，罗赞诺夫对陀氏作品的了解始于中学时代。在《为什么我们感到陀思妥耶夫斯基很亲切》（Чем нам дорог Достоевский?（К 30-летию со дня его кончины），1911）这篇文章中，罗赞诺夫回忆道：

> 我中学的同学（尼日格勒特中学）全都读过陀思妥耶夫斯基的作品，而我一篇也没有读过……我讨厌他的姓。
>
> ……
>
> 我们把重音打在"妥"字上，而不是打在"耶"字上，在我的印象中，他是个被免去教职的助祭，长长的头发抹得油光铮亮，老是说些下流故事：

　　　　　　"陀思妥耶夫斯基——坚决不看！……"①

　　可见，罗赞诺夫在当时就已经初步形成了"罗赞诺夫式"的主观主义，他对待生活的原则就是"我喜欢"或者"我不喜欢"。

　　后来，罗赞诺夫还是决定读一读陀氏的作品。《罪与罚》开启了罗赞诺夫陀氏阅读的终身之旅，罗赞诺夫一生对陀思妥耶夫斯基崇拜至极。陀思妥耶夫斯基对罗赞诺夫的影响在于，陀思妥耶夫斯基是一个坚决反对理论的人，这使得罗赞诺夫走上了印象主义文学批评的道路；另一点影响在于，罗赞诺夫被陀式的作品形式深深震撼到了，到了着魔的程度，把陀氏称为"最隐秘的"和"最内在的作家"，在陀氏的作品中，创作过程的两个参与者——作者和读者之间的距离缩短到极限。罗赞诺夫认为这一点是陀思妥耶夫斯基在文学中的最伟大发明。戈列尔巴赫曾说《作家日记》是罗赞诺夫的案头必备书，正是这种文学日记体裁后来成为罗赞诺夫最爱的表达方式。这里说明的是，在尼科留金看来，罗赞诺夫写的不是随笔（这种体裁本身意义上的），但是罗赞诺夫的目标、风格等就其实质而言是随笔式的。这种观点我们首先认为是正确的，而如果我们力求确定这种随笔风格的来源，必然回溯到陀氏的《作家日记》，诸多研究者已不止一次地指出了罗赞诺夫的作品与陀氏的《作家日记》之间的联系。比如，维克多·叶罗菲耶夫所认为的，在形式层面上，罗赞诺夫的论著遗传于陀氏的《作家日记》。

　　斯特拉霍夫是格里戈里耶夫"有机批评理论"的直接继承者与实践者，当罗赞诺夫关注斯特拉霍夫的论著并与之通信时，才开始关注到格里戈里耶夫，并高度评价了格里戈里耶夫的遗产和意义。在谢林有关艺术高于科学的浪漫主义思想的基础上，格里戈里耶夫创立了自己的观点，如研究者所言："格里戈里耶夫创立的有机批评理论是俄国美学思想和文学批评史上最富独创性的理论之一。它的哲学基础是对有机生命和对艺术直觉的谢林主义式的崇拜，是对欧洲理性主义和历史主义思潮的一种反动。"②

----

　　①　[俄]索洛维约夫. 精神领袖：俄罗斯思想家论陀思妥耶夫斯基 [M].[俄] 阿希姆巴耶娃, 编. 徐振亚, 娄自良, 等译. 上海：上海译文出版社, 2009：250-251.

　　②　刘宁. 俄国文学批评史 [M]. 上海：上海译文出版社, 1999：426-427.

　　作为"有机派"批评的开山者格里戈里耶夫认为，与"理性的思想"相比，有机批评更倾向于"心灵的思想"，而理论分析则无法给出世界的完整图景。

　　　"有机批评论"的出发点是肯定"心灵的思想"比"头脑的思
　　想"更优越，认为理性判断、理论分析不能"完整地"把握事物，
　　只有艺术直觉才能综合地反映现实，因而艺术应当是"心灵思想"
　　的有机的综合表现。艺术具有直感性，同偏重于抽象逻辑推理的科
　　学理论体系毫无共同之处。它和生活本身一样，是有机生命发展的
　　一个必然阶段，由于出现了这个阶段，无意识的创造变成了有意识
　　的创造。①

　　可见，格里戈里耶夫已经接受了印象主义的批评方法："格里戈里耶夫文学批评论文的各种思想频繁交错和相互过渡的形式，是由他不断接受检验的印象主义方法决定的。"②"在美学思想上，格里戈里耶夫继承和发扬了从谢林到斯拉夫派的浪漫主义美学思想，把直觉的、印象主义的批评方法作为研究文学的基础，为后来俄国的象征主义文学批评开辟了道路。"③格里戈里耶夫称自己是"最后一个浪漫主义者"，浪漫主义是他与罗赞诺夫批评方法的共同来源。在他们的创作中也存在着许多共同点：第一，反体系性，罗赞诺夫从格里戈里耶夫那继承了无体系性的欲望；第二，共同创作，作者和批评家是共同创作者；第三，有激情，感情充沛。总之，罗赞诺夫借"有机批评"理论创造了自己的方法，有关他们批评方法的"呼应"问题是显而易见的。

　　毫无疑问，罗赞诺夫与格里戈里耶夫是极为相似的。罗赞诺夫的同时代人勃洛克发现了这一特征，在讲到俄罗斯"有机批评"的这位创造者时，勃

---

　　①　刘宁. 俄国文学批评史［M］. 上海：上海译文出版社，1999：427.
　　②　［苏］奥夫相尼科夫. 俄罗斯美学思想史［M］. 张凡琪，陆齐华，译. 北京：中国
　　　　人民大学出版社，1990：323.
　　③　刘宁. 俄国文学批评史［M］. 上海：上海译文出版社，1999：433.

洛克写道："有着强烈现代性，与罗赞诺夫的《落叶》像极了。"两位的片断式书写，就像一片片的"落叶"。研究者诺索夫也指出："格里戈里耶夫的散文是在俄国抒情哲理式自白散文土壤上萌发的，只与 20 世纪初罗赞诺夫的艺术自传哲学小文章才有共鸣。"可以说，罗赞诺夫的抒情哲理式散文与格里戈里耶夫文学批评方法对接的观点也得到了证实。

综上所述，我们认为，依据由格里戈里耶夫提出的"有机批评"理论，罗赞诺夫创造了属于自己的批评方法。

四、1899—1900 年的过渡时期

在 19 世纪 90 年代，为与当时其他批评家对诗人的见解辩论，罗赞诺夫发表了三篇有关普希金的文章。《论普希金科学院》（*О Пушкинской Академии*，1899）一文写于普希金 100 周年诞辰的前夕，罗赞诺夫也因此成为强调在俄罗斯创立造型艺术科学院必要性的首批人物之一。在文中，他这样解释自己的这一看法："普希金这是人世间的艺术，这是包罗万象的雅致……被颂扬的雅致脱离外在的美而接近内在的美、善良和真理……"[1]批评家们有关诗人创作的争论是该篇文章的中心，这篇文章的主旋律是有关普希金作品基调的永不枯竭。"对于他的天才来说可以完全排除单一性……他是一个神。"我们"可以吃普希金，普希金一人就可以供养一生"[2]。在上述情况下，诗人的对立者是果戈理和莱蒙托夫："请尝试靠果戈理生活，靠莱蒙托夫生活，你们将会被他们的一神教摧残、扼杀……过了一些时候你们会可怕地感到自己在窒息，就像在没有开窗的房间里……"[3]而普希金与他们不同，"普希金是花园，在花园里你们不会感到疲惫不堪"[4]。诗人的名字又

---

[1] Ермолаева И. А. Литературно – критический метод В. В. Розанова：Истоки. Эволюция. Своеобразие.［D］. Иваново，2003. С. 81.

[2] Барабанов Е. В. Вл·Вл·罗赞诺夫［EB/OL］.《路标》电子图书馆网，2013-05-30.

[3] Ермолаева И. А. Литературно – критический метод В. В. Розанова：Истоки. Эволюция. Своеобразие.［D］. Иваново，2003. С. 82.

[4] Ермолаева И. А. Литературно – критический метод В. В. Розанова：Истоки. Эволюция. Своеобразие.［D］. Иваново，2003. С. 82.

与荷马的名字相对照："对于俄罗斯来说，普希金可能是那样的精神之父，就像在希腊灭亡之前荷马对于希腊一样。"①罗赞诺夫还把普希金与拉斐尔、贝多芬进行对比，认为普希金成了"全世界的眼睛"和"全世界的耳朵"。

基调是作者的一种声音，要理解诗人个性必须倾听到他的声音。罗赞诺夫指出，应该如何阅读作家，如何在阅读中创造出作家的形象，在他看来，只有具备听到声音和看见面孔的天赋，在阅读时才能享有接近作者和洞察作家灵魂的机会。可以说，罗赞诺夫是在尝试把读者和作者的"个性"相碰撞。

在《关于普希金的札记》（1899）一文中，罗赞诺夫以隐晦的形式同格里戈里耶夫的意见争辩，同时代人普遍要求用代词"我们的"来称呼"诗人"，而罗赞诺夫却把诗人称为"自己的"。在《再论普希金之死》（1900）一文中，争论元素依然存在。1897年，梅列日科夫斯基的随笔《普希金》重新发表（首次发表在1896年，没有得到同时代人的关注），并得到强烈关注，随后，索洛维约夫以文章《普希金的命运》来回应梅列日科夫斯基这部作品，这成为罗赞诺夫与之争辩的主要对象。

总体来看，《关于普希金的札记》有着重要的转折意义。在文中，罗赞诺夫首次允许"事实不准确"，这一点使得索洛维约夫十分困惑不解，他不能接受这种做法，因为在他看来，历史事实无疑是高于艺术事实的。文章中描写果戈理如何来到了彼得堡，白天拜访普希金，而仆人回答道，主人在睡觉，玩了一夜的牌。罗赞诺夫在想，这是否是莱蒙托夫所描写的《我独自一人启程……》中的那一夜。我们依据普希金和果戈理的生平传记可以推算出莱蒙托夫写这首诗的时间（1841年）在果戈理与普希金相识之后，这是已相隔几年的两件事情，普希金玩了一整夜牌的秋天的彼得堡之夜，无论如何也不能是莱蒙托夫所描绘的那个明亮的夜晚。其实，罗赞诺夫知道"不是那一夜"（而只是相似的一夜），但他遵循的不是历史事实，而是艺术真理，在他看来，艺术真理是高于历史事实的。由此，他表现出对事实惊人的不关心，

---

① Ермолаева И. А. Литературно – критический метод В. В. Розанова: Истоки. Эволюция. Своеобразие. ［D］. Иваново，2003. С. 82.

根本就不去想事实，总之在一定程度上，他蔑视事实，"事实"不是"一件事"，而是他艺术花样的闪光点，这种对时间上颠倒混淆的肯定也正显示出罗赞诺夫对艺术真理的追求。

当然，罗氏所知并不比索氏少，莱蒙托夫的诗写于普希金死后，甚至更早。还有，为庆祝在莫斯科举行的果戈理纪念日，罗赞诺夫毫无根据地写道，果戈理好像在莫斯科大学供职，还教授世界通史，实际上果戈理是在彼得堡大学教授世界通史。即使是在舆论的谴责之下，罗赞诺夫也依然未修改文稿，因为他认为"那样"会有更好的效果。罗赞诺夫喜欢这种对照，为了说出他想说的，历史事实必须在"自己的事实——叙述事实"面前让步。我们可以说，他不是在分析作品，而是进行"再创造"，不仅再创造了一系列作家的形象，而且也再创造了与传统的文学批评迥然不同的现代批评。

五、三部曲的诞生

罗赞诺夫通向三部曲之路是漫长的。1912 年 3 月 6 日，书刊检察机关查封刚刚出版的《隐居》；1912 年 12 月 21 日，圣彼得堡的区法院因《隐居》一书判处罗赞诺夫拘留 10 日。1913 年 4 月 3 日《落叶》第一章问世，1915年 7 月海湾出版社在苏沃林的印刷厂印刷《落叶》第二章。罗赞诺夫创作的巅峰之作文学—哲学三部曲《隐居》（"Уединенное", 1912）、两章①《落叶》（"Опавшие листья", 1913—1915）的问世时间如上所述。可以将罗赞诺夫的全部创作比作一颗枝叶繁盛的大树，这棵树成为他世界观的象征，不同年代的论著好比"树干"，三部曲则是"树冠"。罗赞诺夫三部曲是哲学、文学和文学批评的综合体，任何一个作者也无法实现那种集合，该书成为 20世纪初俄罗斯文化的新现象。一百年后，罗赞诺夫的《叶子》（2001）一书再次吸引众人的目光，成为 20 世纪初独具一格的一个"谜团"。

1890 年代，罗赞诺夫的首部哲学论著《论理解》和译著《形而上学》均未获得成功。斯特拉霍夫在信中对罗赞诺夫说道："您的文章，还有您的书都有对象不确定和方法不确定的问题。"1913 年罗赞诺夫对此回答道："主

---

① 罗赞诺夫奇特地将卷称作筐（короб）。

题和对象！当时和现在都与我格格不入。"斯特拉霍夫还针对罗赞诺夫的问题说道："您文章的创作缺陷在于抽象、不确定、没有严格的方法和坚定的目标。"依我们看，斯特拉霍夫的这些话不仅仅证明了当时罗赞诺夫的创作中缺乏某种方法，也证明了一个新的、非传统方法的诞生。可见，三部曲的出现与罗赞诺夫于1881年时就已开始的文学批评活动密切相关，在19世纪90年代初，他就已经不再想成为一名哲学家。在下诺夫戈罗德省学术档案委员会的履历表中，罗赞诺夫是这样评定《论理解》问世后自己所从事的活动的：

> 如果这本书获得了巨大反响，我就会终生成为一名"哲学家"，但是这本书没有引起什么反响。当时我转向了文学批评与政论，因为当时我在哲学领域从不允许自己胡闹，在其他领域我却做到了这一点……①

罗赞诺夫还说道："在十分严肃的时候，我的小男孩是不会成长的、成熟的……"为了完全实现自我，罗赞诺夫进行了长期探索。最终，在三部曲中他找到了自我。作为罗赞诺夫的巅峰之作，三部曲通常被认为是他的随笔散文，很好地平衡了哲学、批评和文学诸多元素，在体裁、风格方面很让人吃惊，同时也是与罗赞诺夫的哲学最相符合的形式，而我们对其中的文学批评情有独钟。

六、三部曲中的印象主义批评特征

反映在《隐居》和两章《落叶》中的罗赞诺夫的批评立场，对于理解罗赞诺夫的文学批评方法至关重要，我们下面以三部曲为例进行分析。

---

① Розанов В. В. О себе. Ответы на анкету Нижегородской губернской ученой архивной комиссии［M］//Фатеев В. А. В. В. Розанов: pro et contra. Личность и творчество Василия Розанова в оценке русских мыслителей и исследователей.（Книга Ⅰ）СПб.: РХГИ, 1995. C. 40.

（一）直觉与主观

在罗赞诺夫的文学批评论著中，主观因素始终占主导地位，即主观随意地理解文本，相应的表述，即"我觉得"。因为罗赞诺夫从不认为自己是职业批评家，他不只是要反映研究客体，而且还要论证自己的文学纲领，为自己的宗教哲学观点辩护。所以，与其说他的文章是对艺术形象、对作品的结构布局进行传统文学分析，不如说是对作品所引发的那种情感印象的一种评定。

> 我觉得，人们似乎不大喜欢托尔斯泰，他也感觉到了这一点，他死的时候，没有一个人在他身边悲痛欲绝，没有一个人显得难分难舍，那种"疯狂的行为"连影子也没见到。一切都"高度合乎理智"；这便是庸俗的印记。①

> 我的文学生涯中，大动肝火的时候颇多。且一切都是徒劳的。为什么我不喜欢温格洛夫？说来奇怪，就因为他又黑又胖（像个大腹便便的蟑螂）。②

> 为什么？谁需要？
> 只不过我需要而已。哈，好心的读者，我已好久"不为读者"写作了——因为我喜欢这样。既然"不为读者"，又何必发表呢？喜欢而已，别无其他。③

罗赞诺夫话语的特点首先是源于阅读的印象。罗赞诺夫的文学批评与其他的印象主义者们一样是心理上的，都在受情绪支配，描写心情，渗透着自

---

① ［俄］洛扎诺夫. 隐居及其他：洛扎诺夫随想录［M］. 郑体武，译. 上海：上海远东出版社，1997：18.
② ［俄］洛扎诺夫. 落叶集［M］. 郑体武，译. 昆明：云南人民出版社，1998：196.
③ ［俄］洛扎诺夫. 隐居及其他：洛扎诺夫随想录［M］. 郑体武，译. 上海：上海远东出版社，1997：1-2.

白精神，存在大量自我解剖，与此同时，也表现出强烈的倾诉愿望。也正因此，许多同时代人不认为罗赞诺夫是文学批评家。例如，曼德里施塔姆（О. Мандельштам）就不无轻蔑地写道："罗赞诺夫算什么文学批评家？他完全是在瞎嘀咕，他是个偶然的读者、迷途的羔羊——非驴非马……"

列文指责我"利己主义"是对的。这当然是存在的。甚至正是因为这一点我才动笔写《隐居》：渴望以此挣脱离群索居的枷锁。这确实是一种枷锁，一出生我就戴着它。

我戴着枷锁呐喊：如果他们已经看不见，摸不到，无法帮助我，那就让他们知道这是什么吧。

我就像一个落井者，在深深的井底，希望能向"那里的"，"地面上的"人发出求助的呐喊。①

我的文体中有一种可恶的成分。任何东西，只要掺杂了这种成分，都不会长久。也就是说，我不过是昙花一现？

这可恶表现在我的自鸣得意中。有时甚至在我的孤芳自赏中。好像我有一幅油光铮亮的肚皮，而且是我自己给它抹的油。真的，因为这，我好像是在飞，这当然也是一种品质。但这飞翔不是安分守己，循规蹈矩。那样会更好些。②

木块。沙子。石头。坑洼。

——这是什么，修理过道？

——不，这是《洛扎诺夫文集》。

一辆有轨电车自信地在铁轨上行驶。

（在涅瓦大街上，维修）③

---

① ［俄］洛扎诺夫. 落叶集［M］. 郑体武，译. 昆明：云南人民出版社，1998：16.
② ［俄］洛扎诺夫. 落叶集［M］. 郑体武，译. 昆明：云南人民出版社，1998：80.
③ ［俄］洛扎诺夫. 落叶集［M］. 郑体武，译. 昆明：云南人民出版社，1998：16.

我灵魂的每一次波动都伴随着诉说，每一次诉说我都想记录下来。这是本能。①

同时说"赞成"和"反对"这种"不严肃性"，阐明了罗赞诺夫的文学批评与印象主义文学批评毋庸置疑的相似性，而这种带有游戏成分的特点源于他天生的双重个性，鲜明地体现在自贬与自夸的矛盾中。

我是一个最平常不过的人。请允许我介绍一下我的全名："舞文弄墨的六等文官瓦西里·瓦西里耶维奇·洛扎诺夫"。②

胀鼓鼓的眼睛，老是舔嘴唇——这就是我。
不雅观吗？
为之奈何。③

言谈举止的美永远是天生的。是教不会学不会的。"一举手，一投足，无不表现心灵的美丑。"可惜，我的举止似乎丑陋极了。④

在我心目中，"理解我的人"就是最优秀最有意思的人，难道这是异想天开？⑤

现在，我的这些文字……是的，我有过不少创见，称得上是发前人所未发，包括尼采和列昂季耶夫。就思想（观点，思想的机理）的复杂性和数量而言，我认为我是首屈一指的。有时我觉得，我对历史理解得这么透彻，好像历史是握在我手里，好像历史是我

---

① ［俄］洛扎诺夫.隐居及其他：洛扎诺夫随想录［M］.郑体武，译.上海：上海远东出版社，1997：11.
② ［俄］洛扎诺夫.落叶集［M］.郑体武，译.昆明：云南人民出版社，1998：230.
③ ［俄］洛扎诺夫.落叶集［M］.郑体武，译.昆明：云南人民出版社，1998：183.
④ ［俄］洛扎诺夫.落叶集［M］.郑体武，译.昆明：云南人民出版社，1998：187.
⑤ ［俄］洛扎诺夫.落叶集［M］.郑体武，译.昆明：云南人民出版社，1998：117.

创造的。我时常有这种亲缘感和彻悟感。①

　　我仿佛赤身裸体进了澡堂，这对我来说一点儿也不难。而且只有我一个人不觉得难。再没有谁能做到这一点，除非那个人跟我一模一样。不过我想，这样的人是不可能有的，因为世界上找不到绝对相同的两张面孔，就像找不到绝对相同的两种笔迹一样。②

（二）诗化表达

罗赞诺夫的三部曲中充满了诗化的表达：

　　我曾以为，一切都是不死的。所以我唱歌。
　　而今我知道，一切都有终结。于是歌声止息了。
　　（已经三年了）③

　　我从未想到内心会受到如此沉重的震撼，它构成了我的年与月，日与时。
　　我像风一样迅跑，像风一样不知疲劳。
　　——你去哪里？为什么？
　　最后是：
　　——你爱什么？
　　——我爱我夜晚的梦想。——我对迎面吹来的风低声说道。④

　　这难道不是罗赞诺夫的散文诗？罗赞诺夫的散文诗化高于我们谈过的音乐性，他坚信自我作品的和谐音律：

---

① ［俄］洛扎诺夫. 落叶集［M］. 郑体武，译. 昆明：云南人民出版社，1998：230.
② ［俄］洛扎诺夫. 落叶集［M］. 郑体武，译. 昆明：云南人民出版社，1998：113.
③ ［俄］洛扎诺夫. 落叶集［M］. 郑体武，译. 昆明：云南人民出版社，1998：1.
④ ［俄］洛扎诺夫. 隐居及其他：洛扎诺夫随想录［M］. 郑体武，译. 上海：上海远东出版社，1997：23.

不是所有的思想都能记录下来的，除非它具有音乐性。

《隐居》是空前绝后的。①

此外，罗赞诺夫还运用诸多对比：

托尔斯泰令人吃惊，陀思妥耶夫斯基令人感动。

托尔斯泰的每一部作品都是一座建筑。无论他写什么，甚至无论他开始写什么（"片段""开头"）——他都是在建造。到处是锤子，铅锤，直尺，图纸，"构思好的和设计好的"。他的任何一部作品，刚一开头，其实就已经全部构筑好了。

但这一切当中没有箭（实际上是没有心）。

陀思妥耶夫斯基是沙漠中的骑士，背着一只箭囊。他的箭射向哪里，哪里便流血。

陀思妥耶夫斯基对人来说是宝贵的。托尔斯泰身上则没有什么宝贵的东西。他总是"说教"。让那些心悦诚服的人跟他去好了。"说教"并不能成就什么，除了一叠叠的纸张和收集纸张的人，以及图书馆，商店，报纸上的讨论，或者好一点——还来一个金属的纪念牌。

而陀思妥耶夫斯基活在我们心中。他的音乐永远不会消亡。②

罗赞诺夫还将普希金、莱蒙托夫和托尔斯泰进行对比：

普希金和莱蒙托夫以自身结束了俄罗斯从彼得大帝到他们自己这一灿烂时期。

论创作技巧的高超托尔斯泰稍逊于普希金、莱蒙托夫和果戈

---

① [俄] 洛扎诺夫. 落叶集 [M]. 郑体武，译. 昆明：云南人民出版社，1998：214.

② [俄] 洛扎诺夫. 落叶集 [M]. 郑体武，译. 昆明：云南人民出版社，1998：273.

理；他没有莱蒙托夫的精雕细刻，如《商人卡拉什尼科夫之歌》；也没有普希金的多姿多彩，如《回声》；更没有果戈理的淋漓尽致，如《死魂灵》……就连普希金的片段，小作品和删掉的诗句中也没有平庸和败笔……但托尔斯泰的平庸之处很多……

不过，托尔斯泰也有超过他们三位的地方：这便是整个生命的高尚和严肃；不在于"他做了什么"，而在于"他想做什么"。

普希金和莱蒙托夫"并没想做什么特别的事"。尽管对这样的天才来说是很奇怪的，但事实的确如此。他们所做的恰恰是结束一切。他们恰恰是整个文明的落日和黄昏。一般来说，晚上是"不想"，只有早晨才"想"。

……

作为一个作家，他在普希金、莱蒙托夫和果戈理之下。但作为一个人，一个高尚的人，他在他们所有人之上。他甚至可能不是一个很聪明的人，但没有谁能像他那样执着于崇高伟大的理想。

这就是他胜过所有作家的地方。

应当承认，他的天性并不像普希金那么高尚。天性是一回事，而愿望，"梦寐以求的东西"，则是另一回事。托尔斯泰"梦寐以求的东西"，比任何人都崇高。①

罗赞诺夫还运用了生动形象的比喻：

……恐惧地抓住十字架的恶魔。

（临死时的果戈理）②

突然有个魔鬼用棍子搅动海底，于是从海底升起一股股浊流，沼泽的气泡……这是果戈理来了。果戈理身后：一切都完结了。苦

---

① ［俄］洛扎诺夫. 落叶集［M］. 郑体武，译. 昆明：云南人民出版社，1998：123-125.

② ［俄］洛扎诺夫. 落叶集［M］. 郑体武，译. 昆明：云南人民出版社，1998：96.

闷。困惑。仇恨，很多仇恨。"多余人"。苦闷的人。糟糕的人。①

他的全部活动，他的整个面孔，看不出丝毫的崇高痕迹。如龟爬蜗行。"你得靠肚皮走路啦。"（关于果戈理）②

陀思妥耶夫斯基就像一个醉醺醺的神经质的婆娘，咬住了俄罗斯的"败类"并成了俄罗斯的预言家。
"明天"的预言家和"久远过去"的歌者。③

……暂时还是"一朵小花"：别着急，再过七十五年，小小的俄罗斯文学将硕果累累。④

我扛着文学如我的棺椁，我扛着文学如我的哀伤，我扛着文学如我的厌恶。⑤

鉴于此，罗赞诺夫的文学批评开始被接受为一种特殊的艺术创作，批评家变成了诗人，批评文章变成了艺术作品。正是在印象主义方向的框架下，罗赞诺夫被认为是一个艺术家。

（三）无体系性

无形式、反体系成为罗赞诺夫的永恒伴侣。罗赞诺夫批评文本的结构形式松散，并不围绕一个作家、一部作品进行集中品鉴，而是多个作家、作品相交错，不成体系。这种不赞成观点的体系性，在罗赞诺夫的文学批评中成为最醒目的特点。

罗赞诺夫的三部曲中有许多意向没有逻辑上的完结，而且用省略号结

① ［俄］洛扎诺夫．落叶集［M］.郑体武，译.昆明：云南人民出版社，1998：124.
② ［俄］洛扎诺夫．落叶集［M］.郑体武，译.昆明：云南人民出版社，1998：262.
③ ［俄］洛扎诺夫．落叶集［M］.郑体武，译.昆明：云南人民出版社，1998：131.
④ ［俄］洛扎诺夫．落叶集［M］.郑体武，译.昆明：云南人民出版社，1998：254.
⑤ ［俄］洛扎诺夫．落叶集［M］.郑体武，译.昆明：云南人民出版社，1998：50.

束，这些未完结的断断续续的文字隐含了一种认为读者自己会"听到""想到""接着说完"的种种假设，是一种与读者对话的表现。

是的，死亡也是宗教。是另一种宗教。

从来还没有想过。
………………
这就是北极圈。白茫茫的冰雪。什么都没有。这就是死亡。
………………
死亡是终结。是两条平行线相交。也就是说，彼此纠缠在了一起，除此别无其他。没有什么"几何定理"。

是的，"死亡"甚至能战胜数学。"二乘二等于零"。
(在花园里仰望天空时)①

上帝用一只沉重的熨斗熨人。
………………
熨平心灵的皱纹。
………………
所以人们说：惧怕上帝吧，不要作孽。

(夜间在马车上)②

　　罗赞诺夫将独立的思想、笔记、话语等都标明写作的时间和地点，创造出独特的时空关系。由此，我们可以读到一个非虚构的、真实存在的文本。标出的时间和空间显然是无序的，罗赞诺夫没逻辑地信手拈来，用标注时间与地点这一细节创造出了杂乱的全景图，从而创造了犹如马赛克一般多样变

---

① ［俄］洛扎诺夫. 落叶集［M］. 郑体武，译. 昆明：云南人民出版社，1998：3.
② ［俄］洛扎诺夫. 落叶集［M］. 郑体武，译. 昆明：云南人民出版社，1998：34.

化的独特风格。

> 要学会隐居，要学会隐居，要学会隐居。
>
> 隐居是灵魂最好的卫士。是灵魂的庇护天使。
>
> 隐居中有一切，隐居中有力量，隐居中有纯真。
>
> 隐居是集中精神，是——还我"完整的我"。
>
> (1912 年 7 月 31 日，早晨喝咖啡时)①

> 人能进入世界。
>
> 世界也能进入人。
>
> 这"门"就是视觉，味觉，嗅觉，触觉，听觉。
>
> (写在文稿的背面)②

此外，罗赞诺夫还在断想间加上各种符号，例如※※※ 或~或' ' '。尽管有着许多标志性信号，但并不改变罗赞诺夫对文学作品的品察与鉴赏的无体系性。

> ※※※
>
> 死是这么一回事：在它之后一切都失去了意义。
>
> 但它会为一切而来临。
>
> 难道非要说，一切都失去了意义吗？
>
> 也许，屠格涅夫的资料索引现在对他有意义？恶心……③

> ※※※
>
> "托尔斯泰的宗教"莫不是一个养尊处优、声名远扬和无忧无虑的土拉地主的"东跑西颠"？

---

① ［俄］洛扎诺夫. 落叶集［M］. 郑体武，译. 昆明：云南人民出版社，1998：131.
② ［俄］洛扎诺夫. 落叶集［M］. 郑体武，译. 昆明：云南人民出版社，1998：215.
③ ［俄］洛扎诺夫. 落叶集［M］. 郑体武，译. 昆明：云南人民出版社，1998：64.

缺少切肤之痛——这是托尔斯泰不可饶恕的一面。

（读佩尔卓夫编《托尔斯泰纪念集》）①

由上可见，罗赞诺夫的评论文章不是传统意义上的文学分析，他对文学作品、作家、音乐家、艺术家的活动进行大胆犀利而感情充沛的分析，虽是主观性的评价，却不排除敏锐的感受，虽是"自由不羁"的叙述方式，并交织多种手法与多个主题，却难以遮蔽其真实的见解和结论，这些都让我们感受到罗赞诺夫的印象主义批评的诱人魅力。

本章小结

总之，我们可以将罗赞诺夫的批评方法划分为宗教哲学批评和印象主义批评两个发展阶段，但必须注意的是，我们几乎不可能对罗赞诺夫的批评方法做出单一的界定，把他的文学批评方法归纳为两种也是远远不够的，因为罗赞诺夫在评论作家作品时根本不在乎方法问题，对他来说，便于表达思想的就是好方法，而我们所介绍的只不过是其文学批评中体现得最充分、最明显的东西。

---

① ［俄］洛扎诺夫. 落叶集［M］. 郑体武，译. 昆明：云南人民出版社，1998：64-65.

结　语

罗赞诺夫文学批评的个性价值：
反传统与反体系

　　个性是一种巨大的精神财富与无尽的艺术源泉，个性为罗赞诺夫提供了独特的艺术体验。罗赞诺夫犹如斯芬克斯，他的创作就是那令人猜想的斯芬克斯之谜。他从未写过传统意义上的艺术作品，但是同时代人却称其为"俄罗斯一流作家之一"（斯特卢威语）。别尔嘉耶夫认为："他在文学上的才华是惊人的，特别在俄罗斯文体方面有着巨大的才华。"①菲洛索福夫（Дм. Философов）写道："普希金、屠格涅夫、陀思妥耶夫斯基之后，俄语在鲜明性与丰富性上已经达到了一种极致，而罗赞诺夫又找到了俄语新的美，让俄语焕然一新。"②著名文艺理论批评家卢那察尔斯基说："作为艺术家的批评家，批评的艺术家——真是一种值得赞赏的现象。……伟大的作家一旦亲自掌握了批评，一定会成为这样的人。"③可以说，罗赞诺夫为我们呈现的是不屈从于现存条条框框的、非传统、鲜明的、别具一格的创作。他真正做到了批评家与艺术家的完美结合，尽管他在文学批评方面并无鸿篇巨制的理论论著，但其不拘一格的思想，或见于作品序言，或录之于札记，或披于往来书简，表现为"零星的断想"，充满着真知灼见，闪烁着五光十色的

---

① ［俄］别尔嘉耶夫. 自我认识——思想自传 ［M］. 雷永生，译. 桂林：广西师范大学出版社，2001：137.

② Фатеев В. А. В. В. Розанов：pro et contra. Личность и творчество Василия Розанова в оценке русских мыслителей и исследователей.（Книга Ⅱ）［M］. СПб.：РХГИ，1995. С. 6.

③ 张铁夫. 群星灿烂的文学——俄罗斯文学论集 ［M］. 北京：东方出版社，2002：10.

思想光辉。

　　本书所分析的是罗赞诺夫的文学批评遗产，而这正是批评家创作中被研究得最少的一部分。《论宗教大法官的传说》《文学随笔》《论作家与创作》《在艺术家中间》《文学流亡者》《隐居》《落叶》等论著，均包含着强烈的批评因素。在这些论著中，罗赞诺夫历数了俄罗斯伟大的经典作家和世界精神文化领域里的精英人物，他以这种与众不同的批评趣味对文化现象进行了独特的再创造，颠覆与重构了俄罗斯古典作家形象和经典作品，做出了令人耳目一新的深刻解读。罗赞诺夫文学批评的最大价值在于，解开被职业批评家所遮蔽的视线，看到了经典作家永垂不朽的个性，摸索到了隐藏艺术家灵魂的中心所在。遗憾的是，至今罗赞诺夫文学批评的个性价值未得到应有的评价。

　　作为一位富有创造性的作家，罗赞诺夫的文学批评深深吸引了众多研究者。毫无疑问，罗赞诺夫的文学批评是以艺术直觉为支点的文学批评，其文学批评之气质、文学批评之个性不同于多数的技术批评。感性的阅读体验，无逻辑的底色，又并非人云亦云，构成了罗赞诺夫文学遗产中的亮色。鲁德涅夫（П. А. Руднев）在自己的论著《瓦西里·罗赞诺夫的戏剧观点》中提出"永远拒绝接受罗赞诺夫是一个职业批评家"这样一种观点，梅德维杰夫（А. А. Медведев）也写道：　"在文学批评领域罗赞诺夫的话语具有外位性。"①有意思的是，罗赞诺夫本人也不承认自己是个批评家。在上述情况下，应该弄清楚"文学批评"的含义，在某个历史时期文学批评的任务是什么。按哈利泽夫的观点，19 至 20 世纪的文学批评"首先对作品独一无二的个性面貌感兴趣，力求弄明白文学作品形式和内容的特点（在这个意义上具有阐释性）"②。哈利泽夫还指出，随笔式批评是文学批评的一种形式，"不追求能被解析和能被证实，就是一种主观经验，对作品的情感理解占主导地

---

①　Медведев А. А. Эссе В. В. Розанова о Ф. М. Достоевском и Л. Н. Толстом（проблема понимания）．［D］．М.，1997. C. 11.

②　Голубкова А. А. Критерии оценки в литературной критике В. В. Розанова［D］．М.，2005. C. 171.

位"①。罗赞诺夫的文学批评文章可以说完全符合上述两种界定。

　　文学批评是罗赞诺夫整个哲学体系的一个重要组成部分。罗赞诺夫感兴趣的是运用他的哲学结论来研究某个作家的创作，因此他的许多关键性的哲学概念具有重要价值，可以说他以哲学为基础建构了自己的文学批评。

　　在罗赞诺夫看来，"个性"具有重要价值，因为恰恰是对人的个性态度成为他对文学作品进行评价的主要标准。从这一标准来看，在他的文学等级谱系中，普希金尚且尊重个性、不对个性加以压制，是当之无愧的冠军。而最后一名自然是果戈理，因为他通过自己的作品不仅改变了一部分人的世界观，而是改变了整个俄罗斯社会的世界观。

　　从19世纪80年代的下半叶开始，性理论出现在罗赞诺夫的所有文学观点中，并在其价值体系中与家庭和婚姻问题一起占有重要地位。他寻找莱蒙托夫和果戈理作品中的多神教主题，对屠格涅夫和维阿尔多的关系进行独特的阐释，在这种情况下，俄罗斯文学变成了罗赞诺夫试验自己抽象哲学思想的试验场。

　　如果从前对于罗赞诺夫而言，普希金是诗人与作家的典范，那么现在莱蒙托夫居首位。同样，罗赞诺夫对果戈理的态度也发生了改变，他认为，果戈理的创作完全符合自己的新思想，这是因为在罗赞诺夫那里"自然力"这一概念的内容发生了变化，由否定意义转变成了单一正面意义。果戈理和莱蒙托夫实际上是具有自然力的艺术家，正是他们在这一时期的罗赞诺夫文学等级谱系中居首位。在罗赞诺夫看来，"自然力"的同义词是"运动"，运动使得他能够将俄罗斯文学的发展和自己看待历史的哲学观点相对比。

　　研究证明，在罗赞诺夫的文学批评遗产中，呈现出文学批评的所有体裁形式：问题型文章、评论、文学肖像、述评、书信。为了回答某个问题，他常使用不同的体裁形式元素。显然，在文学批评中同时融合几种体裁也是罗赞诺夫所特有的，这种体裁综合法是罗赞诺夫批评随笔的重要特点，而这是与他追求创造19至20世纪之交俄罗斯社会和文化生活的整体形象相符的。

───────────

① Голубкова А. А. Критерии оценки в литературной критике В. В. Розанова [D]. М., 2005. С. 171.

　　观察表明，在自己的文学批评中罗赞诺夫是浪漫主义传统的继承人。罗赞诺夫方法的许多特点我们都可以在年轻的别林斯基和格里戈里耶夫的有机批评中找到源头。在罗赞诺夫创作之路初期翻译了亚里士多德的《形而上学》，在其中罗赞诺夫尝试理解古希腊哲学家亚里士多德所运用方法的实质。对方法的思考一直贯穿于罗赞诺夫的有关俄罗斯批评与经典文学的论著当中。我们研究的主要结论是，罗赞诺夫创造了自己独一无二的文学批评方法：宗教哲学批评方法和印象主义批评方法。

　　在对罗赞诺夫文学批评的思想内涵、文学批评的实践、文学批评的体裁、文学批评的方法进行系统研究的基础上，突出罗赞诺夫文学批评富有"破坏力"和"创造性"的反传统与反体系的个性价值所在。他的文学批评创作不符合任何一种规则和规范，是一种与众不同的文学批评艺术，实质上，这说明了罗赞诺夫对文学批评的消解趋向。本书还试图表明：其一，文学批评论著在罗赞诺夫丰富多样的创作遗产中占有重要地位；其二，罗赞诺夫是一位杰出的、独一无二的批评家；其三，我们对罗赞诺夫文学批评的综合研究有助于了解罗赞诺夫的个性特征——罗赞诺夫是一个怪人、奇人，其天性中蕴藏反传统的种子，正是这种反传统的解构精神使他在后现代语境下依然具有无穷的生命力，使他能够以其一种独特的先锋性和超时代性走向20世纪，乃至21世纪。

　　就此而言，我们还想指出今后的研究前景。罗赞诺夫这一选题有相当大的拓展空间，笔者在研究过程中发现了罗赞诺夫与俄罗斯后现代主义文学、文化之间的联系。并已就此，从影响层面撰写了《罗赞诺夫与俄罗斯后现代主义文学》一文，从美学层面撰写了《罗赞诺夫创作中的后现代主义元素》一文。还翻译了俄罗斯后现代主义代表作家维涅季克特·叶罗菲耶夫创作的小说《怪人眼中的瓦西里·罗赞诺夫》，同时撰写了相关评论文章《灵魂的困惑：难道这就是生活？——读维涅·叶的小说〈怪人眼中的瓦西里·罗赞诺夫〉》。笔者今后还想继续挖掘这方面的材料。

参考文献

俄文部分

罗赞诺夫论著

1. Николюкин А. Н. Мысли о литературе [М]. М. : Современник, 1989.

2. Ерофеев В. В. Несовместимые контрасты жития: Литературно - эстетические работы разных лет [М]. М. : Искусство, 1990.

3. Щербаков В. Н. Сумерки просвещения [М]. М. : Педагогика, 1990.

4. Николюкин А. Н. Уединенное [М]. М. , Политиздат, 1990.

5. Николюкин А. Н. Религия. Философия. Культура. [М]. М. : Республика, 1992.

6. Николюкин А. Н. Среди художников. Итальянские впечатления [М]. М. : Республика, 1994.

7. Николюкин А. Н. В темных религиозных лучах: Русская церковь и другие статьи. [М]. М. : Республика, 1994.

8. Сукач В. Г. Иная земля, иное небо … Полное собрание путевых очерков 1899-1913гг. [М]. М. : Танаис, 1994.

9. Николюкин А. Н. Мимолётное: Мимолётное. 1915 год. Чёрный огонь. 1917 год. Апокалипсис нашего времени. [М]. М. : Республика, 1994.

10. Николюкин А. Н. О писательстве и писателях [М]. М. : Республика, 1995.

11. Николюкин А. Н. Около церковных стен [М]. М. : Республика,

1995.

12. Николюкин А. Н. В мире неясного и нерешенного [М]. М.: Республика, 1995.

13. Николюкин А. Н. Легенда о Великом инквизиторе Ф. М. Достоевского: Легенда о Великом инквизиторе Ф. М. Достоевского. Литературные очерки. О писательстве и писателях [М]. М.: Республика, 1996.

14. Николюкин А. Н. Когда начальство ушло⋯: Когда начальство ушло⋯ 1905 – 1906 гг. Мимолётное. 1914 год [М]. М.: Республика, 1997.

15. Николюкин А. Н. Сахарна: Сахарна. Обонятельное и осязательное отношение евреев к крови. [М]. М.: Республика, 1998.

16. Николюкин А. Н. Во дворе язычников [М]. М.: Республика, 1999.

17. Николюкин А. Н. Апокалипсис нашего времени: Выпуски №1 – 10. Текст 《 Апокалипсиса ⋯ 》, публикуемый впервые [М]. М.: Республика, 2000.

18. Евграфов Г. Р. Литературные изгнанники: Воспоминания. Письма. [М]. М.: Аграф, 2000.

19. Николюкин А. Н. Последние листья: Последние листья. 1916 год. Последние листья. 1917 год. Война 1914 года и русское возрождение [М]. М.: Республика, 2000.

20. Николюкин А. Н. Литературные изгнанники: Н. Н. Страхов. К. Н. Леонтьев. [М]. М.: Республика, 2001.

21. Сукач В. Г. Уединенное ; Опавшие листья ; Апокалипсис нашего времени; Статьи о русских писателях [М]. М.: Слово, 2008.

罗赞诺夫研究论著

1. Фатеев В. А. В. В. Розанов: pro et contra. Личность и творчество Василия Розанова в оценке русских мыслителей и исследователей. Антология. (Книга I КнигаII) [М]. СПб.: РХГИ, 1995.

2. Синявский А. Д. 《Опавшие листья》 Василия Васильевича Розанова. [М]. М.: Захаров, 1999.

3. Николюкин А. Н. Розанов. ［М］. М. : Мол. гвардия, 2001.

4. Николюкин А. Н. Настоящая магия слова : В. В. Розанов в литературе русского зарубежья ［М］. СПб. : Росток, 2007.

5. Николюкин А. Н. Наследие В. В. Розанова и современность : материалы Международной научной конференции ［М］. М. : Российская политическая энциклопедия, 2009.

俄文学术文章

1. Кибальник С. А. В. В. Розанов 《 за 》 и 《 против 》 Пушкина ［J］. Новый журнал. 1993. № 1.

2. Кривонос В. Ш. 《 Демон － Гоголь 》: Гоголь глазами Розанова ［J］. Российский

литературоведческий журнал. 1994. № 5-6.

3. Мондри Г. А. С. Пушкин － 《 наше 》 или 《 мое 》: О восприятии Пушкина В. Розановым ［J］. Вопросы философии. 1999. № 7.

4. Брылина И. В. Пол как исток жизни: В. В. Розанов, Л. Н. Толстой, М. И. Цветаева ［J］. Известия Томского политехнического университета. 2007. № 7.

5. Житарь А. А. В. В. Розанов и А. Д. Синявский: К вопросу о преемственности стиля ［J］. Вестник СамГУ. 2009. №7.

俄文学位论文

1. Федякин С. М. Жанр 《 Уединенное 》 в русской литературе 20 века. ［D］. Москва. 1995.

2. Медведев А. А. Эссе В. В. Розанова о Ф. М. Достоевском и Л. Н. Толстом (проблема понимания). ［D］. Москва. 1997.

3. Карташова Е. П. Стилистика прозы В. В. Розанова. ［D］. Москва. 2002.

4. Егоров П. А. В. В. Розанов － литературный критик: проблематика, жанровое своеобразие, стиль. ［D］. Москва. 2002.

5. Ермолаева И. А. Литературно － критический метод В. В. Розанова: Истоки. Эволюция. Своеобразие. ［D］. Иваново. 2003.

6. Голубкова А. А. Критерии оценки в литературной критике В. В. Розанова．［D］．Москва. 2005.

7. Полюшина В. Г. Художественно‐философская трилогия В. В. Розанова（《Уединенное》 и 《Опавшие листья》: образ автора и жанр）［D］．Волгоград. 2005.

8. Кузнецова О. В. Творчество В. В. Розанова 1910 ‐ х годов: книги 《Уединенное》 и 《Апокалипсис нашего времени》．［D］．Саратов. 2007.

9. Сарычев Я. В. Творческий феномен В. В. Розанова и 《новое религиозное сознание》．［D］．Москва. 2008.

10. Горина И. В. Философия культуры В. В. Розанова．［D］．Санкт‐Петербург. 2009.

11. Фомин А. И. Язык и стиль лирико ‐ философской прозы В. В. Розанова．［D］．Санкт‐Петербург. 2011.

中文部分
译著

1. ［俄］弗·阿格诺索夫 . 俄罗斯侨民文学史［M］. 刘文飞，陈方，译. 北京：人民文学出版社，2004.

2. ［俄］符·维·阿格诺索夫 . 20 世纪俄罗斯文学［M］. 凌建候，黄玫，柳若梅，等译. 北京：中国人民大学出版社，2001.

3. ［俄］阿格诺索夫 . 白银时代俄国文学［M］. 石国维，王加兴，译. 南京：译林出版社，2001.

4. ［俄］别尔嘉耶夫 . 俄罗斯思想：19 世纪至 20 世纪初俄罗斯思想的主要问题［M］. 雷永生，邱守娟，译. 北京：生活·读书·新知三联书店，1995.

5. ［俄］别尔嘉耶夫 . 俄罗斯思想的宗教阐释［M］. 邱运华，吴学金，译. 北京：东方出版社，1998.

6. ［俄］别尔嘉耶夫 . 自我认识——思想自传［M］. 雷永生，译. 桂林：广西师范大学出版社，2001.

7. [俄] 别尔嘉耶夫. 自我认知 [M]. 汪剑钊, 译. 上海：上海人民出版社, 2007.

8. [俄] 别尔嘉耶夫. 文化的哲学 [M]. 于培才, 译. 上海：上海人民出版社, 2007.

9. 俄罗斯科学院高尔基世界文学研究所. 俄罗斯白银时代文学史（1—4卷）[M]. 谷羽, 王亚民, 译. 兰州：敦煌文艺出版社, 2006.

10. [俄] 格奥尔基·弗洛罗夫斯基. 俄罗斯宗教哲学之路 [M]. 吴安迪, 徐凤, 隋淑芬, 译. 上海：上海人民出版社, 2006.

11. [俄] 赫克. 俄国革命前后的宗教 [M]. 高骅, 杨缤, 译. 上海：学林出版社, 1999.

12. [俄] 吉皮乌斯. 往事如昨：吉皮乌斯回忆录 [M]. 郑体武, 岳永红, 译. 上海：学林出版社, 1998.

13. [俄] 吉皮乌斯. 那一张张鲜活的面孔 [M]. 郑体武, 岳永红, 译. 广州：花城出版社, 2012.

14. 金亚娜, 周启超. 白银时代·文化随笔 [G]. 北京：中国文联出版公司, 1998.

15. 刘光耀, 杨慧林. 神学美学（第4辑）[G]. 上海：上海三联书店, 2011.

16. [俄] 洛斯基. 俄国哲学史 [M]. 贾泽林, 译. 杭州：浙江人民出版社, 1999.

17. [俄] 罗赞诺夫. 论宗教大法官的传说 [M]. 张百春, 译. 北京：华夏出版社, 2007.

18. [俄] 洛扎诺夫. 落叶集 [M]. 郑体武, 译. 昆明：云南人民出版社, 1998.

19. [俄] 洛扎诺夫. 隐居及其他：洛扎诺夫随想录 [M]. 郑体武, 译. 上海：上海远东出版社, 1997.

20. [俄] 洛扎诺夫. 自己的角落：洛扎诺夫文选 [M]. 李勤, 译. 上海：学林出版社, 1998.

21. [俄] 洛扎诺夫. 灵魂的手书 [M]. 方珊, 何卉, 王利刚, 译. 济南：山东友谊出版社，2005.

22. ［俄］梅列日科夫斯基. 重病的俄罗斯 ［M］. 李莉，杜文娟，译.
昆明：云南人民出版社，1999.

23. ［俄］梅列日科夫斯基. 永恒的旅伴——梅列日科夫斯基文选 ［M］.
傅石球，译. 上海：学林出版社，1999.

24. 钱中文. 读俄罗斯 ［M］. 济南：泰山出版社，2008.

25. ［俄］舍斯托夫. 旷野呼告 无根据颂 ［M］. 方珊，李勤，张冰，译.
上海：上海人民出版社，2004.

26. ［美］马克·斯洛宁. 现代俄国文学史 ［M］. 汤新楣，译. 北京：
人民文学出版社，2001.

27. ［俄］弗·索洛维约夫. 关于厄洛斯的思索 ［M］. 赵永穆，蒋中鲸，
译. 沈阳：辽宁教育出版社，1998.

28. ［俄］索洛维约夫. 精神领袖：俄罗斯思想家论陀思妥耶夫斯基
［M］. 徐振亚，娄自良，译. 上海：上海译文出版社，2009.

29. ［苏］托洛茨基. 文学与革命 ［M］. 刘文飞，译. 北京：外国文学
出版社，1992.

30. 汪介之，葛军，周启超. 白银时代·名人剪影 ［G］. 北京：中国文
联出版公司，1998.

31. ［美］雷纳·韦勒克. 近代文学批评史：1750-1950 ［M］. 杨自伍，
译. 上海：上海译文出版社，2006.

32. ［俄］西尼亚夫斯基. 笑话里的笑话 ［M］. 薛君智，译. 北京：中
国文联出版社，2001.

专著

1. 耿海英. 别尔嘉耶夫与俄罗斯文学 ［M］. 上海：上海书店出版
社，2009.

2. 刘宁. 俄国文学批评史 ［M］. 上海：上海译文出版社，1999.

3. 刘锟. 圣灵之约：梅列日科夫斯基的宗教乌托邦思想 ［M］. 哈尔滨：
黑龙江人民出版社，2009.

4. 于宪宗. 俄罗斯文学史（古代——十九世纪四十年代）［M］. 西安：

陕西人民出版社，1995.

5. 张百春. 当代东正教神学思想：俄罗斯东正教神学 [M]. 上海：上海三联书店，2000.

6. 张百春. 风随着意思吹：别尔嘉耶夫宗教哲学研究 [M]. 哈尔滨：黑龙江大学出版社，2011.

7. 张冰. 陌生化诗学：俄国形式主义研究 [M]. 北京：北京师范大学出版社，2000.

8. 张冰. 白银悲歌 [M]. 北京：中国电影出版社，1998.

9. 张冰. 白银时代俄国文学思潮与流派 [M]. 北京：人民文学出版社，2006.

10. 张冰. 俄罗斯文化解读 [M]. 济南：济南出版社，2006.

11. 张杰，汪介之. 20世纪俄罗斯文学批评史 [M]. 南京：译林出版社，2000.

12. 张杰. 走向真理的探索——白银时代俄罗斯宗教文化批评理论研究 [M]. 北京：北京大学出版社，2012.

13. 郑体武. 危机与复兴——白银时代俄国文学论稿 [M]. 成都：四川文艺出版社，1996.

14. 郑体武. 俄国现代主义诗歌 [M]. 上海：上海外语教育出版社，2001.

15. 郑体武. 俄罗斯文学简史 [M]. 上海：上海外语教育出版社，2006.

16. 周启超. 俄国象征派文学研究 [M]. 北京：社会科学文献出版社，1993.

17. 周启超. 俄国象征派文学理论建树 [M]. 合肥：安徽教育出版社，1998.

18. 周启超. 白银时代俄罗斯文学研究 [M]. 北京：北京大学出版社，2003.

期刊论文

1. ［苏］布斯拉科娃. 罗赞诺夫的创造生涯 [J]. 冯觉华，译. 齐齐哈尔大学学报，1995（02）.

2. 邓理明. 瓦·罗赞诺夫简论 [J]. 俄罗斯文艺, 1998 (01).

3. 黄晓敏. 洛扎诺夫的精神世界探寻 [J]. 时代文学, 2008 (04).

4. 纪薇. 罗赞诺夫与俄罗斯后现代主义文学 [J]. 俄罗斯文艺, 2013 (01).

5. 纪薇. 罗赞诺夫创作中的后现代特征 [J]. 中国俄语教学, 2014 (01).

6. 金亚娜. B. 罗赞诺夫的哲学和文学创作中的女性崇拜主题 [J]. 外语学刊, 2005 (06).

7. 金雁.《路标》百年（下）[J]. 读书, 2010 (03).

8. 刘洪波. 孤独的天才, 僵死的世界——瓦·罗赞诺夫眼中的果戈理及其创作 [J]. 国外文学, 2010 (01).

9. 刘锟. 普希金：一个孤独的文化符码——从梅列日科夫斯基的观点出发 [J]. 俄罗斯文艺, 2010 (02).

10. 王立业. 今日俄国屠格涅夫研究概观 [J]. 国外文学, 1998 (02).

11. 王立业. "白银" 诗人读屠格涅夫 [J]. 俄罗斯文艺, 2002 (02).

12. 王立业. 屠格涅夫的宗教解读 [J]. 俄罗斯文艺, 2006 (04).

13. 王立业. 梅列日科夫斯基文学批评中的屠格涅夫 [J]. 外国文学, 2009 (06).

14. 温玉霞. 论俄罗斯后现代主义文学 [J]. 外语教学, 2003 (04).

15. 温玉霞. 俄罗斯文坛理论现状扫描 [J]. 西安外国语学院学报, 2005 (04).

16. 杨忠闯. 罗扎诺夫在中国的译介和研究 [J]. 文艺生活, 2009 (02).

17. 张百春. 罗赞诺夫的宗教哲学 [J]. 哈尔滨师专学报, 1999 (06).

18. 张百春. 梅列日科夫斯基的神学思想概述 [J]. 哈尔滨师专学报, 2000 (01).

19. 张百春. 别尔嘉耶夫论新基督教意识 [J]. 黑龙江社会科学, 2000 (06).

20. 张百春. 别尔嘉耶夫与陀思妥耶夫斯基 [J]. 博览群书, 2002 (04).

21. 张百春. 别尔嘉耶夫的末世论历史观 [J]. 黑龙江社会科学, 2011

(02).

22. 张冰. 白银时代：19—20 世纪之交俄罗斯文学承前启后的必要环节 [J]. 中国俄语教学，2002（01）.

23. 张冰. 论白银时代俄国文化的超时代性 [J]. 深圳大学学报（人文社会科学版），2002（02）.

24. 张冰. 梅列日柯夫斯基的文学批评 [J]. 俄语语言文学研究，2004（02）.

25. 张冰. 纳博科夫与白银时代俄国文化精神 [J]. 外国文学研究，2005（03）.

26. 张冰. 索洛维约夫美学文艺学思想及其影响 [J]. 天津师范大学学报，2005（02）.

27. 张冰. 从《尼古拉·果戈理》看纳博科夫的文艺美学观 [J]. 俄罗斯文艺，2012（04）.

28. 赵桂莲. 白银时代的陀思妥耶夫斯基研究 [J]. 国外文学，1996（03）.

29. 赵桂莲. 用心感知，让心说话——论罗赞诺夫的创作价值观 [J]. 北京大学学报（外国语言文学专刊），1999（S1）.

30. 赵桂莲. 天堂不再——"白银时代"的普希金印象 [J]. 国外文学，1999（01）.

31. 赵桂莲. 俄罗斯白银时代普希金研究概观 [J]. 国外文学，2000（02）.

32. 赵桂莲. 德·谢·梅列日科夫斯基——思想家、批评家、艺术家 [J]. 俄罗斯文艺，2000（04）.

33. 郑体武. 果戈理："在恐惧中抓紧十字架的魔鬼" [J]. 书城，1998（01）.

34. 郑体武. 洛扎诺夫的文学观 [J]. 外国语，1998（05）.

附录 1：罗赞诺夫生平与创作大事记

1856 年　5 月 2 日出生在科斯特罗马省维特鲁加市一个林务官家庭。

1861 年　父亲瓦西里·费多罗维奇·罗赞诺夫去世（1822 年生）。罗赞
诺夫全家搬至科斯特罗马市。

1868—1870 年　在科斯特罗马市中学学习。

1870 年　母亲娜杰日塔·伊万诺夫娜·罗赞诺娃去世（1827 年生）。

1870—1872 年　在辛比尔斯克市中学学习与生活（2—3 年级）。

1872—1878 年　在下诺夫格罗德市中学学习与生活（4—8 年级）。

1878—1882 年　在莫斯科帝国大学历史语文系学习。1882 年获得副博士
学位。

1881 年　与阿·波·苏斯洛娃（1839—1918）结婚。

1882 年　在布良斯克市中学教书。

1886 年　与苏斯洛娃决裂，离开布良斯克。第一部著作《论理解——对
作为一种完整知识的科学之性质、界线和内部结构的实验性研
究》在莫斯科出版。

1887 年　搬到叶列茨，并在叶列茨市中学教书。

1888 年　与瓦尔瓦拉·德米特里耶夫娜·布嘉林娜开始交往。

1889 年　在彼得堡与尼·尼·斯特拉霍夫（1888 年开始与其通信）
相识。

1890 年　小册子《基督教的历史地位》在莫斯科出版。

1891 年　《论宗教大法官的传说》在《俄罗斯通报》发表。纲领性文章
《我们为什么拒绝 60—70 年代的遗产》在《莫斯科消息》报

发表。与瓦尔瓦拉·德米特里耶夫娜·布嘉林娜秘密举行婚礼，搬到别雷岛，在当地中学教书。

1892 年　大女儿娜嘉出生（1893 年因患脑膜炎去世）。

1893 年　到彼得堡国家监察部门工作。

1894 年　《论宗教大法官的传说》单行本第一次出版（第二次出版 1902 年，第三次出版 1906 年）。

1895 年　二女儿塔季亚娜出生（1975 年去世）。

1896 年　三女儿维拉出生（1919 年自杀身亡）。

1897 年　与德·谢·梅列日科夫斯基、济·尼·吉皮乌斯相识。

1898 年　四女儿瓦拉出生（1943 年在雷宾斯克饿死）。

1899 年　小儿子瓦夏出生（1918 年在库尔斯克因肺炎去世）。受阿·谢·苏沃林之邀到《新时代》报编辑部工作。著作《文学随笔》（第二次出版 1902 年）、《教育的昏暗》（教育文章集）、《宗教与文化》（文章集，第二次出版 1901 年）出版。开始在《艺术世界》（1899—1904）发表文章。

1900 年　第五个女儿娜杰日塔出生（1956 年去世）。著作《自然与历史》（科学、历史与哲学问题的文章集，第二次出版 1903 年）。

1901 年　在彼得堡作为组织者之一参加宗教哲学集会（1901—1903）第一次会议，1907 年更名为宗教哲学协会。

1903 年　在托尔斯泰的亚斯纳亚波良纳做客。著作《俄罗斯的家庭问题》出版。在杂志《新路》（1903—1904）发表文章。

1904 年　开始在《天秤》杂志发表文章。

1905 年　著作《教堂大墙附近》（1—2 卷，圣彼得堡，1906）出版。在莫斯科报纸《俄罗斯言论》（从 1906 年开始用瓦尔瓦林这一笔名）上发表文章。

1906 年　开始在杂志《金羊毛》（1906—1909）上发表文章。

1909 年　前往莫斯科参加果戈理周年庆和果戈理纪念像开幕式。著作《意大利印象》（在意大利和德国的旅行见闻）、《俄罗斯教会》出版。

1910 年　瓦尔瓦拉瘫痪。著作《当首领离开的时候》和《阴暗的面孔：基督教的形而上学》（圣彼得堡）出版。

1911 年　《月光下的人们：基督教的形而上学》（《在阴暗的宗教之光中》中被书刊检察机关删除的部分）。

1912 年　《隐居》（第二次出版1916 年）出版。

1913 年　《落叶》（第一章）、《文学流亡者》（第一卷）、《死气沉沉》及《在艺术家中间》出版。

1914 年　被宗教哲学协会开除。著作《启示录教派（鞭身教与阉割派）》《犹太人对血的嗅觉与触觉态度》《1914 年的战争和俄罗斯的复兴》出版。写作《转瞬即逝》。

1915 年　《落叶》（第二章）出版。

1916 年　《东方情调》（出了三版，第三版1917 年）出版，写作《最后的叶子》（2000 年出版）。

1917 年　罗赞诺夫全家从彼得格勒搬至谢尔基巴萨特市，住在谢尔基圣三一修道院附近。《我们当代的启示录》开始出版（总共出了10 版，1918 年第十版）。

1918 年　儿子瓦夏去世。罗赞诺夫因中风卧床不起。

1919 年　2 月5 日在谢尔基巴萨特市去世，葬在切尔尼戈夫斯基隐修院。

附录 2：罗赞诺夫主要著作俄汉对照表

1. 《论理解：对作为一种完整知识的科学之本质、界线和内部结构的研究》

О понимании. Опыт исследования природы, границ и внутреннего строения науки как цельного знания（1886）

2. 《论宗教大法官的传说》Легенда о Великом инквизиторе Ф. М. Достоевского（1891）

3. 《基督教的历史地位》Место христианства в истории（1890）

4. 《历史的美学理解》Эстетическое понимание истории（1892）

5. 《教育的昏暗：关于教育问题文集》Сумерки просвещения（1893）

6. 《箴言与观察》Афоризмы и наблюдения（1894）

7. 《自然界中的美及其意义》Красота в природе и ее смысл（1894）

8. 《基督教是消极的还是积极的？》Христианство пассивно или активно？（1897）

9. 《宗教与文化》Религия и культура（1899）

10. 《文学随笔》Литературные очерки（1899）

11. 《自然与历史》Природа и история（1900）

12. 《在模糊不清与悬而未决的世界里》В мире неясного и нерешенного（1901）

13. 《俄罗斯的家庭问题》Семейный вопрос в России（1903）

14. 《颓废派》декаденты（1904）

15. 《教堂大墙附近》Около церковных стен（1906）

16. 《俄罗斯教会》Русская церковь（1909）

17. 《意大利印象》Итальянские впечатления（1909）

18. 《当首领离开的时候》Когда начальство ушло…（1910）

19. 《阴暗的面孔：基督教的形而上学》Темный лик. Метафизика христианства（1911）

20. 《月光下的人们：基督教的形而上学》Люди лунного света. Метафизика христианства（1911）

21. 《隐居》Уединненное（1912）

22. 《死气沉沉》Смертное（1913）

23. 《文学流亡者》Литературные изгнанники（1913）

24. 《落叶》（两卷）Опавшие листья（1913—1915）

25. 《在艺术家中间》Среди художников（1914）

26. 《转瞬即逝》Мимолетное（1915）

27. 《1914 年战争和俄罗斯的复兴》Война 1914 и русское возрождение（1915）

28. 《东方情调》Восточный мотив（1916）

29. 《我们当代的启示录》Апокалипсис нашего времени（1917）

附录 3：尼科留金主编的 30 卷罗赞诺夫文集俄汉对照表

1. Среди художников（1994）《在艺术家中间》

2. Мимолетное（1994）《转瞬即逝》

3. В темных религиозных лучах（1994）《在阴暗的宗教之光中》

4. О писательстве и писателях（1995）《论作家与创作》

5. Около церковных стен（1995）《教堂大墙附近》

6. В мире неясного и нерешенного（1995）《在模糊不清与悬而未决的世界里》

7. Легенда о Великом инквизиторе Ф. М. Достоевского（1996）《论宗教大法官的传说》

8. Когда начальство ушло……（1997）《当首领离开的时候》

9. Сахарна（1998）《萨哈尔纳》

10. Во дворе язычников（1999）《在异教徒的院子里》

11. Последние листья（2000）《最后的叶子》

12. Апокалипсис нашего времени（2000）《我们当代的启示录》

13. Литературные изгнанники Н. Н. Страхов. К. Н. Леонтьев（2001）《文学流亡者》

14. Возрождающийся Египет（2002）《复兴的埃及》

15. Русская государственность и общество. Статьи 1906—1907 гг.（2003）《俄罗斯国家与社会》

16. Около народной души（2003）《围绕在民族灵魂周围》

17. В нашей смуте（2004）《当代乱世》

18. Семейный вопрос в России（2004）《俄罗斯的家庭问题》

19. Старая и молодая Россия（2004）《新旧俄罗斯》

20. Загадки русской провокации. Статьи и очерки 1910 г.（2005）《俄罗斯动荡的秘密》

21. Террор против русского национализма（2005）《反对俄罗斯民族主义的恐怖手段》

22. Признаки времени. Статьи и очерки 1912 г.（2006）《时间的标志》

23. На фундаменте прошлого. Статьи и очерки 1913—1915 гг.（2007）《以过去为基石》

24. В чаду войны（2008）《在战争的氛围中》

25. Природа и история（2008）《自然与历史》

26. Религия и культура（2008）《宗教与文化》

27. Юдаизм（2009）《犹太主义》

28. Эстетическое понимание истории（2009）《历史的美学理解》

29. Литературные изгнанники. П. А. Флоренский. С. А. Рачинский（2010）《文学流亡者》

30. Листва（2010）《叶子》

附录4：《赫尔岑》译文

赫尔岑

瓦·瓦·罗赞诺夫　著

纪　薇　译

涅·亚·科特良列夫斯基[1]完成了发表于《欧洲通报》的精彩随笔——《六十年代的舆论倾向》，这篇随笔是特别关于赫尔岑[2]一个人的。这篇随笔全面详尽、富有总结性，而且语气平和、态度中和，可以接受其中的所有结论，包括科特良列夫斯基教授的个人见解。科特良列夫斯基所引用的《警钟》杂志时代鲍·尼·奇契林[3]写给赫尔岑的信非常有意义，同时，令人感到十分遗憾的是杜勃罗留勃夫[4]针对赫尔岑对他的嘲弄而写的回信未能找到[5]，当年赫尔岑未按照惯例将其在《警钟》上发表。奇契林和杜勃罗留勃夫[6]写给赫尔岑的这两封信就像是两个定向坐标，确定或者可能已经确定了（如果两封信均被找到）赫尔岑在俄罗斯文学和俄罗斯政治运动中的"地位"。

科特良列夫斯基对赫尔岑的主要观点是：赫尔岑是"四十年代的人"，而整个四十年代的杰出作家群体却早已脱离了"亚历山大二世[7]执政最初的美好年代的轨道"，这些人到了五六十年代已明显过时了，说他们过时，不是因为他们的头脑不行，精神气质方面的原因，尤其不是知识老化的原因，而是"因为别的原因"……这个原因很难确切说出来，也不可能明确确定，但是却在人们每一句话中，人们的每一个行为中，人们的每一种风格中，在

216

一切之中都能感觉到。卡维林[8]、科斯托马罗夫[9]、奇契林要远不如赫尔岑那么激进、那么进步:可是,得了吧,在"激进的"六十年代这些人反倒成了"自己人",而赫尔岑对这些人而言却已经成了老朽。这里所说的正是"这个原因"——"无法予以明确界定的原因"。因赫尔岑与杜勃罗留勃夫的论战车尔尼雪夫斯基[10]亲自坐车去见赫尔岑时,车尔尼雪夫斯基因赫尔岑与杜勃罗留勃夫的论战发言中表现出一种几乎可以说神秘主义的敏感性,而按照赫尔岑本人的说法(《警钟》),车尔尼雪夫斯基把他称作"有待开掘的庞然大物"。

＊ ＊ ＊

所有那些漂亮的语言、美好的话语、让人过目难忘的比拟、令人赞叹的尖锐——所有这些是崇拜的偶像,在这具偶像面前,一切都在那些处于失去自主意识、处于消极状态下的人眼里变得黯然失色了。在尼古拉[11]统治时期所有人都处于这样的状态之下。在尼古拉统治时期赫尔岑是一个持不同政见者,但是他仍然不失为尼古拉统治时期的人。有一点说起来很奇怪:因为改革不够快速、不够激进而遭到赫尔岑严厉谴责的(《警钟》)亚历山大二世事实上远远比赫尔岑先进,与奇契林、卡维林,甚至是与《现代人》团体并排站立(仅在心理的层面上)。比奇契林他们更简单——总而言之,亚历山大二世一下子摆脱了类似于"上帝似的"、对之顶礼膜拜的语言魅力的蛊惑,而更愿意干一点哪怕是微不足道的实事!哪怕平淡无味,但一定要干实事!!!

赫尔岑是"独立自在"话语的最后一个莫希干人[12]。毫无疑问,赫尔岑是老朽了,在解放农奴、波兰起义、实行地方自治机构和实行新的法庭机制的时代,他已经成为过时的"庞然大物",或者不如用第三杜马和第三杜马时期辩论家们的行话来说——"极端保守分子"。对他来说,就连"社会主义"本身也主要就是一个恢宏壮丽的"文学战场"。他是一位令人惊叹不已的、了不起的文学家,无人能与之媲美。但他却不是一个生活中的人,他身上的一切都越出了这个无法丈量的概念这一范畴。

　　职责，劳动，我敢断言——良心，以及可以伸缩的"公民"这个概念，他"使自己摆脱了军人的职责"，甚至也使自己摆脱了在苦涩真理中的"人"的概念，他都不允许人们用以上所说的这些来指代他，没有亲自用自己的双手耕过一垄地（托尔斯泰，圣经）：所有这一切都构成了一种历史语境，这一切都是赫尔岑未曾达到的。令人厌恶的"老爷"这一语词毕竟还是可以应用到他身上的。即使他曾经呼唤人们拿起"斧头"，他也依然是和音乐在一起的小少爷。他的音乐非常迷人：但音乐仍然受这样一种意识折磨，是"小少爷"的音乐，是无所事事、游手好闲者的音乐（请原谅我使用了这样野蛮的词）。我们只要一想到活了这么长久的赫尔岑一生所做的事仅仅只是写作而已，就不能不使人感到怪异，最后令人感到耻辱！！而他把自己的全部思想都写了下来！！他甚至不像狄更斯[13]（匹克威克的经历之一）、我们的契诃夫[14]、梅里申和一个朋友这样一些新人们那样去亲自考察伦敦的监狱，也就是说，他绝对没有"亲手触摸"任何东西，而一切都出于他的杜撰！！一连30年凭空杜撰——鬼才知道会杜撰出什么玩意儿！这简直是忘恩负义。"高尚"的意思是"手脚干净"，干净到了"忘恩负义"的地步！他之所以让人们拿起"斧头"是因为在激情洋溢的状态下，他可以用斧头砍倒一颗白桦树，可是要把白桦树做成某种工具，把白桦树做成桌子，做成木梨，做成耙子——他绝对不会做。假如让他"执掌政权"来处理"解放农奴"这件事，假如说让他坐上宝座，那他做的也远远不如亚历山大二世，他远不如亚历山大二世那么爱劳动、谦逊谨慎。如果他做的话，他会把一切都整得一塌糊涂，整到最后也什么东西都没有做成，而是会坠入我们政府连做梦都想不到的绝望境地。赫尔岑他只会歇斯底里的高声嚷叫，而在歇斯底里的绝望嚷叫中仍会保持贵族的"尊严"（原文为法语）："哎呀，什么也看不清……不分青红皂白地把所有人砍倒，你们自己解放自己吧！"这是什么？这是懒惰……他下面这段话透出的信息难道不是懒惰嘛："我们只能寄希望于自己，寄希望于自己坚固的双手：把斧头磨尖，开始干事吧！推翻农奴制吧！起来干事吧！小伙子们！千万不要在等待中经受折磨。"（《警钟》，第25期）。这是小少爷-杜勃罗夫斯基所发出的声音，是上个世纪二三十年代的人所发出的声音，是莱蒙托夫笔下的那些儿童小说中"忧郁的主人公"所发出的声音。而赫尔岑发表这些言论时腐朽老已，是1858年发表的！！！当然证明他是"庞然大物"或者"极端保守分子"。

读一读赫尔岑从《警钟》里摘下来的引言（科特良列夫斯基所写的随笔，第149-151页，登于《警钟》七月号）——他夸夸其谈令人感到非常厌恶，犹如普希金《黑披肩》[05]中的一段：

我望着黑色的披肩，就像丢了魂，

悲哀正在咬噬我那冰凉的心。

对于我们的时代而言这是完全令人无法忍受的：也就可以明白，国内拥戴《现代人》杂志的青年人从他手里接过"政权权柄"……从他手中接过的"权柄"又因其弱点而脱手。可是像卡维林，谢·米·索洛维约夫[06]、奇契林、萨马林[07]、伊·谢·阿克萨科夫[08]这种规矩正常人当中的年轻人杜勃罗夫斯基带着"短剑"和"子弹"又能做出什么事情来呢？处在他们这样人当中的赫尔岑不过是儿童室里给小孩玩的玩具"马"，一把向木桩射击的"手枪"。

而从自己创办的《警钟》开始胡乱射击，他谁也不怕，什么都不欣赏，对一切都不感到惊奇，为什么留下的印象会这么少（在他获得成功的最初短暂时刻之后）……而就是那个车尔尼雪夫斯基再次非常具有洞察力地断定他是"多余人"（屠格涅夫[09]的术语）。

倍感惊讶的赫尔岑在转述他与车尔尼雪夫斯基的交谈时这样说道："我是一个多余人。"（《警钟》）是的，"哈姆雷特"不光产生于"什格洛夫斯基县"，也来到了"伦敦"。

卡特良列夫斯基很温和，但同时准确严厉地否定赫尔岑具有从事政治宣传的能力，否定赫尔岑是一个政治上的斗士，否定赫尔岑是一位政治人物。他的这种做法是非常合理的，他把赫尔岑政治宣传才华的缺失与其全部精神特质联系了起来，甚至将其归咎于其智力的丰富多样，多面、心灵软弱的特点。

＊＊＊

就这样，作为"亚历山大时代"的赫尔岑已经过时了；而全然崭新的时代光芒已经投射在这位旧人的身上，一种令人不快的、虚假的光辉闪耀在他的身上。或者相反更准确地说：在刚刚上升的太阳的光辉映照下，此人身上忽然变幻出令人不快的特征，显示出虚假的光芒。对此现象的解释是：为什么我们不该"永恒的生存"（梅奇尼科夫[20]的担忧），为什么不能长久地生存，为什么我们必须"适时地死去"。"一个时代的人"一旦出现在另外一个时代便会出现这样一种不快的现象。

而在六十年代中各种各样的活动进行的热火朝天……赫尔岑却不善于从事任何一种活动，甚至不善于从事文学方面的活动。手握笔杆的赫尔岑无法使自己适合其中任何一种活动。"我的降生就是为了嘲弄俄罗斯生活"——他对自己的描述就是如此的伟岸，可是要知道在解放农奴的时代里对于这样的一种伟岸，人们只能予以鞭笞（车尔尼雪夫斯基在和他的谈话中就是这么鞭笞他的）。于是有关农民兄弟们的学说的问题由此产生了。乌什尼斯基[21]开始写作他那些伟大的论文和教材；而这些论文和教材对赫尔岑来说又意味着什么呢？他甚至都无法理解这类问题，因为在他心里想的是"黑披肩"。彼罗格夫[22]写作了《生活的问题》：而这已经是我们时代的新文学了！！已经开始创办了一些星期日业余学校，偷偷地或者强行开设一些各种各样的"女子讲习班"，而赫尔岑在干什么呢？他说的话似乎恰好适合于他自己："如果你们不能马上解放农民的话，你们就应该推倒王位。"（指的是亚历山大二世的王位）地方自治机构和地方自治医院也开始开设了；赫尔岑总说些漂亮话："黄袍不会有两种颜色……进修道院去吧。"（同样是针对皇帝说的，《警钟》第97期）他摇身一变变成了一位喜剧演员，而且变得十分坚决，而脸上的表情和姿势却是十分悲剧的，开始扮演喜剧演员的角色。这种变化如此让人感到悲伤和可怕，以至于它煞像一次死刑。这种判处"死刑"的调门渗透到他晚年的作品中。涅·亚·科特良列夫斯基有点搞错批评的对象，他把这种调门归咎于社会的悲伤、他的命运、俄罗斯的命运……可在他写于

"四十年代的"美妙的文学中，也就是在他离开俄罗斯的最初年代里，却没有这样的音调。而我国以及欧洲社会当时的形势还不像现在这样无可比拟的阴暗。最终，正是在他最后的时期中，当这样的调门出现，他坚决反抗阴暗。

"这些爱发火的人们（他自己杜撰的词，给《现代人》同仁们起得不成功外号，源自发脾气一词）很快会走下舞台，这些人太过于忧郁，他们对神经的损害太大，以至很难长久地克制自己。"尽管在长达18个世纪中基督教溃败了，但生活还是以强烈的多神教的形式投身于伊壁鸠鲁主义以至于人们早就（原文为法语）感到涅瓦地区的塔尼尔(23)的表情很难让人忍受，他们阴郁地责备人们，为什么吃饭的时候没有咬牙的咯吱声，为什么赞叹绘图或者音乐，但是把世上所有的不幸全都忘得一干二净……这些人们对一切都深感绝望，这种情绪变化的迅疾性，否定一切的幸灾乐祸情绪和可怕的无情，以至于只能使我们感到万分惊奇。在 1848 年事件以后，这些人一下子被置于世界的最高点，这些人从这一至高点上看到了共和国的灭亡和革命的失败，看到了被毁坏的文明和被百般谩骂的旗帜——却不懂得惋惜那些陌生的战士们。在我们的兄弟们（!! 瓦·罗）止步的地方，他们擦着手，在观望着前方是否有生命的火花，他们继续沿着逻辑推理的荒漠向前走去，并且很轻易地就得出了最坚决的最终结论。这些结论以其激进和大胆令人恐慌，这些结论也像死者的灵魂一样，代表了已经脱离生命的（? 瓦·罗）死者的本质——而非生命本身。这种摆脱所有传统结论，并非通过健康的方式取得的——而这些青年人是些灵魂和心灵早已被撕得彻底粉碎的人。在 1848 年以后，人们已无法在彼得堡生存……这有什么可奇怪的呢，那些从这个洞穴中走出来的青年人们，是不是都是一些圣愚或者是病人？随后他们一下子就到了（?? 瓦·罗），他们既不懂得什么是自由，也不懂得什么话是出于自主意识说出来的，他们脸上的表情留有灵魂被撕碎、精神受伤的印迹。每个人身上都有一种压力，而对他们所有人来说是共同的，这种压力压垮了他们，令他们激怒，并伤害了他们的自尊心。他们中间有一半人常常诅咒发誓，另一半人常常牢骚满腹……是的，他们的灵魂里留下了深刻的创伤，在他们所生活于其中的彼得堡世界，在他们身上充斥了深刻的烙印，他们那种不安的语调，断断续续的（原文为法语）语言，而这种语言突然变成闪烁其词、官僚体制的废话，有时又变成模棱两可的、歌颂口吻的、傲慢自大的语言，故意写得非常枯燥，随时会转变成为谩骂的、各个部委领导之类的谴责的、不安的、急不可耐的语言……心变善良（!），用意良好的这些好动肝火的人，甚至能令天使卷入一场殴斗，甚至能让圣徒受到咒诅（《警钟》，第83期，1860年10月15日）。

瞧一瞧吧，听一听吧，这些官僚主义的言辞……在这些话里没有具体的内容、没有明显的物质上可以触摸的东西……是没有内容的纯粹文学，没有任何内涵……这是夜莺在闭着眼睛歌唱，勉强以"轻盈的手指"触碰主题。而且问题不在于主题，而且无论我们翻开赫尔岑著作的哪一页，我们随处可以找到单调的心理学：幸福的歌手陶醉在自己的歌声中。太多的幸福，多得腻人……但赫尔岑在任何地方都不使我们感到疲惫不堪：一个从事这么多年文学活动的人让人感到奇特。从来不举实例，读到这样的例证会使我们头发直立起来：而要知道生活中这样的事是经常发生的。这就是生活：优雅的文学！不，实际上呢：在八卷书[24]中是不是到处都没有绝望呢？八卷书中充斥的是令人感到窒息的郁闷，这种郁闷会使人忽然四肢着地，在地上爬，而不是像人类似的站立行走。人们战斗、匍匐……而夜莺的歌声在继续……一个令人惊羡不已的文学家，赫尔岑仅仅只是个文学家而已，他从来就不是一个斗士（科列良列夫斯基），而且我们甚至怀疑他作为一个人也有某些地方似乎不够合格。让我们再吹毛求疵一次：他没视察过监狱，他没去过怀特契普尔区[25]（伦敦红灯区），而且一般说来，他也没有好奇心到处看看。他不是那种好奇心很旺盛的人，而宁说是愁眉苦脸的人。让我们换一种更民主的说法吧：他的领口不整洁是不会出门的。他肯定会这样回答我们，说这样一种是鄙俗：就让我们保持这种鄙俗吧！作为一个终身都在为无产阶级奋斗的人，却一次也没有闻过"这个约翰"、"那个让""我们的雅什卡"所穿的臭气熏天的破衣烂衫。……而且他笔下任何地方都没有具体的描写。一切都是图解，一切都是思想，到处都是激情，到处都是钟声。这样一种音乐归根结底使人厌恶。赫尔岑令人叹服赞美，但是这种赞美的特质只有一个星期。一年之后他变得令人无法忍受。我怀疑，作为一个有品位、有头脑的人，他哼哼唧唧的最隐秘的主要原因"归根结底"在于他连自己对自己也感到无法忍耐了，这样继续写下去，连他自己都感到厌恶，而且他不可能不这样。

乏味！乏味！……彪悍的马车夫，

用什么方法把我的烦闷驱除吧！

啊，朋友，唱一支新兵招募，

或者即将到来的离别之歌吧！

当这些歌声以十分具体的方式响起来的时候，赫尔岑的读者们会感到如释重负般地松一口气，参观完"洛可可式风格的教堂"后，走到教堂外的雨后积水里，走到干草垛里，走到大街上，然后说："哎呀，谢天谢地，我们可要好好地歇气了！"这就是所谓的活生生的文学，这就是今天的文学……他们的特点是："洛可可式"、花言巧语、"长达18个世纪的基督教的诱惑"、这些"涅瓦大街上的塔尼尔们"，所有这些是已经老朽不堪的亚历山大·伊万诺维奇的胡说八道。让这些都见鬼去吧！……太枯燥乏味了这些言论……没有一点水分、也没有一点湿气、没有沼泽、没有草墩。没有飞鸟……好一个怪物，这个稍有点骗人模样的、玩纸牌的涅克拉索夫⁽²⁶⁾，倒是让人感到惊奇，感到新鲜，见鬼去吧！你看一看在《祖国纪事》最后一期他刊登了些什么：

雅科夫叔叔的屋子不像是一个大车，

上帝啊，屋子里什么东西也没有呀！

他已头发花白，而马儿深褐色带斑点。

他们俩加在一起上百岁……

赫尔岑凋萎了：因为民粹派运动的、生活中走向民间运动的、文学中出现来自人民的腔调的朝霞已经开始蓬勃开展起来——来自乡村的、刚刚从"酒馆"出来喝得醉醺醺的工厂的工人们，请原谅，这些好打架斗殴的工人们遍体鳞伤，闲逛的工人和工作中的人们，非常幸运与不幸的人们……就像"上帝最初所创造的"形形色色的人一样……在这样一种朝霞中，它的人工雕琢的、虚假的星星开始晦暗了，这颗明星让人感到仿佛只是在尼古拉时代荒芜的苍穹上才能那样辉煌壮丽。在这个时代人们写过许多诗，但是也有过很多宪兵，没有任何散文，没有任何思想。就在这个时候，伴随着他那些好像泉水般喷出的理念和非常睿智的散文，赫尔岑翱翔在天空中。几乎所有体裁的散文他都有，他的散文无一处就其力量和新颖性是天才的，而且还有点不像是手工制作的。他笔下的形象、比喻是那么的繁多，以致到了市场也不过而已。没有一个"固定的理念"（原文为法语）、文体乏味、思维卑琐、吹毛求疵、钻牛角尖。整个赫尔岑从中成长起来的中心、种子何在？对于一个具有如此伟大意义的人物来说，这一点让人感到奇特。所有伟人、聪明人、诗人都是"那么单调"；而赫尔岑显然是由许多种才华构造而成，是由各种各样的灵感、各种各样的学识堆垒而成的。在他笔下，"来自外部的印象"要远远多于"自己的风格、笔法"，而且就连这些所谓的印象，"也对它的外貌进行了绝妙的加工"，不能触动任何人的心灵……"我不善于写作"，这是他一生中最主要的痛苦，最主要的悲伤之处，公众读者涌向了《现代人》杂志——这是他最后的绝望。这一点使人感到奇怪，使人感到可怕，而且话说到底也不怎么体面。因为真正的美是由会发展的、是由内而外，而不是由外部输入的……如果说我们"灵魂"是由我们素材（原文为法语）的各种因子组构起来决定的话，那么在那些令人讨厌的、性格坚定的、心灵真挚的、热情奔放的、"吝啬的"、活跃的等人之中，我们可以把赫尔岑称作"肤浅之人"：激情的力量、鲜血的力量，神经的天赋——所有这一切都集中于他的"脸上"，身体的"外表上"，使皮肤紧绷、发热，在自己的领域中创造出我们所看到的唯一个性和形象……

你是看展览，即使我们依偎在他的怀里仍然也无法安睡……

注释:

（1）涅斯托尔·亚历山大罗维奇·科特良列夫斯基（Нестор Александрович Котляревский，1863—1925），俄罗斯著名文学批评家，政论家。

（2）赫尔岑·亚历山大·伊万诺维奇（Герцен Александр Иванович，

1812—1870），俄国革命活动家，哲学家，作家，政论家。

（3）奇切林·鲍里斯·尼古拉耶维奇（Чичерин Борис Николаевич，1828—1904）俄国历史学家，政论家，哲学家。

（4）加粗、斜体均为原作者所加。

（5）杜勃罗留波夫·尼古拉·亚历山德罗维奇（Добролюбов Николай Александрович，1836—1861），俄国文学批评家和政论作家，唯物主义哲学家、革命家、空想社会主义者。

（6）亚历山大二世（Александр Ⅱ，Александр Николаевич Романов，1818—1881），1855—1881年在位，尼古拉一世的长子。

（7）卡韦林·康斯坦丁·德米特里耶维奇（Кавелин Константин Дмитриевич，1818—1885），俄国历史学家，法学家，社会学家，资产阶级自由主义评论家。40年代，他是西方派，同格拉诺夫斯基（Грановский А. И.）和赫尔岑（Герцен）交往甚密。他与奇切林（Чичерин Б. Н.）同是国家派的创始人。

（8）科斯托马罗夫·尼古拉·伊万诺维奇（Костомаров Николай Иванович，1817—1885），俄罗斯及乌克兰历史学家，人种学家，作家。他在萨拉托夫结识了车尔尼雪夫斯基，后来他与车尔尼雪夫斯基断绝来往，反而与自由民主派更为接近。

（9）尼古拉·加甫里洛维奇·车尔尼雪夫斯基（Николой Гаврилович Чернышевский，1828—1889），俄国革命政论家，唯物主义哲学家，空想社会主义者，文学批评家，作家，19世纪60—70年代俄国革命民主主义运动的领袖。1859年初起，又与赫尔岑主编的《警钟》产生分歧，当时《警钟》仍主要指望自由主义的改革方案。由于《警钟》攻击《现代人》杂志，车尔尼雪夫斯基于1859年去伦敦，在那里与赫尔岑会晤。

（10）尼古拉一世（Николай Ⅰ，Николай Павлович Романов，1796—1855），1825—1855年在位，是俄罗斯帝国的第11位皇帝，巴维尔一世第三子。

（11）莫希干，北美印第安人的一个已消亡的部族;" последний из

могикан",《最后一个莫希干人》原为美国作家库珀的小说名，喻某衰亡种族最后的残余者。

（12）查尔斯·狄更斯（Charles Dickens, 1812—1870），英国小说家。1836 年陆续发表连载小说《匹克威克外传》，数期后便引起轰动。这是一部流浪汉小说形式的幽默作品，漫画式地反映了英国现实生活。

（13）安东·巴甫洛维奇·契诃夫（Антон Павлавич Чехов, 1860—1904）19 世纪俄罗斯短篇小说家，戏剧家。

（14）普希金的一首抒情诗，写于 1820 年。我望着黑色的披肩，就像丢了魂，悲哀正在咬噬我那冰凉的心。从前我年轻的时候是那么轻信，我狂热地爱过一个希腊女人；这迷人的姑娘对我温存抚爱，可是不幸的一天却很快到来。有一次我邀来许多快乐的客人，一个可憎的犹太人也跑来敲门；他轻声说："你还在这里和朋友畅饮，可那希腊女人却对你变了心。"我斥骂了他几句，给了他一点儿赏银，立即叫来了我那忠实的仆人。我们出了门，我骑着快马驰去，温柔的怜悯在我心中已销声匿迹。我刚刚看见那希腊女人的门扉，眼前便发黑，浑身没有了气力……我独自闯入她那僻静的闺房……一个亚美尼亚人正吻着不忠的姑娘。我一阵晕眩，宝剑铮地响了一声，那流氓的嘴唇还吻着希腊女人。我久久践踏着那具无头的尸体，脸色煞白，默默地瞧着那少女。我还记得她的哀求……流淌的鲜血，希腊女人死了……爱也跟着熄灭！我从她头上拉下黑色的披肩，用它无言地擦拭染血的宝剑。当夜幕降临的时候，我的仆人往多瑙河抛下他们两人的尸身。从那时起，我再没有吻过迷人的眼睛，从那时起，我再没有消受夜晚的欢情。我望着黑色的披肩，就像丢了魂，悲哀正在咬噬我那冰凉的心。（1820）

（15）索洛维约夫·谢尔盖·米哈依洛维奇（Соловьёв Сергей Михайлович, 1820—1879），俄国资产阶级历史学家。

（16）萨马林·尤里·费奥多罗维奇（Самарин Юрий Федорович, 1819—1876），俄国社会活动家、历史学家和政论家。

（17）阿克萨科夫·伊万·谢尔盖耶维奇（Аксаков Иван Сергеевич, 1823—1886），俄国政论家，斯拉夫主义者。

（18）小少爷－杜勃罗夫斯基：普希金的小说《杜勃罗夫斯基》中的同名主人公。

（19）伊凡·谢尔盖耶维奇·屠格涅夫（Иван Сергеевич Тургенев，1818—1883），俄罗斯著名现实主义作家。

（20）梅奇尼科夫（Мечников Ил. Ил.，1845—1916），俄国生物学家，病理学家。

（21）乌什尼斯基（Ушинский Конст. Дм.，1824—1870/1871），俄国教育家，俄罗斯教育学的奠基人。

（22）彼罗格夫（Пирогов Ник. Ив.，1810—1881），俄国教育家，社会活动家。

（23）塔尼尔·亚历山大罗维奇（Даниил Александрович，1261—1303），莫斯科大公，莫斯科的第一位统治者。

（24）指赫尔岑的《往事与随想》。

（25）Уайт-Чепел：来自英文 Whitechapel，怀特契普尔区或白教堂，位于英国伦敦斯特普尼市区，有名的伦敦妓女区。

（26）涅克拉索夫·尼古拉·阿列克谢耶维奇（Некрасов Николай Алексеевич，1821—1878），俄罗斯诗人，革命民主主义者。

译后记：

瓦西里·瓦西里耶维奇·罗赞诺夫（Василий Василиевич Розанов，1856—1919），俄罗斯白银时代思想家、宗教哲学家、批评家、作家。一百年前，赫尔岑一百周年诞辰之际，列宁写了《纪念赫尔岑》（1912）一文。这一百年期间，凡涉及赫尔岑人们就必从中引用高度肯定的赞誉。其实，1912年3月赫尔岑一百周年诞辰之际，罗赞诺夫也写了回忆录《赫尔岑与六十年代》，但《新时代》报没有发表，当时苏沃林认为它不符合"主导思想"，时至今日也无法找到这篇文章。罗赞诺夫的《赫尔岑》一文写于1911年，罗赞诺夫因科特良列夫斯基教授所写关于赫尔岑的精彩随笔《六十年代的舆论倾向》引发对赫尔岑的评论。1911年的《赫尔岑》与1912年的《赫尔岑与六十年代》这两篇时隔不久的文章中包含的主要观点想必应该出入不大。一百年后能够解读在当时的历史背景下被封杀的文章，可见当代文坛更加开放、民主、公平，社会在不断向前发展。

罗赞诺夫首先肯定科特良列夫斯基教授的这篇随笔，指出这篇随笔对确定赫尔岑在俄罗斯文学和俄罗斯政治运动中的地位具有重大意义。他赞同科特良列夫斯基教授对赫尔岑的主要观点：赫尔岑是"四十年代的人"，在五六十年代他已经过时了。并且罗赞诺夫在这篇文章中深入论述了这一结论的两个原因。一方面，赫尔岑被车尔尼雪夫斯基称为"有待开掘的庞然大物"——极端保守分子，他远离祖国，脱离人民，不是生活中的人，不具有从事政治宣传的能力；另一方面赫尔岑被罗赞诺夫称为"肤浅之人"，在六十年代赫尔岑的创作是没有内涵的纯粹文学，没有核心，是思想的市场，让人生厌，他的《警钟》犹如毁弃的黄钟，发出瓦釜雷鸣般生锈的腔调。

后　记

　　本书是在博士学位论文的基础之上写成的，感谢我的博士导师张冰教授和博士后导师曾思艺教授在本书写作过程中给予的指导。

　　感谢亲人，特别是丈夫，在生活上对我无微不至的照顾，让我能够在繁忙的教学之余专注于自己的研究领域。感谢我的儿子，他的纯真可爱，让我更加热爱生活，对未来充满希望。

　　感谢所有帮助过我的领导和师友。路漫漫其修远兮，吾将上下而求索！

纪薇

2020 年 9 月